Mica Fox

W0346546

Notes Of Destiny

New-Adult-Romance

FSC
www.fsc.org
MIX
Papier aus verantwortungsvollen Quellen
FSC® C083411

Impressum:

Mica Fox
c/o WirFinden.Es
Naß und Hellie GbR
Kirchgasse 19
65817 Eppstein

Auflage: 1 (2023)
© Mica Fox

ISBN: 978-3-75-462881-2

Lektorat/Korrektorat: Sabrina Jansen
Korrektur: Marina Otto
Betaleser: Nicole König, Annika Birkheuer

Covergestaltung: © Sandra Maier www.einzigartig-buchdesign.de
und von Caro Sodar
Unter Verwendung von depositphotos.com, istock

Buchsatz: Lilly Schwarz www.lillyschwarz.de

Avatar - Eule © Mica Fox
Mica.Fox@web.de
Instagram: micafoxauthor / TikTok: MicaFoxAuthor

Sämtlich Personen und Ereignisse sind frei erfunden. Ähnlichkeiten wären rein zufällig
Alle Rechte vorbehalten. Die Inhalte und Übersetzungen in diesem Buch sind nach bestem Wissen recherchiert.

Herstellung und Druck über tolino media GmbH & Co. KG,
Albrechtstr. 14, 80636 München. Printed in Germany.
Fragen zu Produktsicherheit an: gpsr@tolino.media.

Notes Of Destiny

Mica Fox

New Adult Romance

K-Pop-Romance / Rockstar-Romance

Inhaltsverzeichnis

My soul is breaking -
Thousand splinters all around.
Stand by my side
and catch them!

Kapitel 1

Tanja

„Nein! Ich kann, will und werde niemals damit aufhören. Ich bin das nicht! Wann begreift ihr das endlich?“ Meine Hände umkrallen das Handy an meinem Ohr so fest, dass sich die Ränder schmerzhaft in die Handinnenfläche pressen. Das Brennen hinter meinen Augen zeigt mir deutlich, dass ich kurz davor bin, in Tränen auszubrechen. Blöde Heulerei! Nein, dieses Mal nicht!

Ich beiße die Zähne fest aufeinander und kneife die Augen zu. Verflixte Tränen, bleibt weg! Ihr nutzt doch eh nichts. Das sollte ich langsam mal begreifen. Schließlich ist es nicht das erste Mal, dass meine Mutter mir einen Vortrag hält. Genau genommen höre ich den gefühlt fast jede Woche.

Sie ignoriert meinen Einwand, wie so oft. Also spare ich mir das und versuche gar nicht mehr, zu Wort zu kommen. Es ist eh sinnlos. Wenn Mutter erstmal im Flow ist, lässt sie sich von nichts und niemanden mehr stoppen. Nun ja, außer vielleicht von meinem Vater. Zum Glück arbeitet der noch, denn er ist fast noch schlimmer.

Meine Gedanken schweifen ab, ihre vorwurfsvolle Stimme dringt nur noch wie durch eine Wand an mein Ohr.

Sie haben mich von klein auf dazu erzogen, als Erwachsene ins Familienunternehmen einzusteigen. Das Geschäft von der

Pike auf zu lernen und – wenn es dann mal so weit ist – die Führung anstelle von Vater zu übernehmen.

Schließlich bin ich die Älteste. Schlimm genug für meinen Vater, dass wir alle Drei Mädchen sind. Er hatte sich so sehr einen männlichen Nachfolger gewünscht – ohne Erfolg. Zumindest sieht er das so.

Ich selbst bin stolz darauf, dass ich ein Mädchen bin. Meine Schwestern sind, neben Lara und Tim, die wichtigsten Menschen in meinem Leben. Nur ihnen zuliebe habe ich mich immer wieder zurückgehalten. Auch wenn in mir alles aus Protest schrie, mein Magen sich oft vor Frust überschlug und ich gefühlt täglich die Zähne fest zusammenbeißen musste.

Für Samantha und Ann-Christin bin ich die große Schwester, zu der sie schon immer mit all ihren Problemen und Sorgen kommen konnten. Als sie noch klein waren und sich im Dunkeln fürchteten, kamen sie oft nachts in mein Zimmer. Hand in Hand standen sie vor mir. Meist war es Samantha, die mich leise ansprach, bis ich wach wurde.

Natürlich durften sie immer in mein Bett und ich kann gar nicht zählen, wie oft wir in der Früh alle drei eng aneinander gekuschelt aufgewacht sind. Wenn unsere Eltern wieder einen ihrer gefürchteten Vorträge hielten, war ich diejenige, die sich in die Mitte stellte und unsere Hände miteinander verflocht, um ihnen zu zeigen, dass sie nicht allein waren.

Als sie größer wurden, war ich die erste Anlaufstelle für ihre alltäglichen Sorgen. Egal ob es die Schule, Freunde oder die ersten Schwärmereien waren.

Und ich liebte es. Für mich war es die schönste Aufgabe der Welt, für meine Schwestern da zu sein.

Das alles änderte sich, als mein Vater mich an meinem dreizehnten Geburtstag zur Seite nahm und mir unumstößlich klar machte, was er erwartete: Fleiß, Gehorsam und tadelloses Benehmen. Um das zu untermauern, sollte ich künftig ein Internat in der Schweiz besuchen.

Pünktlich am nächsten Morgen stand ein Taxi vor dem Haus, das mich in die neue Schule bringen sollte. Vater und Mutter hatten sich bereits nach dem Frühstück auf gewohnt kühle Art von mir verabschiedet.

Meine Schwestern jedoch konnten es nicht fassen, dass ich sie verließ. Weinend hingen sie an meinen Armen, bettelten verzweifelt, dass ich bei ihnen bleiben sollte. Doch sie wussten genauso gut wie ich, dass Vaters Entscheidung unwiderruflich war.

Wie betäubt saß ich auf dem Rücksitz und kämpfte blinzelnd gegen den Schmerz in mir an, während ich durch die Rückscheibe meinen Schwestern zuwinkte. Ann-Christin lief sogar stolpernd ein ganzes Stück hinter dem Auto her, bis sie schließlich von Samantha gestoppt wurde. Die ersten Tränen flossen, als ich zusehen musste, wie sie verzweifelt und schreiend in den Armen von Samantha zusammenbrach. Ihre Silhouetten wurden immer kleiner und kleiner. Nie werde ich vergessen, wie die beiden eng umschlungen am Rand der Straße standen und ich sie zurücklassen musste.

Lange Zeit hielt ich mich an die Regeln meiner Eltern, lernte brav und machte alles, was sie von mir verlangten. Das bedeutete auch, dass es so etwas wie Ferien für mich nicht mehr gab. Ich durfte nicht zurück in unser Haus, zu meinen Schwestern.

Stattdessen waren Benimmtraining und Sprachcamps angesagt. Da ich schon immer von Sprachen fasziniert war, fiel mir das zum Glück recht leicht. Außerdem traf ich dabei auf Gleichgesinnte, so dass ich mich zumindest dort nicht so allein fühlte. Im Internat fand ich keinen Anschluss.

Woran das lag?

Wahrscheinlich an mir, denn ab dem Moment, wo ich von meinen Schwestern getrennt war, zog ich mich immer mehr in mich zurück. Zudem waren in dem Internat viele Töchter reicher Eltern untergebracht, denen es nur darum ging, später eine gute Partie zu machen. Ich konnte das nicht nachvollziehen, denn in der heutigen Zeit gab es so viele andere Möglichkeiten und zum Glück war Vater nicht so altmodisch.

Natürlich machte mich meine Einstellung erst recht zur Außenseiterin und ich wurde oft Zielscheibe bösartiger Kommentare. Das Benimmtraining war die Hölle für mich. Während meine Klassenkameraden von langen Sonnentagen an berühmten Sandstränden und träger Entspannung auf Kreuzfahrtschiffen schwärmten, sahen meine Tage völlig anders aus.

Über eine Agentur hatten Vater und Mutter schon sehr früh eine qualifizierte Person gefunden. Frau Hartgott war genau so, wie ihr Name es versprach: Hart in ihren Ansichten und gläubig an die alten Lehren der christlichen Kirche. In den Räumen ihrer Schule für Anstand und Sitte ging es streng zu. Lachen war verpönt und alles, selbst unsere Kleidung, wurde vorgeschrieben.

Jeans oder gar kurze Hosen gab es für uns nicht. Sogar wenn wir uns nur im Haus aufhielten, hatte ich ordentliche Kleidung zu tragen. Das bedeutete, immer mit eleganten, stilvollen Klamotten unterwegs zu sein und ja keinen Schmutzfleck zu riskieren. Denn es gab genau drei Dinge, die die olle Schrulle überhaupt nicht leiden konnte: Schlechtes Benehmen, schlampige oder schmutzige Kleidung und unflätige Worte.

Was war ich froh, als ich vor einem Jahr diese Frau endlich loswurde. Ausnahmsweise war das Glück auf meiner Seite. Frau Hartgott hatte nämlich eine Schwachstelle: Sie spielte Lotto. Nein, sie spielte nicht – sie war besessen davon. Was sich allerdings auch bezahlt machte, als sie kurz nach meinem 18. Geburtstag tatsächlich einen Volltreffer landete und mit einer sechsstelligen Summe beschloss, eine lange Reise zu biblischen Orten zu unternehmen. Genau rechtzeitig, damit ich ohne Aufpasserin in eine kleine Wohnung nahe meiner Universität, hier in München, einziehen konnte.

„Tanja? Bist du noch da?" Mutters verärgerte Stimme reißt mich aus den Erinnerungen.

„Ja! Natürlich bin ich noch da. Ich habe dir zugehört, doch es ändert nichts an meiner Meinung." Ich atme tief durch und versuche, mich zusammen zu reißen.

Ich habe gehofft, dass ich noch nicht so schnell auffliegen würde. Mist! Dabei hätte ich mir denken können, dass irgendjemand aus der Uni mit meinem Vater Kontakt halten und ihm von mir berichten würde.

Innerlich verdrehe ich die Augen über meine eigene Dummheit. Schließlich kenne ich Vater und weiß genau, wie kontrollsüchtig er ist. Natürlich hat ihm jemand gesteckt, dass ich nicht nur brav *International Business* büffele, sondern, anstatt zusätzlich Chinesisch zu lernen, mich lieber in einen Musikkurs eingetragen habe.

„Tanja, wir erwarten von dir, dass du deine gesamte Aufmerksamkeit auf das Studium lenkst. Und zwar ausschließlich auf die Kurse, die wir gemeinsam besprochen hatten."

Im letzten Moment kann ich ein verächtliches Schnauben zurückhalten. Ich will meine Mutter nicht noch mehr reizen. Aber gemeinsam besprochen war gelogen. Sie haben es einfach entschieden, mir einen strikten Plan vorgelegt. Sie bestimmen die Universität und die Kurse, die ich besuchen soll. Im Gegenpart dazu bekomme ich ihre volle finanzielle Unterstützung, wozu auch die Altbau-Wohnung vor Ort gehört. Dort darf ich alleine wohnen – ohne Aufpasser.

Zugegeben, ich liebe den Luxus, den mir mein kleiner Rückzugsort bietet.

Aber ist das wirklich diese ständige Kontrolle wert?

Ja, ist es - schreit mein Kopf, während mein Herz wie ein gefangener Vogel in meiner Brust flattert. Ich muss das jetzt irgendwie so hinbiegen, dass wir dieses Gespräch vertagen. Mir ist übel und meine Hände zittern. Ich konzentriere mich wieder auf Mutters Stimme. Als sie endlich ihren Monolog unterbricht, sprudelt es aus mir heraus: „Können wir bitte ein anderes Mal darüber reden? Ich muss jetzt dringend los. Meine Vorlesung über die Entstehung und Entwicklung der amerikanischen Börse geht bald los." Ich halte die Luft an und hoffe, dass sie mich zumindest im Moment nicht weiter bedrängt.

„Das Thema ist noch nicht erledigt. Ich erwarte, dass du am Sonntag zum Essen erscheinst. Deine Schwestern werden auch da sein." Das ist keine Bitte, das ist ein Befehl. Einen, den ich nicht befolgen kann.

„Mutter, ich kann nicht."

„Was soll das heißen?" Ihre Stimme hat einen eiskalten Unterton angenommen.

Einen, bei dem mir ein Schauer über den Rücken läuft. Ich kenne diesen Ton. Jetzt ist sie nicht nur verärgert, sondern wirklich wütend. Ich kneife mit den Fingern in meine Nasenwurzel und reibe fest daran. Das hilft mir, mich zu beruhigen. Nicht nachgeben, Tanja!

„Mutter, bitte, erinnere dich. Ich habe dir von meinem Ausflug nach Berlin erzählt." Ich schlage einen sanften, nachgiebigen Ton an und versuche, sie damit zu beschwichtigen. Manchmal funktioniert das.

Als keine Antwort kommt, spreche ich hastig weiter: „Die Karten haben mir Freunde zum Geburtstag geschenkt. Weißt du noch? Ich habe es erwähnt, als ich euch vor zwei Wochen zur Premiere von *Carmen* in die Oper begleitet habe."

Keine Antwort, nur das Geräusch von leisem Atmen dringt an mein Ohr. In mir krampft sich alles zusammen. Ich muss sie überzeugen. Ich will Lara nicht im Stich lassen!

„Mutter! Du weißt es. Wir fahren mit dem Zug nach Berlin. Schon morgen geht es los und wir kommen am Montag zurück. Ich kann ..." Ich schlucke schwer. Verzweiflung steigt in mir auf. Schleicht sich kriechend hoch von meinem Bauch bis in die Brust, droht mein Herz zu erdrücken. „Bitte!", presse ich atemlos hervor und warte, warte auf ihre Antwort.

Ihr Urteil. Es kommt in Form eines Deals.

„Also gut. Wenn du unbedingt deine freie Zeit mit so etwas verschwenden willst, dann tu es. Aber, Tanja ...", ihre Stimme wird leise, fast bedrohlich. „Du wirst dafür die nächsten Semesterferien in unserer Firma arbeiten. Die kompletten Ferien. Pro Bono für uns. Sieh es als eine Art Praktikum. Dann wirst du erkennen, was für eine großartige Zukunft wir dir ermöglichen."

Ich öffne den Mund und schließe ihn wieder. Kein Wort kommt mir über die Lippen. Der Druck um mein Herz wird fester. Es schmerzt. Mir wird schwindlig. Ich schüttle panisch den Kopf und atme hastig ein.

Luft! Ich brauche Luft!

Einige quälende Atemzüge später lässt der Druck langsam nach. Mein Herz schlägt wieder im normalen Rhythmus.

„Tanja! Versprich es oder du bist am Wochenende doch hier."

„Okay."

„Tanja!" Ihre Stimme klingt wie ein Peitschenknall an mein Ohr. „Hast du denn gar nichts gelernt? Sprich ordentlich!"

Wieder unterdrücke ich ein genervtes Schnauben. Sie schafft es tatsächlich, dass ich mir wie ein kleines Kind vorkomme, das gemaßregelt wird. Ich suche im Kopf nach etwas, an dem ich mich festhalten, aufrichten kann.

Laras Gesicht erscheint vor meinem inneren Auge. Lachend, mit verschmitztem Blick und einem frechen Zwinkern. Sofort fühlt sich der Berg auf meinen Schultern leichter an.

„Entschuldigung, Mutter. Ich bin einverstanden."

„In ganzen Sätzen, Tanja!", mahnt mich ihre Stimme. „Sprich bitte in ganzen Sätzen mit mir."

Tief atme ich durch. Ich kann das! „Es tut mir leid, Mutter. Du hast natürlich recht. Bitte erlaube mir, das Wochenende mit meinen Freunden in Berlin zu verbringen. Ich werde dafür die nächsten Semesterferien bei Sör-Impression als Praktikantin zur Verfügung stehen."

„Und?"

„Und ich werde mit euch über mein Studium und die Kurse sprechen." Lügen ist nicht mein Ding, aber jetzt tue ich es. Warum, zum Teufel, können sie nicht akzeptieren, dass meine Träume andere sind als ihre?

Kapitel 2

Tanja

Häuser und Straßen ziehen in schnellem Tempo an mir vorbei, doch ich registriere es nicht wirklich. Starr geht mein Blick durch die verschmierte, klebrige Scheibe der S-Bahn nach draußen.

Worauf habe ich mich da nur eingelassen? Ich weiß genau, dass das angedrohte Praktikum kein Zuckerschlecken wird. Dafür sind Vater und Mutter viel zu große Arbeitstiere. Sie werden mir kein Fitzelchen Pause oder Auszeit gönnen und an allem rumkritisieren. Aber was hätte ich tun sollen? Ich war so überrascht, als Lara und Tim mir zu meinem Geburtstag ein buntes, mit vielen kleinen Skizzen bemaltes Kuvert übergeben haben. Der Inhalt hat mich glatt umgeworfen: Ein Wochenende mit meinen beiden Freunden in Berlin! Und das Highlight? Karten für das Live-Konzert meiner derzeit absoluten Lieblingsband: Izet!

Schon seit längerem schwärme ich für K-Pop. Eigentlich hat mich Lara auf den Geschmack gebracht. Mittlerweile sind wir beide überzeugte Fans und ziehen auch Tim immer wieder mal mit. Er ist nicht so fanatisch wie wir Mädels, aber ich glaube, der tut nur so. Sobald nämlich ein Song von Izet läuft, fängt er auch automatisch an, mitzuwippen. Das macht er nur, wenn ihm etwas gefällt.

Doch, ich freue mich seit vier Monaten wie verrückt auf dieses Konzert und werde es mir auch von meinen Eltern nicht kaputt machen lassen! Rigoros schiebe ich jeden Gedanken an sie oder die Firma beiseite, fische die Bluetooth-Kopfhörer aus meinem Rucksack und stecke sie in die Ohren. Sekunden später erklingen die ersten Töne von *Nan Deo Wonhae (Ich möchte mehr)*. Ich lehne mich entspannt zurück und lausche dem Song, der Hughos Stimme ganz besonders hervorhebt. Es ist der Anfangstitel auf einer etwas älteren Playlist von ihm. Ich kann das echt in Dauerschleife hören, so sehr geht mir seine Stimme unter die Haut.

Die anderen sieben Bandmitglieder mag ich natürlich auch. Sie alle sind unheimlich talentierte Tänzer und Sänger, die super harmonieren. Trotzdem hat jeder seine ganz eigene Art und bringt sich und sein Können so geschickt ein, dass ihre Songs außergewöhnlich sind. Mit ihrer Musik sprechen sie die Menschen an, egal ob jung oder alt. Gerade deshalb freue ich mich ganz besonders auf dieses Event. Es ist ewig her, dass ich eines besucht habe. In den letzten Monaten fanden, aufgrund der Corona-Bestimmungen, keine Konzerte statt. Doch nun ist es endlich so weit. Sie kommen, sind fast schon da! Am Sonntag treten sie in Berlin auf und ich, ich darf live dabei sein. Sie haben sich enorm entwickelt. Natürlich konnten Lara und ich es nicht lassen. Wir folgten ihnen über Social Media auf ihren bisherigen Konzerten. Von Madrid gibt es einen Mega-Clip, den ich mir immer und immer wieder anschaue. In meiner Tasche befindet sich ein sexy Outfit, das ich mir extra für das Event in Berlin gekauft habe.

Normalerweise ziehe ich mich relativ brav und bieder an, so wie ich es anerzogen bekam. Da kann ich nicht aus meiner Haut. Bevorzugt in den Farben schwarz oder grau, im Sommer auch mal weiß. Aber hin und wieder reißt der Rebell in mir aus und geht shoppen. Ganz ehrlich, da komme ich mir manchmal vor, wie wenn eine zweite Persönlichkeit in mir wohnt. Eine Seite, die von Lara und Tim tatkräftig unterstützt und gefördert wird.

Bei dem Gedanken an meine zwei Freunde muss ich sofort lächeln. Ich kann und mag mir gar nicht vorstellen, wie mein Leben ohne die beiden wäre. Grau und öde … Was für ein Glück, dass ich sie gleich zu Beginn des Studiums kennenlernte und sie mich sofort in ihrer Mitte aufgenommen haben, obwohl sie etwas älter sind als ich. Kurze Zeit später klingle ich an dem großen Betonbau, in dem nur Studenten-WGs untergebracht sind. Die Wohnung der beiden ist direkt unter dem Dach. Das hat den Vorteil, dass ihnen niemand auf dem Kopf herumtrampelt und der Verkehrslärm kaum mehr zu hören ist. Andererseits ist es im Sommer eine Sauna größeren Ausmaßes. Nicht nur ein Mal sind die beiden letztes Jahr, als ich noch nicht hier studierte, nachts an den naheliegenden Badeweiher umgezogen. Selbst wenn sie morgens von Mückenstichen übersäht aufgewacht sind, war das ihrer Meinung nach immer noch besser, als in der Hitze unter dem Dach gegrillt zu werden. Ich habe ihnen angeboten, sobald es heiß wird, können sie zu mir kommen. Meine kleine Wohnung ist in einem alten Haus auf der Nordseite. Dort ist es bestimmt auch im Hochsommer angenehm.

Auf mein Läuten öffnet wie üblich niemand, doch zum Glück verlässt gerade eine andere Gruppe Studenten das Gebäude. Schnell schlüpfe ich durch die Tür und mache mich auf den Weg nach oben. Natürlich gibt es in so einem Haus keinen Aufzug. Deshalb schnaufe ich wie ein Walross, als ich die letzten Stufen zum sechsten Stock erreiche. Puh, meine Fitness war auch schon mal besser. Ich lehne mich an die Wand und atme ein paar Mal tief durch, hebe dann die Hand und klopfe mehrmals kräftig an die Wohnungstür. Schließlich weiß ich aus Erfahrung, dass man sich hier lautstark bemerkbar machen muss, wenn man rein will.

Tatsächlich öffnet sich die Tür erst, nachdem ich nochmals regelrecht gegen das Holz gehämmert habe.

„Ja, ja, bin ja schon da!“ Noch halb hinter der Tür versteckt sieht mich Kevin, ein weiterer Bewohner der WG, an. „Ah, du bist's. Hab mit jemand anderem gerechnet. Mein Pech. Aber gut, komm schon rein. Du weißt ja, wo's lang geht.“ Der große, muskelbepackte Typ macht mir immer ein bisschen Angst. Deshalb drücke ich mich wortlos an ihm vorbei, streife schnell die Sneaker im Flur ab und eile um die Ecke. Die erste Tür links ist Laras Zimmer.

Ich klopfe nur kurz an, drücke sofort die Klinke runter und betrete die vertraute Bude. Schon so oft haben wir gemeinsam auf dem improvisierten Bett aus Paletten gelegen und Filme angeguckt. Auch heute liegen bereits zwei Personen darauf und liefern sich gerade eine Kitzelattacke. Dabei prusten und lachen Lara und Tim so laut, dass sie nicht mal gehört haben, dass ich da bin. Grinsend nehme ich Anlauf, springe ab und stürze mich mitten hinein in das Gerangel. Die Köpfe meiner Freunde fahren ruckartig zu mir herum, aber nur Sekunden später haben sie erkannt, dass ich es bin und gemeinsam fallen sie über mich her.

„Hey!“, protestiere ich.

Doch sie nehmen das nicht zur Kenntnis. Kein Wunder, meine Stimme ist mehr ein Wimmern. Ich bin furchtbar kitzlig und das nutzen die beiden schamlos aus. Ich winde und drehe mich, habe aber keine Chance.

Atemlos schnappe ich nach Luft. „Stopp! Ich ergebe mich. Bitte, hört auf. Ich kann nicht mehr.“

Meine Stimme klingt hell, fast piepsig und kommt nur gepresst aus mir heraus. Kurz stoppen die folternden Hände auf meinem Körper. Tim beugt sich über mich. Seine blonden Haare fallen ihm weit ins Gesicht. Seine Augen sind fast komplett darunter verborgen. Trotzdem sehe ich sie schelmisch funkeln und ein durchtriebenes Grinsen umspielt seine Lippen.

„Und? Was bietest du uns an?"

„Ähm ..." Meine grauen Zellen leiden noch unter Sauerstoffentzug, sonst hätte ich niemals den folgenden Satz ausgesprochen. „Ich ... schlagt was vor und ich tue es."

Lara schießt hoch und beugt sich von der anderen Seite über mein Gesicht. Ihre langen, dunklen Haare fallen auf mich herunter und bilden einen Tunnel zwischen uns.

„Oookay! Hab dich! Aus der Geschichte kommst du nicht mehr raus. Wir beide werden uns was überlegen und wenn es so weit ist, dann musst du tun, was wir dir sagen." Sie wirft ihre Haare nach hinten und zwinkert Tim verschwörerisch zu.

Natürlich sehe ich das und prompt wird mir übel. Überrumpelt schlage ich die Hand auf meinen Mund und starre hilfesuchend zwischen ihnen hin und her. Ich kenne sie gut genug, um zu ahnen, dass mir das, was sie einfordern werden, nicht gefallen wird. Ich hole Luft, um zu protestieren.

Doch Tim hebt die Hand und wedelt mit seinem Zeigefinger vor meiner Nase herum. „Ahahah, nichts da. Keine Ausreden. Deal ist Deal. Finde dich einfach damit ab."

Seufzend gebe ich mich geschlagen. Die zwei bilden eine Übermacht, gegen die ich nicht ankomme. „Also gut – Deal. Aber es darf nichts Strafbares sein. Ihr wisst, wie meine Eltern darauf reagieren würden."

Lara schnaubt verächtlich und schüttelt den Kopf. „Keine Angst. Wir wissen genug über deine Alten. So weit lassen wir's nicht kommen." Mit einem Satz springt sie von der Matratze und läuft zu ihrer Kommode. „Und jetzt kommt. Zeit, unsere Haare zu färben."

Ich beiße auf meine Unterlippe und zögere noch. Wir hatten vorher darüber gesprochen und ausgemacht, dass jeder von uns sich die Haare färbt. Aber ob das wirklich so eine gute Idee ist?

Tim sieht mich mit wissendem Grinsen an. „Keine Bange. Das Zeug wäscht sich schnell wieder aus. Nach spätestens fünf Mal waschen, sehen die so aus wie immer." Auffordernd streckt er mir seine Hand entgegen. Ich greife zu. Mit einem Ruck zieht er mich hoch und hinter sich her in das kleine Bad, das er sich mit Lara teilt.

In der folgenden Stunde helfen wir uns gegenseitig. Da wir uns so gut kennen, haben wir auch keine Hemmungen, in Unterwäsche voreinander herumzulaufen. Im Hintergrund läuft laut Musik, natürlich von Izet. Wir müssen uns schließlich in Stimmung bringen und daran ändert auch Tims Protest nichts. Lara nimmt eine Haarbürste als Ersatzmikrofon und singt aus vollem Hals bei *Meomchuji Anh-Eum* (*Hör nicht auf*) mit. Dabei ahmt sie die typischen Hand- und Körperbewegungen der Sänger nach. Absichtlich übertreibt sie und wir kommen aus dem Lachen nicht mehr heraus. Beinahe hätte ich bei Tim nach der falschen Farbe gegriffen.

Gerade noch rechtzeitig schießt seine Hand vor und umklammert mein Handgelenk. Perplex schaue ich runter und sehe, dass ich versehentlich die Flasche mit der pinken Farbe genommen habe. „Das ist wohl eher deine." Tim sieht mich an und wackelt heftig mit den Augenbrauen. Wieder pruste ich los und halte mir den Bauch bei der Vorstellung, wie er in pink aussehen würde.

„Aua, mir tut schon alles weh." Endlich schaffen wir es, uns zu beruhigen. Rasch tausche ich die pinke Farbe gegen eine nachtblaue aus. Ich bin echt gespannt, wie das am Schluss aussehen wird. Tim ist ja normalerweise blond. Ob ihm so eine dunkle Farbe wohl stehen wird? Er wollte sie unbedingt haben. Achselzuckend beginne ich, die Lösung vorsichtig aufzutragen. Danach bin ich dran und anschließend Lara mit einem ganz dunklen Rotlila, fast Aubergine-farben.

Während ich Laras lange Haare bearbeite, ist Tims Wartezeit bereits herum. Ungeniert zieht er sich aus und steigt in die gläserne Duschkabine. „Habt ihr eigentlich schon *Eldon Ring* auf der *PS5* gespielt?"

Er wäscht sich gründlich die Haare und hält gleichzeitig einen begeisterten Vortrag über sein neues Lieblingsspiel. Damit wir ihn auch ja hören, schreit er regelrecht, um die Geräusche des herabprasselnden Wassers zu übertönen. Lara und ich wechseln einen bedeutungsvollen Blick im Spiegel und ziehen eine Grimasse. Wir beide haben es nicht so mit Computerspielen. Tim dagegen würde am liebsten jede freie Minute an seiner Playstation verbringen. Gut, dass wir ihn immer wieder davon wegzerren, sonst würde der Controller in seiner Hand festwachsen.

Ich bin gerade fertig, als das Wasser abgedreht wird und Tim das Duschtuch vom oberen Rand der Duschkabine zieht. Während er sich abrubbelt, räumen wir Mädels schon mal den ganzen Müll zusammen. Es ärgert mich immer wieder, wie viel Verpackungsmüll dabei anfällt. Aber leider kann man das nicht ändern.

Ein Aufschrei lässt mich herumfahren. Oh Gott, was ist passiert? Ich rechne mit dem Schlimmsten. Tim blutend am Boden, bewusstlos - doch nichts davon ist wahr. Verständnislos blinzle ich ihn an. Er ist leichenblass und starrt über meine Schulter, als hätte er den Teufel persönlich gesehen. Ich werfe einen Blick nach hinten, um zu sehen, was ihn so schockiert hat. Doch da ist nichts! Ich drehe mich wieder zu ihm. Aus den Augenwinkeln bemerke ich, dass Lara sich synchron zu mir bewegt. Fragend schauen wir ihn an. Ich mustere Tim vom Kopf bis zu den Zehen, doch da ist wirklich keine Wunde. Als mein Blick wieder nach oben wandert, dämmert es mir langsam, was das Problem ist.

Das Duschtuch hat er sich um die Hüften und ein Handtuch um den Hals geschlungen. Seine frisch gefärbten Haare sind bereits halbtrocken. Ich hatte erwartet, dass sie tiefblau, fast schwarz wären. Doch das, was ich da sehe, ist eine völlig andere Farbe. Intensives Babyblau leuchtet mir entgegen. Es sieht aus, als ob er den Kopf in den Himmel gesteckt hätte. Auch wenn ich weiß, wie entsetzt er darüber ist, kann ich mir ein Kichern nur gerade noch so verkneifen. Rasch schlage ich beide Hände über meinen Mund, damit nur ja kein falscher Kommentar herausschießt.

Er steht da und starrt weiterhin in den Spiegel. Sein Mund geht auf und zu, doch kein Wort kommt heraus. Nur tiefes Stöhnen ist zu hören. Mit fahrigen Bewegungen fährt er sich übers Gesicht und vermeidet jeglichen weiteren Blick in den Spiegel. Lara fasst sich schneller wieder, eilt zu ihm und nimmt ihn in die Arme. Zuerst bleibt er starr stehen, doch dann gibt er nach und lässt seufzend den Kopf auf ihre Schulter fallen. Tröstend streicht sie über seinen blauen Schopf.

„Ich … ich sehe aus wie ein … wie ein Schlumpf!“ Dumpf kommen die klagenden Worte heraus.

Ich weiß, wie wichtig ihm sein Äußeres ist, und kann mir vorstellen, wie schrecklich das für ihn ist. Ich gehe die zwei Schritte zu den beiden und lege die Arme um sie. Fest presse ich meinen Kopf an Tims und flüstere ihm leise beschwichtigende Worte ins Ohr. So stehen wir in einem Wirrwarr von Armen da und versuchen, Tim etwas Trost zu spenden.

Kapitel 3

Hugho

Manchmal habe ich das alles so satt! Das Gefühl, in einem Käfig zu sitzen, auf den ständig eine ganze Schar Raubvögel ihre Augen richtet, macht mich völlig kirre. Natürlich bin ich froh, in dieser wahnsinnig coolen und erfolgreichen Band zu singen. Ich habe ja auch extrem hart dafür gearbeitet.

Geboren bin ich New York. Ich war fünf Jahre alt, als meine Eltern beschlossen, nach Südkorea zurückzugehen. Mein älterer Bruder tut genau das, was unsere Eltern sich für unser Leben vorstellen – sich anpassen. Aber ich? Ich bin anders.

Musik und alles, was damit zu tun hat, faszinierte mich von klein auf. Bei jeder Gelegenheit und jeder Art Melodie begann ich zu tanzen und zu singen. Dabei fiel ich jemanden von der berühmten SIMS Academy auf, was sich als unheimlicher Glücksfall erwies.

Mit 10 Jahren wurde ich Trainee bei KM Entertainment. Als *Korean American* hatte ich von Anfang an einen schweren Stand. Egal ob Trainer oder andere Trainees, viele trauten mir nicht zu, die Ausbildung durchzustehen, was mich nur noch mehr anspornte. Model-, Schauspiel-, Gesangs- und Tanztraining wechselten sich ab mit Sprach- und Fremdsprachenunterricht. Englisch lernen, fiel mir relativ leicht. Dafür kämpfte ich immer noch mit Hangul. Es war eine sehr harte Zeit, die ich nur durch meine extreme Selbstdisziplin und eisernen Willen überstanden habe. Üben, üben, üben – es gab und gibt nichts anderes für mich. Keine Familie, keine Freunde und eine Freundin schon gar nicht. Ich habe ja nicht mal Zeit, jemanden kennen zu lernen! Das muss warten.

Dann – mit knapp 20 Jahren – kam nach einigen kleinen Auftritten die große Chance für mich bei KM. Zusammen mit den anderen sieben Jungs nahmen wir einen Song auf, der viral ging. Innerhalb kürzester Zeit waren wir ganz oben in den Hitlisten, sogar international. Bis heute wird uns allerdings jeder Schritt immer noch vorgegeben. Körperlich und geistig wird uns alles abverlangt, was wir geben können. Oft sogar noch mehr. Egal ob Gesangstunden, Tanztraining, öffentliche Auftritte – Konzerte, Interviews – alles wird minutiös geplant und entweder halten wir uns daran, oder wir fliegen raus.

Harte Konkurrenz kommt nach. Aus den eigenen Reihen von KM genauso, wie von anderen Entertainment Groups inner- und außerhalb Südkoreas. Ich mag meine Bandmates. Wir verstehen uns und halten zusammen, wenn der Druck uns zu zermalmen droht. Gegenseitig verschaffen wir uns auch mal eine kurze Auszeit, um nicht komplett durchzudrehen. Selbst unser Essen ist festgelegt und Ausflüge werden Schritt für Schritt vorgegeben. Einmal habe ich es nicht mehr ausgehalten und bin mit Suni durch die Hintertür eines kleinen Ladens abgehauen. Zwei Stunden sind wir durch die Straßen von Lissabon geschlendert. Hoodies und Sonnenbrillen haben uns geholfen, um nicht enttarnt zu werden. Wir haben Eis gegessen, jeder nur eine Kugel. Mehr trauten wir uns nicht. Dies verstieß gegen unseren Ernährungsplan. So locker habe ich Suni noch nie erlebt und das half mir selbst, auch loszulassen. Wir haben unheimlich viel gelacht und unser Abenteuer jede Sekunde genossen. Dann haben sie uns gefunden.

Die nächsten zwei Tage durchliefen wir die Hölle. Dass sie uns nicht Stubenarrest gegeben haben, war alles. Aber sie waren und sind Meister darin, uns unter Druck zu setzen, zu zermürben. Sie jagten uns Angst ein und drohten mit Rausschmiss. Sie hetzten die anderen Jungs gegen uns auf, indem sie davon sprachen, eventuell die ganze Band zu ersetzen. Das Schlimme daran: Sie könnten das wirklich tun.

Suni knickte zuerst ein. Mein Sturkopf hielt länger durch. Aber schließlich gab auch ich auf. Für einen Monat nahmen sie mir die Position des *Leaders* weg. Das tat weh, traf mich mitten ins Herz. Ich war doch so stolz darauf! Aber ich habe mir diesen Titel zurückgeholt. Erobert und erkämpft durch schwere Arbeit und absoluten Gehorsam. Meine innere Stimme protestiert zwar immer wieder, doch ich zwinge sie zum Schweigen. Noch einmal gehe ich dieses Risiko nicht ein, egal was kommt. All das bringt meine Selbstbeherrschung jedoch oft an die Grenzen. Das typische Lächeln, wofür ich laut den Medien bekannt bin, erzwinge ich regelrecht in der Öffentlichkeit. Ansonsten habe ich mich zurückgezogen. Natürlich mache ich noch viel mit den Jungs. Schließlich sind wir Tag und Nacht beieinander. Aber ich bin ernster geworden, vorsichtiger. Mehr denken, weniger reden! Zumindest versuche ich es. Das zeichnet sich auch in meinen Texten ab. Sie sind jetzt tiefgründiger, die Songs sprechen die Probleme von Teenies an.

Unser Äußeres wird normalerweise von den Managern festgelegt. Es hat mich viel Mühe gekostet, doch dann habe ich es geschafft, mich wenigstens diesbezüglich durchzusetzen. Meine Haare sind jetzt pechschwarz, passend zur Kleidung. An den Seiten kurz geschoren, sind die Deckhaare länger und nach oben gestylt. Natürlich trage ich Schmuck, das gehört einfach zu mir. Derzeit ist eine Kette mit extragroßen Gliedern, die eng um den

Hals liegt, mein Lieblingsteil. In die rechte Augenbraue habe ich ein Muster rasiert – das ist jetzt mein neues Markenzeichen.

Ich schaue in den Spiegel und sehe Haru, der neben der Tür an der Wand lehnt und mich nicht aus den Augen lässt. Dieser Mann ist schwer einzuschätzen. Er kann unheimlich hart sein, wenn er mir deutlich zu verstehen gibt, dass es einfach zur koreanischen Kultur gehört, die Zugehörigkeit zu einer Gruppe hoch zu schätzen. In manchen Momenten macht er mir fast Angst. Auf der anderen Seite finde ich hin und wieder subtile Hinweise darauf, dass er mich irgendwie doch mag.

Wir Koreaner lieben es, kleine Geschenke für unsere Familien und Freunde mitzubringen. Auch wenn ich meine Eltern und meinen Bruder lange nicht mehr gesehen habe, so halte ich doch, so gut es geht, Kontakt zu ihnen. Haru legt immer wieder mal ein spezielles Souvenir auf meinen Platz. Letztens hat er ein paar kleine Tüten mit verschiedenen Gummibärchen mitgebracht. Er weiß, dass meine Mutter die gefüllten Teile ganz besonders mag und ich ihr damit eine große Freude machen kann.

Jetzt nickt er mir zu und deutet auf sein Handy. Ich atme tief durch und zupfe noch einmal meine Frisur zurecht, bevor ich aufstehe und ihm in den Nebenraum folge. Dort findet heute ein Interview mit kleinem Foto-Shooting statt. Etwas, das für uns mittlerweile Routine ist. Die anderen Jungs warten schon in einer Sitzecke auf mich. Klar, es kann erst losgehen, wenn wir komplett sind. Ich quetsche mich noch neben Suni auf die Couch. Es ist zwar etwas eng, aber für die kurze Zeit wird es schon gehen.

Die persönlichen Begleiter stellen sich hinter uns, außerhalb der Scheinwerfer. Jeder von uns ist hoch versichert, weshalb sie uns kaum aus den Augen lassen. Noch ein Grund mehr …

Die Moderatorin begrüßt uns mit *Annyeonghaseyo*. Es ist wirklich sehr höflich von ihr, uns auf Koreanisch anzusprechen, auch wenn ihre Aussprache etwas seltsam klingt. Direkt anschließend wechselt sie zu Englisch und stellt die erste Frage an mich.

Mittlerweile sind wir schon so geübt in den Antworten, dass sie automatisch kommen. Trotzdem ist es anstrengend, denn es ist unsere Aufgabe, möglichst locker lässig und interessiert zu wirken und als gute Botschafter für unser Land aufzutreten.

Als endlich alle Fragen beantwortet sind, folgt noch das Shooting, dass sich ewig hinzieht. Die beiden Fotografen haben immer wieder neue Ideen, wie sie uns aufnehmen wollen. Typisch für uns, halten wir nicht alle Vorgaben ein, denn wir sind eben so, wie wir sind und geben jedem Foto einen persönlichen Touch - meist ist das schon vorher mit dem Management abgestimmt.

Endlich haben wir es geschafft. Ich bin nicht der Einzige, der aufatmet, als sich die Tür zur Umkleide hinter uns schließt. Erschöpft falle ich auf meinen Stuhl. Haru drückt mir eine Flasche Wasser in die Hand, die ich in einem Zug austrinke. Doch mir bleibt nicht viel Zeit zum Durchatmen. Wir müssen uns umziehen und zurück zum Training. Gyeong war bei unserem letzten Auftritt mit der Eröffnung überhaupt nicht zufrieden. Deshalb hat er uns einige zusätzlich Tanztraining-Termine aufgebrummt.

Seufzend packe ich meine Sachen zusammen und folge den anderen aus der Umkleide.

Kapitel 4

Tanja

Helle Sonnenstrahlen dringen durch den Spalt im Vorhang, tanzen durch die Luft und lassen kleine Staubpartikel darin schweben, als wäre der Raum erfüllt von magischen Kräften. Ich liege neben Lara auf dem Rücken und beobachte das Lichterspiel. Es ist ungewohnt, mit jemand anderem das Bett zu teilen. Normalerweise schlafe ich immer allein, seit ich damals meine Schwestern zurücklassen musste. Bei der durchgehenden Matratze spüre ich jede Bewegung von ihr. Müde reibe ich mir über die brennenden Augen. Ich habe kaum geschlafen. Viel zu groß war die Aufregung, heute ein bisschen durch Berlin zu stromern und abends dann das Konzert zu besuchen. Ich zucke erschrocken zusammen, als eine Hand über die Bettdecke auf meine Seite tastet.

„Bist du schon wach? Es ist doch noch so früh", murrt Lara leise in ihr Kopfkissen. Sie dreht sich langsam um und schaut blinzelnd zu mir rüber.

„Sorry, ich wollte dich nicht wecken. Schlaf ruhig weiter, ich lese einfach ein bisschen."

Ich schiebe mich hoch, bis mein Rücken am Kopfteil lehnt und ziehe die Knie unter der Bettdecke an. Ich will gerade nach dem Reader greifen, als plötzlich ein schweres Gewicht auf mir landet.

„Nichts da! Jetzt wird nicht gelesen." Lara packt mein Handgelenk und zieht es energisch zurück.

„He!“ Ich blinzle sie verblüfft über die Schulter an, doch das interessiert sie überhaupt nicht. Sie setzt sich im Schneidersitz hinter mich und mustert mein Gesicht. „Rück raus damit, was ist los.“

Ich drehe mich um und spiegle ihre Haltung. Unter ihrem prüfenden Blick werde ich nervös und zupfe mit der Hand an meiner Nasenspitze. Das ist eine dumme Gewohnheit von mir, wenn ich mich unwohl fühle. Sofort schießen mir die tadelnden Worte, die Frau Hartgott jetzt in pikiertem Tonfall sagen würde, durch den Kopf. Automatisch ziehe ich die Schultern nach hinten, drücke den Rücken durch und lasse die Hände in meinen Schoß sinken.

„Hey, entspann dich.“ Lara beugt sich vor und legt ihre Hände auf meine. „Ich bin's nur. Bei mir kannst du so sein, wie du bist. Und auch über alles reden, wonach dir ist. Das weißt du doch.“

Natürlich ist mir das klar, aber manchmal kann ich nicht aus meiner Haut. Zerknirscht blinzle ich zu ihr rüber. „Ja, und das ist echt lieb von dir.“

„Dann sag mir, was dir dauernd durch den Kopf geht.“

„Es ist blöd und ich will dir auch nicht das Wochenende verderben.“ Hilflos zucke ich mit den Achseln, senke den Blick und zupfe dieses Mal an der Bettdecke herum.

„Nichts ist blöd, wenn es dich betrifft. Weißt du was? Wir gehen jetzt erst einmal Frühstücken und dann erzählst du mir, worum es geht, okay?“ Lara springt mit so viel Schwung aus dem Bett, dass ich auf einer leicht wippenden Matratze zurückbleibe.

Überrumpelt sehe ich ihr hinterher, wie sie innerhalb von Sekunden singend durch das Zimmer wirbelt, nach frischer Wäsche greift und kurz darauf in dem kleinen Badezimmer verschwindet.

Mir bleibt gar nichts anderes übrig, als auch aufzustehen, denn ich kenne meine Freundin gut genug. Sollte ich noch im Bett liegen, wenn sie aus dem Bad kommt, würde sie drastische Methoden anwenden, um mich rauszuschmeißen.

Am Ende landen wir in einem Starbucks am Ostbahnhof. Da wir gestern spätabends bei unserer Ankunft in Berlin daran vorbeigekommen sind, war es am einfachsten, hierher zu kommen.

„Schon blöd, dass Tim jetzt nicht dabei ist." Ich stelle mein Glas und den Teller mit einem Blueberry Cake auf einen freien Tisch.

Lara steht mir gegenüber. Sie hat sich natürlich einen Matcha Tea Latte geholt. War ja klar, mit etwas anderem habe ich auch gar nicht gerechnet. Sie ist manchmal so was von berechenbar.

„Stimmt! Jetzt hatten wir ihn endlich so weit, dass er K-Pop mag und sich auf das Konzert freut. Und dann macht er so einen Blödsinn." Sie schüttelt den Kopf. „Wie kann er bloß so dumm sein und sich die Haare bleichen, nur weil ihm das Blau nicht gefallen hat? Er hätte sich doch denken können, dass seine empfindliche Haut das nicht verträgt."

„Jetzt sei nicht so." Ich versuche, Lara zu beschwichtigen.

Mir tut unser gemeinsamer Freund leid, denn nachdem er versucht hat, die ungewollte Farbe loszuwerden, überzog ein heftiger Ausschlag seinen ganzen Kopf. Sein Gesicht, Ohren und Hals – alles war von roten Pusteln überzogen. Erst hatten wir gehofft, dass der Ausschlag schnell wieder verschwinden würde. Doch leider war das Gegenteil der Fall. Tim bekam sogar noch leichtes Fieber und so blieb ihm nichts anderes übrig, als zu Hause zu bleiben. Seine Eintrittskarte hatte er uns in die Hand gedrückt. Wir werden bestimmt jemanden finden, der uns die abkaufen will.

Ich greife nach meinem Glas und nippe vorsichtig an dem Chai Tea Latte. Das vollmundige Aroma mit dem süßlichen

Vanillegeschmack explodiert regelrecht im Mund und überflutet meine Geschmacksnerven. Unbeabsichtigt entschlüpft mir ein genussvolles Stöhnen. „Das ist so lecker!“

Lara kichert leise, beugt sich über den kleinen Bistrotisch und grinst vielsagend. „Dreh dich nicht um, Tanja.“ Verschwörerisch blinzelt sie mir zu und flüstert so leise, dass ich sie kaum verstehe. „Hinter dir steht ein Kerl, der dich die ganze Zeit beobachtet und als du gerade so gestöhnt hast, hat er knallrote Ohren bekommen und schwer geschluckt.“

„Ich hab nicht gestöhnt!“, protestiere ich und will automatisch den Kopf drehen. Doch Laras Hand schießt vor und hält mich fest.

„Nicht hinsehen, hab ich gesagt.“ Sie verdreht die Augen, doch ich sehe deutlich, wie viel Spaß Lara gerade an der Situation hat.

Sie blickt über meine Schulter und kneift die Augen beobachtend zusammen. „Der Typ hat eine tolle Ausstrahlung. Man sieht leider nicht viel von seinem Gesicht, denn er hat eine Cap auf. Aber guck dir mal seine Klamotten an. Sind die cool! Und stell dir vor, der trägt doch glatt eine Sonnenbrille, obwohl er hier drin ist.“ Sie schüttelt den Kopf und grinst vielsagend.

Ich hebe abwehrend beide Hände. „Du bist echt unmöglich, Lara. Lass den armen Kerl in Ruhe. Wer weiß, warum er das macht. Geht uns doch nichts an.“

„Jetzt sei halt nicht so. Vielleicht steht er ja auf deine Haare. Das Pink leuchtet dermaßen. Der kann gar nicht mehr weggucken.“ Lara gluckst amüsiert.

Mir wird jedoch bei ihren Worten ganz heiß und ich ziehe vor Verlegenheit den Kopf ein. Vielleicht war es doch keine gute Idee, so eine knallige Farbe auszuwählen. Meine beiden Freunde hatten mich dazu ermutigt und eigentlich gefällt es mir auch.

Trotzdem, ich mag es gar nicht, im Mittelpunkt zu stehen. Unbehaglich ziehe ich die Schultern hoch. Um abzulenken, stecke ich den ganzen Rest meines Cake auf einmal in den Mund und trinkt hastig einen großen Schluck hinterher.

Prompt verschlucke ich mich. Hustend und würgend halte ich mir die Hand vor Mund und Nase und ringe nach Luft. Mit der freien Faust hämmere ich panisch auf meine Brust, versuche verzweifelt, die steckengebliebenen Bröckchen auszuhusten. Doch es klappt nicht und ich spüre, wie vor Verlegenheit Hitze in mein Gesicht schießt. Bestimmt habe ich einen feuerroten Kopf!

Wie peinlich!

Kann ich bitte umgehend im Boden versinken?

Plötzlich ergreift jemand meine Handgelenke und zieht sie weit nach oben. Eine andere Hand streicht mir in beruhigenden Kreisen über den Rücken.

„Slowly. Stay calm and concentrate. Breathing deeply." Zum Glück löst sich der Druck in meiner Brust endlich.

Ich ziehe die Hände aus dem rettenden Griff, greife hastig nach einer Serviette und halte sie vor den Mund. Angeekelt spucke ich die hochgehusteten Teilchen hinein und rolle die Serviette in der Hand zusammen.

Mir ist schrecklich heiß und meine Ohren glühen. Beschämt werfe ich einen Blick über die Schulter, um meinem Retter zu danken. Da steht der Typ, den Lara vorhin beschrieben hat, und lächelt mich aufmunternd an. Er ist etwas größer als ich und trägt die teuren Klamotten mit einer Lässigkeit, die deutlich zeigt, dass er weit außerhalb meiner Liga spielt. Mir ist das Ganze so peinlich, am liebsten würde ich mich in Luft auflösen. Ich lasse den Kopf fallen und starre auf meine Füße hinunter.

„Are you okay?" Leise klingt seine Stimme zu mir rüber. Ich weiß nicht warum, aber schlagartig überzieht Gänsehaut meinen ganzen Körper. Er hat einen seltsamen Dialekt, der die Sanftheit in seiner Stimme noch unterstreicht.

Ich schlucke, nicke zustimmend und traue mich nicht, aufzuschauen. Bestimmt lacht der Typ mich aus. Kurz bleibt es still hinter mir. Vorsichtig hebe ich nun doch den Kopf und begegne Laras Blick. Ihre Augen schweifen zwischen mir und dem jungen Mann hektisch hin und her.

„Don't worry. You're so cute."

Perplex blinzle ich, ein Mal. Zwei Mal. Meint der wirklich mich? Schließlich raffe ich endlich meinen ganzen Mut zusammen, hebe langsam den Kopf, um mich zu bedanken. Doch da ist niemand mehr. Still und heimlich ist mein Retter verschwunden.

Kapitel 5

Hugho

Verflixt, ich bin viel zu spät dran!

Haru winkt mir schon eine ganz Zeit lang hektisch von draußen zu, denn eigentlich wollte ich mir nur schnell einen *Frappuccino* holen, doch ich kann meinen Blick einfach nicht von diesem Mädchen abwenden. Das ist mir noch nie passiert! Ich lerne so viele kennen. Unsere Fans bestehen ja hauptsächlich aus Teenies und jungen Frauen, von denen uns einige auch schon ziemlich eindeutige Angebote gemacht haben. Doch bisher hat mich das noch nie wirklich interessiert.

Viel zu sehr bin ich damit beschäftigt, meinen Fehler wieder gut zu machen und zu beweisen, dass ich es wert bin, Leader von Izet zu sein. Warum habe ich mich eingemischt? Und weshalb habe ich sie sogar angefasst?

Meine koreanischen Wurzeln haben laut *no touching!* signalisiert, doch meine amerikanische Seite wollte einfach nur helfen. Irgendetwas an diesem Mädchen zieht mich magisch an. Ich schüttele den Kopf über meine eigenen Gedanken. *Du spinnst doch, Hugho.* Wahrscheinlich bin ich nur von dem knalligen Pink ihrer Mähne fasziniert. Ja genau, das wird es sein. Vielleicht sollte ich meine Haare auch mal in diesem Ton färben.

Hastig folge ich Haru um die Ecke des Gebäudes, wo bereits ein Auto auf uns wartet. Ich öffne die hintere Tür und lasse mich neben Suni in die Polster fallen. Dieser tippt emsig auf seinem Handy herum und wirft mir nur einen genervten Seitenblick zu. Ja, okay, ich weiß ja, dass ich viel zu lang herumgetrödelt habe. Aber das kann ich nun auch nicht mehr ändern.

Ich lehne mich zurück, schließe die Augen und versuche, meine Gedanken auf das bevorstehende Tanztraining zu fokussieren. Doch ständig sehe ich das Bild von einem Mädchen mit pinken Haaren vor mir. Frustriert schüttele ich den Kopf, reiße meine Augen wieder auf und fahre mir genervt mit der Hand über den Nacken.

So geht das nicht, Hugho! Konzentriere dich!

Zum Glück hält genau in diesem Moment das Auto vor dem Gebäude einer Tanzschule, in der unser Management einige Räume gemietet hat. Ich atme erleichtert auf, steige hastig aus und folge Haru ins Studio.

In den nächsten Stunden komme ich nicht mehr dazu, über meine seltsame Faszination für den *Pink Panther*, wie ich das Mädchen in Gedanken nenne, nachzugrübeln. Gyeong lässt uns deutlich spüren, wie verärgert er über unsere Verspätung ist. Er gibt mir keine Gelegenheit, mich zu entschuldigen. Kaum betrete ich mit Suni den Saal, scheucht uns der kleine, ständig mürrisch aussehende Trainer zu den anderen und beginnt, mit harschen Worten die Fehler bei unserem letzten Auftritt aufzuzählen. Dabei nimmt er vor allem mich hart ins Visier. Ich beiße die Zähne aufeinander und ertrage seine vernichtende Kritik stillschweigend. Aus Erfahrung weiß ich, dass es so am besten ist, doch in mir drin brodelt es.

Natürlich sind wir Mitglieder der Band das intensive und anstrengende Training gewöhnt. Dennoch läuft mir der Schweiß in Strömen übers Gesicht und am Ende bin ich klatschnass und mein ganzer Körper ist ein einziger brennender Schmerz. Doch ich versuche, mir nichts anmerken zu lassen. Ich will niemanden einen Grund geben, meine Position erneut in Frage zu stellen.

Ich folge den Bandmates mit schleppenden Schritten in den Umkleideraum. Erschöpft stemme ich die schwere Tür auf. Selbst dieser kleine Kraftakt ist fast zu viel für meine überanstrengten Muskeln. Überrascht bemerke ich, dass der Raum dahinter leer ist. Dafür hallt Stimmengewirr aus dem Duschraum, der durch eine Milchglastür von der Umkleide getrennt ist. Das ist mir jetzt gerade ganz recht.

Ich sinke erschöpft auf die Bank vor den Spinden und vergrabe das Gesicht in den Händen. Angestrengt atme ich tief ein und aus und versuche, meinen fliegenden Atem zu beruhigen. Selbst jetzt, im Zustand höchster Erschöpfung, ziehender Muskeln und schmerzender Knochen, schweifen meine Gedanken wieder ab zu diesem besonderen Moment, zu diesem besonderen Mädchen. Pink Panther. So gerne würde ich sie noch einmal sehen und überprüfen, ob ich mir diese Magie zwischen uns womöglich nur eingebildet habe.

Einzelne Worte dringen durch die Flut meiner Gedanken undeutlich an mein Ohr. Suni scheint sich mit einem der anderen zu streiten. Die Stimmen werden lauter, aggressiver. Ich kann sie nicht mehr ignorieren. Stirnrunzelnd stehe ich auf und reiße die Glastür zum Nebenraum auf. Mein Blick fällt auf Suni, der Nase an Nase mit Yanhu steht. Die anderen stehen noch unter den laufenden Duschen, beobachten die beiden Streithähne jedoch besorgt und sind bereit einzugreifen.

„Meomchuda! Stopp! Was wird das hier? Seid ihr verrückt?“ Ich greife nach Sunis Arm und ziehe ihn von Yanhu weg. Er wehrt sich, will nicht zurückweichen. Doch ich bin etwas größer und stärker. Ich lasse meinem Freund keine Chance und schiebe ihn langsam, aber stetig zurück.

Ich strecke mich und ziehe die Schultern nach hinten. Als Leader ist es meine Aufgabe, Streitigkeiten zu schlichten. Normalerweise bin ich ganz gut darin. Vor dem Spiegel habe ich tausend Mal geübt, welcher Gesichtsausdruck und welche Körperhaltung in den verschiedenen Situationen geeignet sind, um als Schlichter erfolgreich zu sein.

Hier und jetzt muss ich wohl meine Führungsposition erneut klarmachen. „Sag schon!", fordere ich Yanhu auf.

Doch der presst trotzig die Lippen zusammen und wirft mir nur einen zornigen Blick zu. Das kann und darf ich nicht dulden! Ich überbrücke die restliche Distanz zwischen uns, stelle mich direkt vor ihn, so dass sich unsere Körper leicht berühren, und stoße mit der Faust gegen seine Schulter. Wütend schlägt er meine Hand weg und atmet lautstark ein. Sein hektischer Atem streift mein Gesicht, so nah ist er.

„Du! Du bist das Problem! Schon wieder! Nach dem letzten Mal hast du uns versprochen, dass wir deine Extratouren nicht mehr ausbaden müssen. Und was passiert? Nur ein paar lächerlichen Wochen später und du vergisst dein Versprechen einfach."

„Yanhu, ich …"

„Nein! Wage es nicht, uns mit irgendwelchen Ausreden abzufertigen. Du wusstest genau, dass Gyeong bereits wütend ist. Statt die Wogen zu glätten, reizt du ihn zusätzlich, indem du zu spät kommst. Und du", wendet Yanhu sich in Sunis Richtung, „du unterstützt ihn dabei auch noch."

„He! Wenn du sauer auf mich bist, ist das eine Sache. Aber lass Suni da raus. Er kann nichts dafür. Ich war es, der nicht auf die Zeit geachtet hat. Nicht er!" Fest beiße ich die Zähne aufeinander und versuche, meine Wut unter Kontrolle zu bringen. Ja, ich bin sauer. Stinksauer sogar. Aber nicht auf die beiden, sondern auf mich selbst. Ich balle die Hände zu Fäusten und schaue mich um. Nacheinander trifft mein Blick auf jedes Bandmitglied. Wir sind Freunde, zusammengeschweißt durch das Erlebte. Deutlich sehe ich die Zeichen von Erschöpfung in ihren Gesichtern, die schwerfälligen Bewegungen ihrer Körper und die kleinen Blessuren an ihren Füßen, die durch das lange und anstrengende Training entstanden sind.

Ich fühle mich schuldig. Ich bin verantwortlich dafür!

Und dann passiert es. Die lang aufgebaute, sorgsam geflickte Mauer in mir bröckelt. Erst ist es nur wie feiner Sand, der aus den Fugen rieselt. Er legt Risse frei, die sich spinnenartig ausdehnen. Kleine Kieselsteine und schließlich faustgroße Steine brechen aus dieser Fassade heraus. Die Fassade, mit der ich meine innere Zerrissenheit vertuscht habe. Ich trete einen kleinen Schritt zurück, um etwas Abstand zwischen uns zu bringen und senke überwältigt den Kopf. Meine Arme hängen herab und meine Hände öffnen und schließen sich hektisch. Ich suche nach Worten, doch in mir herrscht gähnende Leere. Es ist, als ob jemand die Pausentaste gedrückt hätte. Die Stille im Raum wird nur durch das stetige Rauschen des Wassers unterbrochen.

Die Wut in mir hat sich in Scham und Schuld gewandelt und liegt wie ein Ziegelstein auf meiner Seele. Das Atmen fällt mir erneut schwer, doch dieses Mal nicht wegen körperlicher Überanstrengung. Ich weiß, was ich zu tun habe. Wie in Zeitlupe mache ich einen Schritt rückwärts und hebe ergeben die Hände. „Ich weiß, ich bin schuld an dem harten Training heute. Ihr alle habt unter meinem Leichtsinn leiden müssen. Das ist nicht richtig, denn ich habe den Fehler gemacht, nicht ihr. Bitte, nehmt meine Entschuldigung an. Es tut mir leid, aufrichtig leid."

Meine Stimme klingt fremd, fast brüchig, als ich sie nacheinander ansehe. „Ja, ich habe versprochen, mich zu bessern und als Leader würdig zu erweisen. Obwohl ich schon so oft das Gegenteil bewiesen habe, werfen mir einige immer noch vor, zu amerikanisch zu sein. Ich kann es nicht mehr hören! Disziplin, Regeln, Verantwortung, Loyalität – aus nichts anderem besteht doch mein ganzes Leben!

Jeden Tag gebe ich absolut alles, was mein Körper und meine Seele leisten können. Ich trainiere härter als je zuvor, übe bis zum Umfallen. So lange, bis jeder einzelne Knochen in mir vor Schmerz schreit, um so perfekt, wie nur irgend möglich zu sein. Ich mache jedes Shooting, jedes Interview mit. Alles, was von mir verlangt wird, egal wie müde und kaputt ich bin. Denn ich will das hier! Ich will das mindestens genauso sehr wie ihr. Aber diese ständige Kontrolle macht mich wahnsinnig. Ich komme mir vor wie ein Vogel, der gefangen ist. Dessen Federn gestutzt werden, Stück für Stück. Und der nur noch heraus darf, frei sein darf, um zu singen. Doch der Zauber und die Magie, diese Leidenschaft zur Musik erstickt unter diesem Druck."

Eigentlich wollte ich all diese Gedanken und Zweifel niemals aussprechen. Doch jetzt kann ich es nicht mehr stoppen. Diese Flut an Frust und Trauer bricht aus mir heraus. Meine Seele keucht gequält unter den stählernen Ketten, die all diese Vorschriften rundum festgezurrt haben. Wenn ich mich nun schon so entblößt habe, dann kann ich auch noch den Rest erzählen.

„Sie warten darauf, dass ich neue Songs schreibe. Ich sollte diese bereits vor zwei Wochen vorlegen. Doch alles in mir ist still und leer. Da ist nichts, was ich in Worte fassen oder mit Noten auf ein Blatt zaubern kann. Es ist, als wäre ich innerlich tot." Meine Beine geben unter mir nach.

Ich sinke auf den Boden, kauere mich zusammen und knete verzweifelt die Hände vor der Brust. Die Angst, keine Musik mehr in mir zu finden, kann ich nicht länger zurückhalten.

Gänsehaut überzieht meinen Körper von Kopf bis Fuß. Ich zittere und drohe unter der Last endgültig zusammen zu brechen.

Doch plötzlich sind da Hände. Viele, weiche, streichelnde Hände, die mich berühren, beruhigend über meine Haare und Haut streichen. Arme, die sich sanft um meine Schultern legen. Tröstende Worte klingen leise zu mir durch und unter all der Qual und Erschöpfung flammt ein winziger Funke Hoffnung in mir auf.

„Himnae! Sei stark. Wir schaffen das - gemeinsam. So, wie wir bisher alles miteinander bewältigt haben. Wir gehören zusammen und die Musik ist das Band unserer Freundschaft. Wir helfen dir."

Überwältigt von meinen Gefühlen lasse ich mich von ihrem Trost einhüllen. So sitzen wir da. Alle in einem Knäuel aus Armen und Beinen verbunden. Unsere nackten Körper sind eng aneinandergepresst und wir geben uns gegenseitig Halt. Es war, ist und wird niemals einfach sein.

Aber eine Gewissheit macht sich in mir breit: Ich bin nicht allein. Solange wir zusammenhalten, werden wir es schaffen. Wir leben unseren Traum, sind als Band erfolgreicher, als wir je in den kühnsten Träumen zu hoffen wagten, doch wir zahlen dafür auch einen hohen Preis.

Kapitel 6

Tanja

Bin das wirklich ich?

Ich umklammere mit den Händen den Waschbeckenrand und lehne mich nach vorn. Im Spiegel schaut mir jemand entgegen, der mir völlig fremd ist. Nur meine Augen, die unter all der Schminke weit aufgerissen sind, wirken noch vertraut.

Klingt komisch?

Tja, wenn man eine Freundin hat, die meisterhaft mit der Farbpalette der Kosmetikindustrie umgehen kann, sollte man sich nicht wundern. Lara hat sich regelrecht an meinem Gesicht ausgetobt und einen Heidenspaß dabei gehabt.

Mein Blick wandert über die dunkel umrahmten Augen mit den stark getuschten Wimpern, den Highlight Punkt auf der Nasenspitze und den grellpinken Lippenstift, der meinen Mund obszön groß erscheinen lässt, zu den schweren Ohrringen, die schaukelnd durch meine frischgefärbte Mähne blitzen.

Den Schmuck habe ich letztens durch Zufall in einem kleinen Geschäft entdeckt und mich sofort in ihn verliebt. Silberne Kugeln hängen an großen, schwarzen Reifen, die rundherum mit Strass verziert sind und so bei jeder Bewegung das Licht einfangen. Zarter Spitzenstoff umschmeichelt meinen Hals und geht in einen hautengen Body über. Die weite Hose im Dietrich-Stil umschließt eng meine Taille. Neben mir liegt der dünne, lange Mantel, den ich noch darüber ziehen werde. Alles ganz in Schwarz - natürlich!

Doch nichts davon wirkt brav und bieder. Das Material meines Outfits ist extravagant und schillert leicht bei jeder Bewegung. Vorsichtig fahre ich mit den Fingerspitzen über die durchbrochene Spitze am Hals. Ich hatte Angst, dass sie kratzt. Es ist genau andersherum, sie ist weich und federleicht. Kaum spürbar. Ich atme tief durch und werfe mir einen letzten Blick im Spiegel zu. Doch, so ist es okay. Ich bin zufrieden damit, wie ich aussehe. Das ist zwar nicht mein normales Ich, aber es ist das, was zu dem heutigen Abend passt.

Beim Gedanken an die entsetzten Gesichter meine Eltern, wenn sie mich so sehen würden, schüttle ich grinsend den Kopf. Lautes Hämmern hinter mir zeigt, dass Lara langsam am Ende ihrer Geduld ist.

„Ja, ja, ich komm ja schon.“ Kopfschüttelnd drehe ich den Schlüssel um und öffne die Badezimmertür.

„Wow!“ Sprachlos mustere ich meine beste Freundin von oben bis unten.

Sie trägt einen hautengen Overall, der sich an jede Kurve ihres Körpers schmiegt und ihre fantastische Figur betont. Keine Falte ist an dem Stoff zu sehen, alles liegt makellos an. Mit dem Finger deute ich ihr, sich zu drehen.

Sie grinst übers ganze Gesicht, folgt aber brav meiner nonverbalen Anweisung. „Wie bist du da bloß reingekommen?“ Ich kann nirgends einen Verschluss oder Knopf entdecken.

Sie hebt einen Arm und fährt mit dem Zeigefinger der anderen Hand an der Seitennaht herunter. „Der Reißverschluss ist echt gut versteckt, nicht wahr?“ Ich blinzle und beuge mich näher. Doch selbst jetzt kann ich ihn nicht mit bloßem Auge erkennen.

„Kannst du da nicht was darüber ziehen? Wenn du dort so auftauchst, werde ich den ganzen Abend nur nervige Typen für dich abwehren müssen, statt mich aufs Konzert zu konzentrieren."

„Na und? Sollen sie doch gucken, schließlich sind wir beide *ten out of ten*." Lara hakt sich bei mir unter und zieht mich zur Tür. „Jetzt schau nicht so." Sie packt meine Schulter und rüttelt sacht an mir. „Mensch Tanja, das wird so krass! Endlich! Endlich erleben wir sie live!" Sie reißt die Eingangstür schwungvoll auf. „Jetzt komm schon. Wir wollen schließlich noch Tims Ticket verscherbeln."

Ich verkneife mir jedes weitere Wort. Inzwischen kenne ich Lara gut genug und weiß, dass sie in dieser Stimmung nicht mehr zu stoppen ist. Ergeben trotte ich hinter ihr die Stufen hinunter und setze mich neben sie ins wartende Taxi. Da wir uns hier überhaupt nicht auskennen, haben wir vorsichtshalber schon von zuhause aus eines für heute Abend bestellt.

Nervös wippe ich mit den Beinen auf und ab. Meine Finger spielen mit dem Lightstick auf meinem Schoß. Im Gegensatz zu Laras ist der echt. Ja, ich weiß, es ist verrückt, für so etwas dermaßen viel Geld auszugeben. Aber ich konnte einfach nicht anders. Wie schon gesagt – mein innerer Rebell kommt manchmal durch.

Vorsichtig streiche ich mit den Händen über die durchsichtige Kuppel, unter der sich der detailliert geformte Kompass befindet. Die Verpackungsbox habe ich lieber im Hotel gelassen. Sie ist wunderschön verarbeitet, elegant und total stylisch. Noch dazu sind die Namen aller Bandmitglieder darauf vermerkt. Auf keinen Fall will ich, dass sie kaputt geht. Nein, lieber lasse ich sie zurück. Auf den filigranen Lightstick in meinen Händen werde ich aufpassen, als wäre er mein größter Schatz. Das ist er ja irgendwie auch!

Laras Hand tastet nach meiner. Ihre Finger sind eiskalt. Ich schaue zu ihr rüber, aber sie blickt durch das Fenster auf die vorbeihuschenden Häuser. Sie wirkt total lässig, doch ich merke trotzdem, dass sie genauso aufgeregt ist, wie ich. Schmunzelnd drücke ich ihre Hand und will gerade etwas sagen, als das Taxi anhält.

„Wir sind da!“, kommt es vom Fahrersitz.

Lara greift bereits nach dem Türgriff, während ich noch mein Handy aus der Hosentasche ziehe, in dessen Hülle ein paar Scheine versteckt sind.

Nervös warte ich darauf, dass der Fahrer mir das Rückgeld gibt. Aus den Augenwinkeln sehe ich bereits ein buntes Gewimmel auf dem Platz vor der Arena. Wir sind nicht die Einzigen, die schon so früh da sind. Hastig raffe ich meinen Mantel zusammen und steige ebenfalls aus. Sofort umfängt mich eine Mischung aus Stimmen, Lachen und anderen Geräuschen, die sich zu einer ganz eigenen Musik zusammenfügen. Aufregung pulsiert durch meine Adern. Ich trete neben Lara, die schon mit ein paar Mädels quatscht und sauge die Atmosphäre hier mit jeder Faser meines Körpers auf. Leben! Pures Lebensgefühl umgibt mich und ich fühle mich frei, wie nie zuvor.

Ich lache laut auf, lege den Kopf in den Nacken und starre nach oben in den dämmrigen Abendhimmel.

„Was ist los?“ Laras Ellbogen trifft mich sanft in die Seite. Ich senke den Blick und strahle sie überglücklich an. Sie stutzt kurz, nickt dann leicht und drückt meine Hand ganz fest. Wir verstehen uns auch ohne Worte!

Es dauert zwar noch ewig, bis die Türen der Arena sich öffnen, doch die Zeit bis dahin fliegt nur so an mir vorbei. Tims Ticket wird uns für den doppelten Preis regelrecht aus den Händen gerissen.

Wir lernen so viele neue Menschen kennen. Sie alle sind genauso aufgeregt und wir vertreiben uns die Wartezeit, indem wir Ausschnitte aus den Songs von Izet anstimmen und über die einzelnen Bandmitglieder diskutieren.

Die Vorfreude in mir wächst von Sekunde zu Sekunde. Ich halte es kaum noch aus und hüpfe aufgeregt von einem Fuß auf den anderen und dann - endlich - dürfen wir rein.

Es dauert ewig, bis wir unsere Plätze erreichen. Meine Freunde haben sich echt in Unkosten für mich gestürzt und sogar Sitzplätze oben am Rang gebucht.

Doch eigentlich brauchen wir sie gar nicht. Die Stimmung in der Arena ist von Anfang an unglaublich. Wie auf einem anderen Planeten schwirren Scheinwerfer über die Ränge und zaubern seltsame Gebilde an die Decke. Unten im Parkett drängen sich immer mehr Fans zusammen. Sie rücken ganz eng an die überdimensionale Bühne heran, die im Moment noch von einer gigantischen Leinwand verdeckt wird.

Ein Aufschrei geht durch die wogenden Massen, als nacheinander Fotos der Bandmitglieder auf dem hellen Untergrund gezeigt werden.

Sprechchöre hypen jeden einzelnen Sänger. Alle in der Arena stehen. Auch uns hält nichts mehr auf den Sitzen. Wir jubeln, schreien, kreischen und lachen in einem Singsang, der mit jedem gezeigten Bild auf und ab schwingt. Dann wird es dunkel und für eine Sekunde wird es totenstill. Erwartungsvoll blicken alle nach vorn.

Die ersten Lightsticks leuchten auf. Wie ein Leuchtfeuer breitet es sich aus. Es wirkt, als wären tausende, funkelnde und blinkende Sterne vom Himmel gefallen und direkt hier in der Arena gelandet. Gänsehaut überzieht meinen Körper. Die Stimmung überwältigt mich komplett.

Die Leinwand fährt geräuschlos nach oben und verschwindet irgendwo in der Decke. Einzelne Strahler blitzen auf und tauchen die geduckten Körper auf der Bühne in blaues Licht. Im Hintergrund flammt ein Farbspektakel auf, dass wie die Gischt eines tobenden Meeres aussieht.

Das Geschrei im Saal wird ohrenbetäubend, als schlagartig die gesamte Bühne beleuchtet wird und die Töne des ersten Songs erklingen. Via Spot werden die einzelnen Bandmitglieder im Rhythmus angestrahlt. Die Menschen um mich herum flippen komplett aus und wir, wir lassen uns mitreißen.

Schreien. Kreischen. Singen jedes einzelne Wort der tausendfach gehörten und gehypten Lieder mit.

Ich merke kaum, dass mein hochgestreckter Arm mit dem pulsierenden Lightstick taub wird, so sehr versinke ich in diesem Rausch aus Euphorie und Glück.

Schulter an Schulter mit Lara hüpfe ich pausenlos auf und ab. Ich fühle mich losgelöst, frei – fast so, als würde ich fliegen. Absoluter Wahnsinn!

Kapitel 7

Hugho

Umringt von meinen Freunden stehe ich hinter der Bühne. Gleich geht es los und obwohl wir mittlerweile schon unzählige Auftritte vor großem Publikum absolviert haben, pulsieren Nervosität und Aufregung durch meine Adern.

Gyeong steht mit Kwon, unserem Manager, am Rand der hinteren Bühne und blickt hoheitsvoll auf uns herab. So klein er körperlich ist, sein Ego ist riesengroß. Er treibt uns ständig an und ist nie zufrieden. Manchmal hasse ich ihn regelrecht dafür. Doch ich akzeptiere auch, dass er ein Meister in seinem Metier ist.

Kwon ebenfalls, er hält alle und alles konsequent und beharrlich im Griff. Der Erfolg ist ihm wichtiger als irgendetwas sonst. Und natürlich die Macht und der Reichtum, der damit verbunden ist. Ich glaube, er würde jeden von uns, ohne mit der Wimper zu zucken, ersetzen, wenn er es für nötig hält. Doch ich habe gleichzeitig tiefen Respekt vor ihm, denn er hat uns so erfolgreich gemacht.

Eben hat er seine übliche Ansprache vor einem Auftritt beendet und ein Moment der Stille umgibt uns. Wir konzentrieren uns, gehen in uns, suchen nach der Kraftquelle, die uns gleich dort draußen explodieren lässt. Jeder hat seine eigene Methode. Wir müssen alles geben, um weiterhin an der Spitze des K-Pop zu bleiben.

Ich lenke die Gedanken wie immer zu meiner Familie. Das wettergegerbte, müde Gesicht von Mutter taucht vor meinen geschlossenen Lidern auf. Liebevoll sieht sie mich an und nickt mir aufmunternd zu. Sie glaubt an mich. Hat es schon immer getan und ist meine große Stütze.

Doch plötzlich wird das vertraute Bild verdrängt von einem jungen Gesicht. Einem Mädchen mit pinkfarbenen Haaren. Verwirrt reiße ich die Augen wieder auf und reibe mir über die Schläfen.

Was war denn das? Wieso bekomme ich sie einfach nicht aus meinem Kopf?

Ich atme ein paar Mal tief ein und aus und verdränge energisch jeglichen Gedanken daran. Ich muss mich jetzt auf den Auftritt konzentrieren! Reiß dich zusammen, Hugho!

Wir stellen uns zu einem Kreis auf, legen die Arme umeinander und beugen die Köpfe in die Mitte. „Hamkke! Uliui eumag-e saengmyeong-eul bul-eoneohda!“ (Zusammen! Wir erwecken unsere Musik zum Leben). Hier und jetzt verwenden wir natürlich unsere Muttersprache. Auf Reisen verlangt das Management, dass wir uns möglichst auf Englisch unterhalten, um international verstanden und anerkannt zu werden. Trotzdem singen wir die meisten Texte auf Koreanisch. Das sind einfach wir und unsere Fans überall auf der Welt akzeptieren das!

Kwon klatscht laut in die Hände. „Los geht's! Reißt sie von den Sitzen! Gebt alles und noch mehr! Ich erwarte absolute Perfektion.“

Ich hasse es, wenn er so einen Druck aufbaut, aber ich habe mittlerweile auch gelernt, das nicht mehr so an mich heranzulassen. Wir steigen die Stufen zur Bühne hinauf und stellen uns auf die markierten Positionen. Noch können wir das Publikum nicht sehen. Aber wir hören das Kreischen und Schreien. Mein Blut pulsiert immer heftiger in den Adern. Ich tausche noch einen schnellen Blick mit meinen Freunden. Nicke ihnen aufmunternd zu. Dann beuge auch ich mich in die vorgeschriebene Haltung hinunter.

Meine Ellbogen sind auf das linke Knie gestützt, das rechte Bein ist seitlich weggespreizt und mein Blick nach unten gerichtet. Über das Headset höre ich die Abzählfolge und dann geht es los: Der Vorhang vor uns fällt, gleichzeitig werden wir in grellblaues Licht getaucht. Die ersten, pulsierenden Klänge von *Wondeowoldeu (Wonderworld)* ertönen. Fontänen explodieren am Rand der Bühne und wir beginnen mit der Choreografie.

Unsere Anzüge sind schwarz, doch im Licht der Scheinwerfer blitzen die verschieden verzierten Jacken auf, die jeden von uns als eigenständige Person präsentieren. Die Musik aus dem Headset ist laut, trotzdem höre ich deutlich, wie die Fans in der Halle toben.

Schon nach wenigen Sekunden läuft mir der Schweiß in Strömen über Stirn und Rücken. Mein weißes Hemd klebt wie eine zweite Haut an mir und der Krawattenknoten erschwert das Atmen. Trotzdem bewegen sich mein Körper, meine Arme und Beine automatisch in den tausendfach geübten Moves. Ich hole alles aus mir heraus, singe den Text mit allem an Gefühl, das ich in mir habe.

Jedes Wort schleudere ich in die Menge vor mir und lasse meine Seele explodieren. Die Töne steigen in mir hoch, brechen aus, vereinigen sich mit denen meiner Bandmates und wir versinken im Einklang unserer Musik.

Song für Song geben wir alles!

Zwischendurch beschäftigt immer einer von uns mit eingeübten Interaktionen das Publikum. Das gibt uns anderen kurz Zeit zum Umziehen und Durchatmen.

Ich fühle mich wie in Trance. Es ist, als lebe ich jedes einzelne Wort, das wir singen. Mein Körper bewegt sich im Einklang mit der Gruppe über die Bühne. Abwechselnd stehen wir im Fokus, denn jeder von uns hat eine andere Stimmlage. Wobei natürlich immer die gesamte Band performt. Jedem habe ich einen Song auf den Leib geschrieben und seinen Charakter, seine Eigenart eingefangen.

Für mich selbst bestimmte unser Manager den Song *Nabichum (Butterflydance)*. Ich weiß nicht, warum er das so entschieden hat, doch es passt. Er erinnert mich an unseren eigenen Höhenflug, an das Zittern vor jedem Auftritt. Auch heute lege ich mein ganzes Herz in diese Worte über unendliche Freiheit und einem Tanz in den Himmel. Der Text strömt regelrecht aus meinem Mund, aus meiner Seele und ich fühle mich für einen kurzen Moment so frei wie dieser Schmetterling.

Der Song endet und es wird es dunkel auf der Bühne. Schwer atmend stehe ich da und spüre diesem Gefühl nach. Das Schreien und Pfeifen der Fans überlagert die Stille im Headset. Hastig eilen wir von der Bühne, um ein letztes Mal unser Outfit zu wechseln.

Kwon verschafft uns dafür genug Zeit, indem er das übliche Spektakel für die Aftershowparty abzieht. Während ich mich aus den verschwitzten Klamotten quäle, sehe ich vor meinem inneren Auge, wie ein Scheinwerfer über die Menge gleitet und nacheinander 20 Menschen einfängt, die damit eine Eintrittskarte für sich und eine Begleitperson gewinnen.

Der Manager hält uns ständig eine Predigt darüber, dass die Show danach genauso wichtig ist, wie der Liveact. Deshalb dürfen die ausgewählten Fans zusätzlich zu den geladenen Gästen an der Aftershowparty teilnehmen. Ich hasse das. Nicht die Fans – NEIN! Aber nach dem Auftritt bin ich müde und völlig erledigt. Im Grunde möchte ich dann nur noch ins Bett schlüpfen und in

Ruhe schlafen. Doch das ist eben der Preis, wenn man ganz oben mitspielen will. Den Fans nahe oder sogar noch näher zu sein, ist das Rezept zum Erfolg.

Unser letzter Act beginnt. Wir stehen in Alltagskleidern auf der Bühne. Hier und jetzt sind wir so, wie wir eben sind. Mit dem Song *Naneun issneun geudaelo (I am as I am)* sprechen wir vielen jungen Menschen aus dem Herzen, die nicht wissen, wo ihr Weg sie entlangführt. Ob jemand da ist, der sie in den Arm nimmt, der ihnen zuhört. Und am Ende des Weges die Hoffnung, sich selbst zu finden.

Wir sehen keine Menschen, keine Gesichter vor uns. Die Halle liegt in Dunkelheit. Wir sind fast geblendet von den Scheinwerfern und trotzdem erkenne ich die unzähligen, funkelnden Lightsticks. Sie wirken, als wäre der Nachthimmel persönlich mit all seinen glitzernden Sternen zu uns auf die Erde herabgekommen. Ein Anblick, den ich tief in mich einsauge und der mein Herz erwärmt. Dafür, genau dafür lohnt sich all das, was wir auf uns nehmen.

Kapitel 8

Tanja

Ich bin wie erstarrt, als kurz vor Ende des Konzerts plötzlich gleißendes Licht auf mich fällt und mein Gesicht in Großaufnahme auf den Leinwänden an der Bühnenrückseite auftaucht. Verwirrt blinzle ich und begreife einen Moment lang nicht, was das bedeutet.

Doch dann schlingt Lara ihre Arme um mich, schreit und kreischt wie verrückt. Ihre laute Stimme an meinem Ohr reißt mich aus der Schockstarre. „Jajajajajajaaaaaa! Jackpot! Du bist dabei!“ Immer noch unter Schock stehend schaue ich sie perplex an. Sie packt meine Schultern und schüttelt mich, während der Lichtkegel endlich verschwindet und suchend weiter schweift.

„Tanja? Begreifst du denn nicht?“ Ihre Augen leuchten in ihrem Gesicht und sie vibriert am ganzen Körper. „Du bist ausgewählt worden!“

„Ausgewählt? Wofür?“

„Meine Güte, Tanja! Für die Aftershowparty natürlich und ich darf dann wohl auch mit!“

Endlich fällt bei mir der Groschen. „Du meinst, wir … wir dürfen sie nachher sehen? Ganz nah?“

Lara nickt voller Begeisterung, greift nach meinen Händen und gemeinsam hüpfen wir laut kreischend am Platz auf und ab. Die Mädels um uns herum schwenken grinsend ihre Lightsticks in meine Richtung oder werfen uns neidische Blicke zu. All das prallt an mir ab, denn im Moment kann mir nichts und niemand die Freude auf die kommende Party vermiesen.

Wie benebelt rieselt das Ende des Konzerts auf mich ein. Alles in mir blubbert und sprudelt. Ich fühle mich wie eine Seifenblase, bunt und schillernd, kurz bevor sie in abertausend Partikel zerspringt. Es dauert endlos lange, bis sich die Arena langsam leert. Wir bleiben auf unseren Plätzen und beobachten die vorbeistapfenden Fans in ihren vielfältigen Outfits. Kaum jemand trägt normale Alltagsklamotten und viele haben sich etwas völlig Ausgefallenes für heute einfallen lassen. Es sieht aus, als wären wir in einer Modenschau der Zukunft gelandet.

Endlich sind die Sitzreihen fast leer und wir schließen uns der hinausströmenden Masse an. Ich stoße Lara mit dem Ellbogen an. „Hey, hast du eine Ahnung, wo wir jetzt hinmüssen?"

Sie beißt sich auf die dunkelgeschminkten Lippen und schüttelt den Kopf. „Ne, keinen blassen Schimmer. Aber wir sind ja nicht die Einzigen. Lass uns mal in Richtung Ausgang gehen. Vielleicht sehen wir da jemand, der auch auf der Leinwand gezeigt wurde. Und wenn nicht, fragen wir uns einfach durch. Irgendwer wird uns schon weiterhelfen können." Sie hakt sich bei mir unter und zieht mich mit sich.

Das ist so typisch Lara. Hindernisse sind für sie dazu da, überwunden zu werden. Während ich eher jemand bin, der stehenbleibt, sich das Hindernis genau ansieht und lange überlegt, was der beste Weg ist. Zugegeben, etwas von ihrer Spontanität würde mir nicht schaden.

Seitlich der Ausgangstore steht eine größere Gruppe, die sich aufgeregt unterhält und keinerlei Anstalten macht, die Arena zu verlassen. Lara nickt in ihre Richtung. „Lass uns mal zu denen gehen. Sieht so aus, als wären wir da richtig."

Mit schwungvollen Schritten geht sie auf die bunte Truppe zu. Ich folge ihr mit etwas Abstand. Mir fällt es nicht so leicht wie ihr, fremde Menschen anzusprechen. Da lasse ich ihr lieber den Vortritt. Es dauert keine Minute, da ist meine Freundin schon mitten im Gespräch mit zwei Mädels und einem Jungen. Ich stelle mich dazu und merke schnell, dass es tatsächlich die anderen ausgelosten Gewinner sind.

Aufgeregt unterhalten sich alle kreuz und quer. Still stehe ich daneben und lasse die Eindrücke auf mich einwirken. Lara redet mal wieder wie ein Wasserfall. Sie ist voll in ihrem Element. Ich finde es viel interessanter, die unterschiedlichen Menschen dieser Truppe zu mustern. Fast alle sind in unserem Alter, doch ein paar wenige wirken älter, reifer.

„Das ist so geil!" Lara wendet sich mir zu und kann vor Aufregung kaum stillhalten. „Ich freu mich so sehr für dich. Das ist die Chance, sich das alles mal aus der Nähe anzusehen."

Begeistert nicke ich.

Lara und Tim sind die einzigen Menschen, die von meinem großen Traum wissen. Zu gerne würde ich später eine kleine Agentur führen, die speziell für Promis Events organisiert. Am liebsten mit Kunden aus der Musikbranche. Das ist ein Traum, der wohl niemals in Erfüllung gehen wird. Aber träumen darf man ja!

Ich werde von einem großen, muskulösen Mann, der zielstrebig auf uns zuläuft, aus meinen Gedanken gerissen. Lara bemerkt ihn erst, als er uns mit einem lauten *Hello* begrüßt. Sie dreht den Kopf und ihre Augen weiten sich. „Wow!", flüstert sie. „Wo haben sie denn dieses Prachtexemplar aufgegabelt?" Vor mir verwandelt sie sich von einem aufgeregten Fan-Girl in eine Femme fatale. Sie wirft ihre langen Haare schwungvoll zurück, richtet sich gerade auf, schiebt demonstrativ ihre vollen Brüste noch etwas nach oben und fährt anschließend mit ihren Händen an ihrem hautengen Overall herab, als wolle sie all ihre Vorzüge präsentieren. Dabei wendet sie den Blick keine Sekunde von dem Typen, der tatsächlich darauf anspringt und ihr verrucht zuzwinkert. Lara scheint das zu genießen. Ich jedoch spüre, wie meine Wangen heiß werden, denn dieser offensichtliche Augenfick zwischen den beiden, ist nicht zu übersehen.

„Congrats! You're the winners. Ihr habt das große Glück, heute bei der Aftershowparty alle Mitglieder von Izet persönlich kennen zu lernen. Mein Name ist Trevor, ich bin Teil des Securityteams. Bevor ich euch dort hinbegleite, gibt es noch ein paar Regeln, die ich vorher erklären muss." Er beginnt mit leicht amerikanischem Akzent, über Begrüßungs- und Verhaltensregeln zu reden, doch ich bekomme nach wenigen Worten kaum noch etwas mit.

Schuld ist meine beste Freundin! Lara hakt sich bei mir unter und schmiegt sich aufgeregt an meine Seite. Ihr Blick haftet wie festgetackert an Trevor. „Woah, Tanja, der Typ ist hot. Hotter als hot. Schau dir nur diese blaue Augen und vor allem diese Muskeln an." Sie seufzt und spricht ganz leise weiter, damit niemand außer mir sie hören kann. „Den würde ich gern näher kennenlernen. Wann trifft man schon mal so ein Prachtexemplar von Mann?" Ich wende den Kopf und sehe, wie sie Trevor von oben bis unten abcheckt. Dabei leckt sie sich provokant über die Lippen. So offensiv kenne ich sie gar nicht.

„Lara! Lass das! Das ist peinlich!", zische ich sie leise an.

Ihr Kopf fährt zu mir herum und sie reißt die Augen auf. „Warum? Was ist peinlich daran? Dass ich zugebe, einen sexy Mann zu bewundern? Dass ich mir wünschte, eine heiße Nacht mit ihm zu verbringen?" Sie steht so nah bei mir, dass unsere Nasenspitzen sich fast berühren. Ihre Augen funkeln amüsiert und ihre Mundwinkel zucken verräterisch. Verwirrt schaue ich sie an. In der nächsten Sekunde fängt sie lauthals an zu lachen. Im ersten Moment ist es mir noch peinlich, doch dann lasse ich mich von den glockenhellen, ansteckenden Tönen mitreißen und pruste los. Lara ist einfach ein absoluter Lebemensch.

Schlagartig schießen alle Köpfe zu uns herum. Trevor stoppt mitten in seinem Satz und runzelt kurz die Stirn. Als sich nacheinander die anderen von Laras Lachflash anstecken lassen, überzieht auch sein Gesicht ein breites Grinsen. Es dauert, bis sich alle wieder einigermaßen beruhigen. Doch nun ist die Stimmung viel gelöster. Wir plaudern locker miteinander und auch Trevors Haltung ist jetzt entspannter. Er beantwortet noch ein paar Fragen und klatscht dann laut in die Hände, um die Aufmerksamkeit auf sich zu ziehen.

„Come on, let's go!" Er winkt uns, ihm zu folgen, dreht sich um und marschiert los.

Wir laufen wie eine Herde Lämmer hinter ihm her durch lange Gänge, durchqueren einen kleinen Innenhof und steigen eine breite Treppe hinauf, bis wir schließlich eine große Glastür erreichen. Davor ist ein dicker, roter Teppich ausgerollt.

Ich runzle unwillkürlich die Stirn. Das sieht mir doch extrem kitschig aus. Allerdings weiß ich, dass Koreaner sehr auf Etikette und teilweise sogar auf Kitsch stehen. Dieser Teppich gehört für sie wohl einfach zu einem Empfang dazu. Na gut, warten wir mal ab, was das wird.

Trevor nickt den beiden Securities rechts und links der Tür zu und hält uns eine der Flügeltüren galant auf. „Have fun and take care of yourself." Wir gehen nacheinander an ihm vorbei. Lara und ich verschränken unsere Hände.

Als wir an Trevor vorbeikommen, zwinkert er ihr erneut zu und flüstert: „See you later, Sweetie!"

Ich stolpere bei seinen Worten und kann mich gerade noch an Laras Arm festkrallen. Zum Glück reagiert sie schnell und stoppt meinen Fall, wirft Trevor ein strahlendes Lächeln zu und zieht mich mit in den pompösen Saal.

Kaum sind wir eingetreten, hält uns auch schon ein Kellner ein Tablett mit kleinen Gläsern entgegen. „Hwangyong hamnida", (Willkommen) begrüßt er uns mit einer angedeuteten Verbeugung.

Mit großen Augen betrachte ich die kleinen, beschlagenen Gläser, während Lara bereits mutig nach einem davon greift. „Gamsahamnida!"(Danke)

Perplex schaue ich Lara an. „Seit wann kannst du Koreanisch? Was hast du gesagt?"

Sie zuckt mit der Schulter, nimmt ein weiteres Gläschen und reicht es mir. Automatisch strecke ich die Hand aus und greife zu. Das Glas ist eiskalt. Feuchtigkeit läuft am Rand herunter und zerfließt auf meiner Haut. „Und was ist das?"

Lachend stößt Lara ihr Glas leicht gegen meins. „So viele Fragen auf einmal heute, Tanja? Ich dachte, wir wollen das hier einfach genießen?"

Ihre Worte klingen etwas hart, aber an ihrer Stimme höre ich, dass sie mich nur ein bisschen aufziehen will.

Ich grinse und verdrehe die Augen. „Wollen wir ja auch. Ich bin nur neugierig. Was verbirgst du noch alles vor mir? Ich dachte, wir hätten keine Geheimnisse voreinander."

„Haben wir auch nicht!", bestätigt sie. „Ich habe nur ein bisschen gegoogelt und keine Ahnung, ob ich das richtig ausspreche. Vielleicht sage ich auch was ganz anderes, als ich eigentlich will." Sie zuckt unbekümmert mit den Achseln. „Ist ja egal. Ich hab mich nur für den Drink bedankt. Das ist übrigens *Soju*, ein beliebtes Getränk in Korea. Meist wird es pur wie Schnaps getrunken.

Ich habe aber gelesen, dass man es auch gemischt mit Bier trinken kann."

Auffordernd hebt sie ihr Glas. „Na komm! Runter damit und dann lass uns das hier genießen!"

Ich hebe das Glas und nippe vorsichtig. Sofort wird mein Gaumen von einem weichen, samtigen Aroma überzogen. Es ähnelt ein bisschen dem Geschmack von Wodka, allerdings viel milder und süffiger. Oh ja, ich glaube, da muss man aufpassen.

Lara hat ihr Glas auf ex gekippt. Als sie meinen erstaunten Blick sieht, wirft sie den Kopf lachend nach hinten. „Was? Das wird so getrunken! Das erste Glas muss man immer auf ex trinken und darf sich dabei nicht in die Augen sehen."

„Seit wann bist du ein wandelndes Lexikon? Oder Fachmann, sorry, Fachfrau für Hochprozentiges?" Ich finde meine Frage absolut berechtigt, denn normalerweise trinkt Lara genau wie ich so gut wie nie Alkohol.

Sie hakt sich bei mir ein und wir schlendern langsam am Rand des Saals entlang. Er ist so groß, dass sich die vielen Menschen darin verteilen. Überall stehen kleine Grüppchen beieinander und plaudern locker, doch von den Sängern, den eigentlichen Stars, ist noch nichts zu sehen.

Lara erzählt mir, was sie in den letzten Wochen so alles über koreanische Traditionen und Gepflogenheiten gegoogelt hat. Ich höre ihr zu und betrachte dabei die edle Dekoration im Saal. Innerlich notiere ich, was mir besonders gut gefällt. Unsere leeren Gläser stellen wir auf einem Bistro-Tisch ab und bewundern das prunkvolle, farbenfrohe Buffet, das an einer größeren Nische aufgebaut ist. Noch nimmt sich niemand etwas davon, was sicherlich daran liegt, dass alle auf die Hauptpersonen warten. Als wir näherkommen, streift ein eigenartiger Geruch meine Nase. Tief atme ich ein.

„Knoblauch! Es riecht nach etwas Süßlichem und Knoblauch", stoße ich erstaunt aus. „Weißt du darüber auch was?"

Lara nickt und mustert die unterschiedlichen Gerichte auf der langen Tafel. Sie deutet auf eine große Schüssel, die eine Art Kohl mit roter Soße enthält. „Das da ist *Kimchi*. Es wird etwa so ähnlich wie unser Sauerkraut gemacht. In Korea ist das ein Nationalgericht und jede Familie hat ein eigenes Rezept dafür. Es wird wie ein wertvoller Schatz gehütet und nur an die Kinder weitergegeben."

„Interessant", murmle ich und betrachte die Schüssel und ihren Inhalt genauer.

„Ich habe gelesen, dass meistens Chinakohl dafür verwendet wird", fährt Lara fort. „Er wird zerkleinert, gesalzen und muss dann einige Zeit ruhen. Anschließend wird er nochmal gewaschen und mit einer Marinade vermischt, in der vor allem Knoblauch und Ingwer enthalten sind. Daher kommt der typische Geruch."

„Wow! Good job", ertönt unerwartet eine dunkle Stimme hinter uns.

Erschrocken fahre ich herum. Trevor hat sich angeschlichen und lächelt uns spitzbübisch an. Noch bevor ich ihn wegen seines Streiches die Meinung geigen kann, gehen die gläsernen Flügeltüren weit auf und ein Raunen breitet sich aus.

Unsere Gastgeber kommen.

Kapitel 9

Hugho

Wir laufen gerade auf die großen Eingangstüren des Festsaales zu. Vor uns gehen Kwon und Gyeong. Ich kneife die Augen zusammen und betrachte gelangweilt die beiden etwas genauer. Unterschiedlicher könnten sie nicht sein und doch gehen sie nebeneinander, wie eine Einheit, aber … sie laufen extrem nah beieinander. Fast könnte man meinen, sie suchen den Kontakt zueinander. Ich schüttle den Kopf über meine Fantasien, denn niemals würde KM zulassen, dass da etwas zwischen den beiden läuft. Als wir die Türen erreichen, drehen sie sich wie auf Kommando zu uns um. Abrupt bleiben auch wir stehen. Kwon hebt die Hand und mustert uns mit ernstem Gesicht und stechendem Blick. Einen nach dem anderen nimmt er ins Visier. Ich komme ganz am Schluss dran und bei mir bleibt er hängen.

„Höflichkeit, Freundlichkeit und Interesse erwarte ich von euch. Nehmt auch Kontakt zu den ausgewählten Fans auf. Geht nah ran, aber nicht zu nah. Gebt ihnen das Gefühl, sie seien etwas Besonderes und haltet trotzdem Abstand. Ihr bleibt mindestens zwei Stunden hier, danach könnt ihr euch zusammen mit eurem Aufpasser ein Taxi nehmen und ins Hotel fahren." Während er redet, blickt er die ganze Zeit zu mir. Fast wirkt es, als ob er diese Ansprache speziell für mich hält. Dabei habe ich gar nichts getan!

Bestimmt spielt er wieder darauf an, dass ein *Korean American* in seinen Augen keine Regeln einhalten kann. Diese Vorurteile gehen mir so auf die Nerven! Doch die Erfahrung hat mich gelehrt, in solchen Situationen besser den Mund zu halten.

Kwon dreht sich zu Gyeong. „Möchten Sie auch noch etwas sagen?“, fragt er ihn in höflichem Ton und mit einer angedeuteten Verbeugung.

Der kleine Mann streckt sich und sieht hoheitsvoll über uns hinweg. „Ja! Ihr dürft essen und trinken, auch zwei oder drei Gläser Soju sind gestattet. Doch vergesst nicht, morgen Nachmittag um zwei Uhr ist Training. Es wird mir ein Vergnügen sein, jeden, der nicht fit ist, stützend unter die Arme zu greifen.“ Er grinst hämisch bei seinen Worten und jedem von uns ist klar, dass es besser ist, unbedingt topfit beim morgigen Training aufzutauchen. Gyeong packt uns eh immer hart an, aber wenn er richtig gereizt ist, dann wird er zum Diktator der Tanzhölle.

Scheinbar haben sie nun genug Warnungen auf uns abgeschossen, denn endlich erlauben sie dem Personal, die gläsernen Flügeltüren für uns zu öffnen. Kwon und Gyeong schreiten voran und wir folgen ihnen auf dem Fuße. Wie eine Einheit marschieren wir durch unsere Gäste, die sich automatisch zu einem Spalier öffnen, um uns hindurch zu lassen. In der Mitte des aufwendig geschmückten Saales bleiben Kwon und Gyeong stehen. Wie immer stellen wir uns im Halbkreis hinter ihnen auf, richten uns gerade auf und winken gleichzeitig mit einer Hand.

Aus dem Augenwinkel sehe ich, wie Suni, der neben mir steht, sogar mit beiden Händen winkt. Die Freude strahlt ihm geradezu aus dem Gesicht. Wieder einmal bewundere ich, wo der schmale Kerl seine Energie hernimmt. Ich nehme mir ein Beispiel an ihm und reiße mich zusammen. Die Müdigkeit in Kopf und Körper schiebe ich so weit wie möglich nach hinten und setze ein professionelles Lächeln auf. Kurz schweift Sunis Blick zu mir und er nickt verstohlen. Ich kann ihm an der Nasenspitze ansehen, dass er sich Sorgen um mich macht. Das ist unnötig. Um ihn zu beruhigen, lächle ich so enthusiastisch wie möglich.

Nach einer kurzen Begrüßungsrede bekommt jeder im Saal, auch wir, ein eiskaltes Glas Soju serviert. Gemeinsam trinken alle auf das erfolgreiche Konzert. Kwon wünscht unseren Gästen noch einen unterhaltsamen Abend. Dann sind wir entlassen und dürfen uns frei unter die Leute mischen.

Kwon winkt mir, ihm zu einem distinguiert wirkenden Pärchen zu folgen. Gehorsam gehe ich hinter ihm her, als ich aus den Augenwinkeln ein Farbschimmer aufblitzen sehe. Etwas Pinkes, das leider sofort wieder verschwunden ist.

Augenblicklich muss ich an das Mädchen mit den auffallenden Haaren von heute Morgen denken. Doch Kwon reißt mich aus meiner Erinnerung, denn genau in diesem Moment erreichen wir das angesteuerte Paar und er stellt uns einander vor. Ich muss mich jetzt auf sie konzentrieren. So wie Kwon mit ihnen umgeht, sind das sehr wichtige Leute.

Trotzdem verdrehe ich innerlich die Augen, als alle drei sofort davon sprechen, wie viel der Erfolg unseres Auftrittes für unser Land bedeutet. Ich höre zu, nicke immer wieder bestätigend und lächle die ganze Zeit freundlich. Aber trotz aller Mühe schweifen meine Gedanken ab.

Möglichst unauffällig schaue ich im Saal umher. Doch scheinbar habe ich mich vorhin getäuscht, nirgends ist etwas Pinkfarbenes zu sehen. Schade eigentlich, denn ganz kurz war trotzdem die Hoffnung in mir aufgeflackert, dass der Zufall dieses Mädchen mit den pinken Haaren hierhergeführt hat. Doch das ist natürlich Unsinn. Entschlossen schlucke ich die Enttäuschung hinunter, schüttle alle anderen Gedanken ab und konzentriere mich auf das Gespräch vor mir.

Erst eine gefühlte Ewigkeit später schaffe ich es endlich, mich loszureißen. Mein Blick schweift durch den Saal und bleibt an Suni hängen, der mir vom Buffet her verstohlen zuwinkt. Entschlossen mache ich mich auf den Weg dorthin, denn mein Magen ist so hohl wie ein leeres Fass. Ich muss dringend etwas essen, bevor mein Kreislauf verrücktspielt.

Das Buffet ist umfangreich und alles sieht sehr lecker aus. So dauert es einige Zeit, bis ich mich mit vollgepacktem Teller neben Suni stelle, der mit hochgezogenen Augenbrauen den Berg Essen betrachtet.

„So hungrig?“, fragt er leise. Als ich nicke, verändert er leicht seine Position, um mich mit seinem Körper vor Blicken zu schützen. „Na dann! Hau rein, bevor Kwon oder Gyeong sehen, was du alles auf deinem Teller hast.“

In seinen Augen funkelt es übermütig. Er streckt sich, hebt das Kinn und setzt einen gespielt hochmütigen Blick auf. „Hugho! Achte auf deine Manieren!“, äfft er gekonnt Gyeongs Fistelstimme nach. Prompt muss ich mir das Lachen verkneifen. Schließlich will ich auf keinen Fall die Aufmerksamkeit, von wem auch immer, auf mich ziehen. „Wenn du so viel isst, werde ich mir wohl für morgen ein ganz spezielles Training einfallen lassen müssen“, treibt es mein Freund weiter auf die Spitze. „Schlaffe Muskeln und womöglich noch ein dicker Bauch sind absolutes Tabu, wenn ihr Erfolg haben wollt. Ich predige es euch immer wieder: Nur mit viel Arbeit und Disziplin wird eure Karriere von Dauer erfolgreich sein.“ Er ist gut, fast authentisch. Ich muss echt aufpassen, dass ich mich nicht vor Lachen verschlucke. So schnell wie möglich schaufle ich die Köstlichkeiten von meinem Teller in den Mund, bevor uns jemand erwischen kann.

Kaum schlinge ich den letzten Bissen herunter, als die gefürchtete Fistelstimme direkt neben mir erklingt. „Hugho, du vernachlässigst deine Pflichten. Kümmere dich um die Fans." Erschrocken zucke ich zusammen, nicke pflichtbewusst und verbeiße mir krampfhaft jeglichen Kommentar. Schitt! Hoffentlich hat er nichts gehört!

Gyeong wendet sich ruckartig zu Suni um: „Und du kommst mit mir." Entsetzt reißt mein Freund die Augen auf, doch er kommt nicht dazu, etwas zu erwidern. Der Tanztrainer dirigiert ihn rigoros zu einer älteren Frau, die ein wenig Abseits steht und uns mit grimmigem Blick beobachtet.

Hilfesuchend schaut Suni zu mir, doch ich schüttle bedauernd den Kopf. Das ist die Leiterin unseres Aufnahmestudios. Da kann ich ihm nicht helfen. Bestimmt hat Gyeong mit Absicht Suni zu ihr dirigiert, denn mein Freund kann wesentlich besser mit ihr umgehen als ich. Auch wenn er das niemals zugeben würde.

Aufatmend stelle ich meinen Teller zu dem benutzten Geschirr, drehe mich um und pralle gegen einen weichen Körper. „Eomeo!" (Oh!) Verzweifelt versuche, ich das Gleichgewicht zu halten. Mein freier Arm wedelt rudernd durch die Luft, während ich den anderen um die Person vor mir schlinge, um sie vor einem Sturz zu bewahren. Ich stolpere ein, zwei Schritte zur Seite, bevor ich wieder sicher auf meinen Füßen stehe. Hektisch atmend sehe ich hinab in hellgraue Augen, die wie flüssiges Silber strahlen.

Dieser Blick!

Er durchdringt meine Haut, meine Muskeln bis zu dem einen, der für mein Leben notwendig ist – mein Herz. Ich spüre ein leichtes Ziehen unter den Rippen, lasse abrupt die junge Frau los und lege eine Hand an die schmerzende Stelle.

Was ist los mit mir? Bin ich etwa krank?

Ihr Blick hält mich gefangen. Ich bin verwirrt, bekomme kaum Luft und in all dem Wirrwarr meiner Gefühle sehe ich das Erkennen in ihren Augen aufflackern.

Sie ist es!

Kapitel 10

Tanja

Fassungslos starre ich hinauf in das Gesicht, das ich schon tausendmal auf meinem iPhone angestarrt habe. Das Antlitz des Mannes, dessen Poster an der Innentür meines Kleiderschrankes klebt. Verborgen vor neugierigen Blicken, gehört er dort nur mir.

Er ist es!

Die Zeit um uns herum scheint plötzlich still zu stehen. Kein Geräusch, kein Wort, keine Bewegung dringt in die schützende Blase ein, die uns umfängt. Selbst unser Atem schwebt nur wie ein leiser Windhauch durch diese zarte Hülle. Seine Augen sind pechschwarz, genau wie seine Haare. Doch sie sehen nicht bedrohlich oder kalt aus. Im Gegenteil!

Ein warmer Schimmer lässt sie wie kostbaren Samt wirken, überzogen von winzigen goldbraunen Splittern, die wie Strahlen nach außen hin verlaufen. Er ist so heiß, ist mir so nah! Automatisch fahre ich mit der Zungenspitze über meine Lippen.

Er stöhnt verhalten. „Jen-Jang!“ (Verdammt)

Herausforderung blitzt in seinen Augen auf. Eine seltsame Spannung baut sich zwischen uns auf, wächst rasant an. Wird immer höher und stärker. Gleich elektrischer Ströme türmen sie sich auf wie Wellen im Sturm, zerbersten an dem einen Körper und bäumen sich beim Zurückfluten erneut auf, um an dem anderen Körper endgültig zu zerschellen. Alle meine Sinne vibrieren und singen eine unendlich zarte Melodie – die plötzlich zerspringt, als ein Arm sich zwischen uns drängt und ihn vehement zurückschiebt.

„Meomchuda!"(Stopp!) Neben uns ist ein stämmiger Asiate mit kantigen Gesichtszügen aufgetaucht.

Er schiebt Hugho noch weiter von mir weg und baut sich mit mörderischem Blick vor mir auf. Ein Schauer läuft über meinen Rücken.

Ich habe Angst!

Verwirrt schüttle ich den Kopf und schlagartig stürzt alles um uns herum wieder auf mich ein. Lautes Stimmgewirr, verärgerte Worte, wütende Stimmen – all das flutet gleichzeitig mein Gehirn und lässt nur noch einen Gedanken zu: Flucht!

Ich drehe mich um und will loslaufen, doch eine Hand an meinem Arm hält mich mit hartem Griff zurück. „Stop and stay!" Die dunkle, bedrohlich wirkende Stimme verstärkt die Angst und der Fluchtinstinkt nimmt überhand.

Automatisch beginne ich mich zu winden und versuche, dem unbarmherzigen Griff zu entkommen. Ein Wimmern strömt aus meiner Kehle. Dunkle Panik ballt sich in mir zusammen, schlängelt sich durch die Adern und versucht, mein Herz und meinen Verstand zu überwältigen.

„Tanja, hör auf. Ich bin da. Dir passiert nichts", dringt die besänftigende Stimme von Lara an mein Ohr und zerschlägt damit die aufgetürmten schwarzen Wogen. Ich stutze und reiße den Kopf herum. Innerhalb von Sekunden ist der fesselnde Griff verschwunden und ich finde mich in einer festen Umarmung, dicht an meine Freundin gepresst, wieder.

Sicher! Hier bin ich sicher!

Ich zittere am ganzen Körper, stoßartig atme ich ein und aus und versuche, die Panik beiseite zu schieben. Langsam dringt die Erkenntnis zu mir durch, dass ich mich nie wirklich in Gefahr befunden habe. Schließlich bin ich hier mitten in einer Aftershowparty und rundherum sind lauter Menschen. Sie alle wollen nur den Erfolg meiner Lieblingsband feiern. Keiner hat im Sinn, mich zu verletzen, zu entführen oder mir sonst etwas anzutun.

Verlegen drücke ich mein Gesicht an Laras Schulter. Ich schäme mich so sehr, habe völlig überreagiert. Wo ist das Loch, in das ich springen kann, um mich zu verstecken? Natürlich ist da keines und nach kurzer Zeit wird mir klar, dass ich mich endlich wieder normal verhalten sollte. Tief atme ich durch, raffe meinen Mut zusammen und trete einen Schritt zurück.

Direkt neben uns steht Trevor, der heiße Typ vom Security-Team und betrachtet mich besorgt. Die Augenbrauen über den strahlendblauen Augen sind dicht zusammengezogen und bilden eine steile Falte auf seiner Stirn. „What's going on? Are you okay?"

Ich nicke noch ein wenig benommen und schaue zwischen den Menschen, die uns umringen, hin und her. Lara hält mich weiterhin fest an ihre Seite gedrückt. Der breitschultrige Security mit dem vertrauenerweckenden Lächeln im Gesicht steht wie ein unüberwindlicher Schutzwall zwischen uns und den anderen. Schräg hinter dem Amerikaner sehe ich die dunklen Haare von Hugho, der heftig in einer fremden Sprache auf den stämmigen Asiaten einredet. Jetzt gerade schubst er den Typ harsch von sich weg.

„Fuck you!", stößt er dabei in feinstem Englisch hervor. Abwehrend hebt der Typ die Hand und runzelt mürrisch die Stirn.

„Honey, alles okay?" Trevor mustert mich besorgt von oben bis unten. Da ich noch immer keinen Ton von mir gegeben habe, macht er sich wohl tatsächlich Sorgen.

Der stämmige Asiate hat dagegen keine derartigen Hemmungen. Mit zwei großen Schritten steht er vor mir und schaut finster auf mich herab. Doch Lara zieht mich mit einem Ruck hinter sich und zischt ihn böse an: „Lass deinen dreckigen Griffel von ihr. Du wirst sie nicht noch einmal anfassen. Ist das klar?“

„Haru! Lass das!“, mischt sich plötzlich Hugho ein und zerrt den Asiaten weg.

Gleichzeitig schenkt er mir ein entschuldigendes Lächeln. Er schiebt Haru energisch zum Buffet, sagt etwas leise in dessen Ohr und ist wenige Sekunden später wieder bei uns.

„Es tut mir leid. Das war ein Missverständnis.“ Der Sänger verbeugt sich leicht und reicht erst Lara und anschließend mir die Hand. Als seine Finger meine berühren, spüre ich ein sanftes Prickeln. Sein Griff ist nicht hart, sondern fest und angenehm und er lässt nicht los. Inzwischen rasen wieder leichte Stromstöße an meinem Arm entlang. Erschrocken ziehe ich die Luft ein und starre hinauf in sein Gesicht. An seinen Augen kann ich sehen, dass es nicht nur mir so geht. Sie sind fast komplett schwarz. Seine Pupillen sind so groß, dass ich kaum noch seine etwas hellere Iris erkennen kann.

Abrupt schüttelt er den Kopf, lässt meine Hand los und tritt einen kleinen Schritt zurück. Ich blinzle überrascht. Fast ist es so, als würde ich aus einem Traum aufwachen. Hitze schießt mir ins Gesicht. Bestimmt habe ich jetzt einen knallroten Kopf. Wie schrecklich das sicher zu den pinken Haaren aussieht. Innerlich schlage ich mir vor die Stirn: Was für ein bescheuerter Gedanke!

„Bitte verstehe. Haru ist mein Beschützer. Es ist seine Aufgabe, auf mich aufzupassen und darauf zu achten, dass mir niemand zu nahe kommt.“ Sein Englisch ist gut, typisches Schulenglisch. Der Akzent ist nur schwach zu hören. Ich bin überrascht, wie gut er es spricht. „Er dachte, du hättest mich mit Absicht umgerannt.“ Entschuldigend hebt er die schmalen Hände. „Ich weiß, dass das nicht so ist. Es tut mir leid, dass er dich erschreckt hat.“

Ich lasse seine Erklärung sacken und reibe automatisch über die Stelle an meinem Arm, an der mich sein Aufpasser gepackt hatte. Seine Augen folgen der Bewegung und er runzelt die Stirn. „Ich entschuldige mich auch dafür, dass er dir wehgetan hat.“

Verlegen halte ich inne und lasse die Hand sinken. „Schon gut, nicht so schlimm. Ich habe mich nur erschreckt.“

„Alright, ich sehe, alles ist hier wieder okay.“ Trevor nickt mir zu und will sich abwenden.

Doch Lara ist schneller, legt ihm eine Hand auf den Arm und schenkt ihm einen heißen Augenaufschlag. „Bleib doch noch!“

Aber der gutaussehende Amerikaner schüttelt bedauernd den Kopf. „Ich muss arbeiten, Sweetie. See you.“ Er tippt an eine imaginäre Mütze, dreht sich um und geht in Richtung Eingang davon.

Enttäuscht sieht Lara ihm hinterher. Doch da sie nun mal ein Lebemensch ist, atmet sie einmal tief durch und dreht sich zu uns um. „Wie sieht's aus? Trinken wir auf den Schreck noch einen Soju?“ Lächelnd sieht sie zwischen Hugho und mir hin und her. Als er nickt, strahlt sie über das ganze Gesicht und zieht mich zu einem der Kellner, der einige Schritte entfernt gerade ein Tablett mit den kleinen Gläsern anbietet.

Hugho folgt uns. Er nimmt drei Gläschen und reicht jedem von uns eines mit einer eleganten Verbeugung. Laras Augen blitzen bereits wieder schelmisch, als sie ihres in die Höhe lüpft. „Auf diesen ereignisreichen Abend!“ Er nickt, hebt sein Glas an die vollen Lippen und stürzt den Inhalt in einem Zug hinunter. Ich will mich nicht lumpen lassen und ziehe nach. Die Flüssigkeit brennt heftig im Rachen, ich bin einfach keinen Alkohol gewöhnt. Ich presse die Hand auf meine Brust und versuche krampfhaft, den Hustenreiz zu unterdrücken.

Auf Hughos Gesicht liegt ein sanftes Lächeln. Er stellt das Glas zurück auf das Tablett des Kellners, verbeugt sich erneut und schlendert davon. Wie betäubt schaue ich ihm hinterher. Meine Güte, wie der sich bewegt! In meinem Magen kribbelt es, während ich seiner schlanken Gestalt so lange mit den Augen folge, bis er in der Masse verschwindet.

Lara gluckst leise neben mir und stößt mich an. „Du bist heiß auf ihn, stimmt's?" Natürlich werde ich sofort wieder rot. Doch ich bin ehrlich und nicke bestätigend. Laras Augen weiten sich und blicken mich dann auf eine Art und Weise an, die ein mulmiges Gefühl bei mir auslöst.

Sie beugt sich ganz nah an mein Ohr. „Du weißt schon, dass du noch einen zweiten Teil deiner Schuld erfüllen musst, oder?"

Ich sehe in ihre herausfordernd funkelnden Augen und weiß sofort, dass mir nicht gefallen wird, was sie gleich sagt. Und genau so ist es auch!

„Ich möchte diesen Teil hier und jetzt einfordern. Tim wäre bestimmt damit einverstanden."

„Okay?", krächze ich und rechne mit dem Schlimmsten.

„Ich möchte, dass du dich auf ein Gespräch mit Hugho unter vier Augen einlässt."

„Was? Jetzt?" Fassungslos starre ich sie an.

Lara nickt nachdrücklich. „Genau jetzt!"

Kapitel 11

Hugho

Während ich durch die Menge schlendere und immer wieder zu einem Gespräch angehalten werde, sind meine Gedanken bei ihr. Sie ist es tatsächlich, das Mädchen mit den pinken Haaren. Das Mädchen, das mir seit heute Morgen im Kopf herumspukt. Ich lasse es mir nicht anmerken, doch obwohl ich mich mit anderen Gästen unterhalte, weiß ich immer genau, wo sie ist. Sie ist so offen und fasziniert mich ungemein. Und dann – dieses Prickeln, als ich ihre Hand nahm. Ist das normal? Bilde ich mir das nur ein?

Ein leichter Stoß reißt mich aus der Grübelei. Automatisch wirble ich herum und hebe abwehrend die Hand. Dabei treffe ich unsanft Sunis Brust. Mit weit aufgerissenen Augen starrt er mich überrascht an.

„Was ist los? Wieso tust du mir weh?“, wispert er. Sein Atem kommt stockend und er zittert.

„Es tut mir leid, Suni. Das wollte ich nicht! Ich bin nur erschrocken.“

„Was ist denn heute nur mit dir los, Hugho? Du weißt, du kannst über alles mit mir reden.“ Besorgt mustert er mich und von seinem sonst so sonnigen Lächeln ist gerade nichts zu sehen.

Ich weiß, dass ich ihm vertrauen kann. Schließlich ist er mein bester Freund! Deshalb überlege ich nicht lange, raffe meinen ganzen Mut zusammen und spreche es aus. „Dieses Mädchen! Ich bekomme sie einfach nicht aus dem Kopf!“

„Hm? Welches Mädchen denn? Wovon sprichst du?“

„Na, das Mädchen mit den pinken Haaren.“

„Ach so! Du meinst die, mit der du vorhin zusammengestoßen bist.“ Suni legt den Kopf schief und seine Augen scheinen sich bis in mein Herz zu bohren. „Okay, erzähl mir, warum du wegen ihr so durch den Wind bist.“

Ich zögere noch einen Moment. Doch dann ziehe ich Suni in eine ruhige Ecke und erzähle von der Begegnung am Morgen und auch davon, welche Gefühle mich durchströmten, als ich ihre Hand in meiner hielt. Er hört mir aufmerksam zu und unterbricht mich kein einziges Mal.

„Weißt du, ich habe so etwas noch nie gespürt. Es ist berauschend und beängstigend zugleich. Sag mir Suni, spinne ich?“

Er schüttelt leicht den Kopf. Auf seinen Lippen liegt ein sanftes Lächeln, als er seine Hand auf meine Schulter legt. „Nein, Hugho. Du spinnst nicht. Das, was du da beschreibst, ist etwas Besonderes. Ein Gefühl, das die meisten wohl als …“

„Was? Als was?“

„… als verliebt bezeichnen würden.“

Sprachlos starre ich meinen Freund an und schüttle den Kopf. „Nein! Das kann nicht sein. Man verliebt sich doch nicht einfach so. Man lernt sich kennen und kommt sich näher und vielleicht, möglicherweise, verliebt man sich. Aber einfach so? Rums und es passiert?“

Suni lacht leise und tritt nah an mich heran. Er beugt sich vor, bis sein Mund dicht an meinem Ohr ist. „Un-i joh-eun salam!“ (Glückspilz)

Tief durchatmend trete ich einen Schritt zurück und versuche, meine Gedanken zu sortieren. Stimmt das? Hat er recht?

Ist es wirklich eine Art Verliebtheit, die ich fühle? Ich bin ganz durcheinander. Meine Brust! Sie tut weh, so sehr kämpfen die Gefühle darin. Glück und Freude, vielleicht den einen Menschen gefunden zu haben, der für mich bestimmt ist. Und auf der anderen Seite das Wissen, dass ich das nicht darf. Dass es keine Zukunft für uns geben kann. Oder?

Was, wenn ich mir all die Gefühle für sie nur einbilde? Oder sie nicht das Gleiche fühlt? Dann mache ich mich hier ganz umsonst verrückt. Ich presse die Hand auf die schmerzende Stelle, atme tief durch und fasse einen Entschluss.

Ich bin der Typ, der Dingen gerne auf den Grund geht. Deshalb werde ich das auch nicht ignorieren. Keine Ahnung wie, aber ich werde herausfinden, ob ich tatsächlich verliebt bin.

Ich lege meine Hand auf Sunis Schulter. „Gamsahamnida! (Danke). Du bist ein echter Freund."

Ein typisches Suni-Lächeln breitet sich auf seinem Gesicht aus und er nickt mir aufmunternd zu. Plötzlich weiten sich seine Pupillen und er wird ganz steif.

„Steht da nicht rum. Kümmert euch um die Gäste!" Kwons eisige Stimme jagt mir einen Schauer über den Rücken. „Mi-ahn-ham-ni-da (Es tut mir leid)!" Entschuldigend verneige ich mich leicht vor ihm, nicke Suni kurz zu und mische mich schnell wieder unter die Gäste.

Diese Gespräche sind so langweilig. Von den geladenen Gästen haben die meisten nicht viel Ahnung von Musik. Sie reden von Investments und solchem Kram. Nicht meine Welt. Trotzdem höre ich zu, nicke und lächle. Ab und zu sehe ich sie, meinen Pink Panther. Unsere Augen finden sich immer wieder über die Menschen hinweg. Ich möchte unbedingt mit ihr sprechen, doch zuerst muss ich meine Pflichten erfüllen. Es dauert ewig, bis endlich auch die letzte höfliche Konversation überstanden ist.

Schwungvoll drehe ich mich um und scanne mit den Augen die Menschenmenge ab. Ich muss erst etwas suchen, doch dann blitzt in einer Ecke der pinke Haarschopf auf. Entschlossen mache ich mich auf den Weg und lasse sie keinen Moment aus den Augen, denn dort ist mein Ziel. In bin noch ein kleines Stück von ihr entfernt, als mich ihre Freundin entdeckt.

Sie sagt etwas zu meinem Pink Panther, zwinkert mir zu und geht weg. Doch sie, mein Ziel, bleibt stehen und schaut mir unsicher entgegen. Ihre Hände fahren nervös an ihren Seiten auf und ab, bevor sie diese schließlich ineinander faltet.

„Hallo“, spreche ich sie an. Innerlich schlage ich mir gegen die Stirn. Äußerst originell, Hugho!

„Hi“, antwortet sie und blickt mit diesen faszinierend grauen Augen zu mir hoch.

Kurz bleibt es still zwischen uns. Scheinbar weiß sie genauso wenig wie ich, was sie sagen soll.

„Hat dir …“

„Ich wollte …“

Gleichzeitig beginnen wir, stoppen und grinsen uns an.

„Du zuerst.“ Natürlich will ich höflich sein, aber es gibt mir auch die Möglichkeit, mich erst noch etwas zu sammeln.

„Ich …“, sie zupft an ihrer Nasenspitze. Was für eine niedliche Geste. Automatisch lächle ich sie an und das scheint sie zu beruhigen. „Ich wollte mich noch entschuldigen.“

„Wofür?“

„Weil ich so ein Tollpatsch bin. Ohne zu schauen, einfach in dich hineinzurennen – sorry, aber das ist typisch ich.“ Sie wirft mir einen betretenen Blick zu. „Ich hatte auch nicht damit gerechnet, dass ich plötzlich so nah vor meinem Idol stehe.“

Ich finde sie umwerfend in ihrer Ehrlichkeit, werfe den Kopf in den Nacken und lache laut auf. „Idol also? Gut zu wissen.“ Ich lehne mich locker neben ihr mit der Schulter an die Wand. Etwas, wofür Gyeong mir vermutlich die Ohren langziehen würde. „Erzähl mir mehr."

Kurz blinzelt sie, lacht dann ebenfalls und zwinkert mir spitzbübisch zu. „Du willst tatsächlich noch mehr Lob über dich hören? Willst du, dass dein Ego die Decke durchbricht?", neckt sie mich.

Ich grinse von einem Ohr zum anderen. In ihrer Gegenwart fühle ich mich wohl und kann total loslassen. Wie auch immer sie das macht, ich war lange nicht mehr so entspannt bei einem Gespräch. „Dann erzähl mir von dir. Was machst du so und wo kommst du her?"

„Ach, ich bin ziemlich langweilig." Sie winkt ab, doch das hindert mich nicht daran, weiter zu bohren. Ich will mehr über sie wissen. Alles.

„Lass das doch mich entscheiden. Im Moment finde ich es wesentlich spannender, mehr über dich zu erfahren, als ein Gespräch mit all den *wichtigen* Menschen hier zu führen." Kurz sehe ich mich um und zeige dann zum Buffet. „Möchtest du vielleicht etwas trinken?"

„Ja, aber bitte nichts mit Alkohol. Die beiden Soju waren schon viel zu viel."

„Kein Problem. Möchtest du vielleicht eine Cola?"

„Ja, das wäre prima." Dankbar lächelt sie mich an. Ich spüre ein leichtes Kribbeln im Magen und Bilder von ihren vollen Lippen auf meiner heißen Haut schießen mir durch den Kopf. Bevor es peinlich werden kann, mache ich mich lieber schnell auf den Weg zum Buffet und hole zwei Gläser mit Cola. Unterwegs zupfe ich möglichst unauffällig meinen Schritt zurecht. So eine intensive Reaktion habe ich noch nie erlebt.

Ich kehre mit den Gläsern zu ihr zurück und nicke in Richtung der Tische, die an der Seite des Saales aufgestellt sind. „Komm, wir setzen uns dort hinten hin.“ Als sie zustimmend nickt, gehe ich voraus. Zwischen den einzelnen Sitzecken stehen schmale Pflanzentröge mit hohen Farnen. Das vermittelt ein Gefühl von Abgeschiedenheit, was einige meiner Bandmates und Gäste nutzen, um sich in Ruhe zu unterhalten.

Ganz hinten an der Wand ist noch ein Tisch frei, den ich sofort ansteuere. Ich stelle die beiden Gläser ab und ziehe einen Stuhl leicht heraus, um ihr höflich Platz anzubieten.

Das machen wir zwar in Korea nicht, weil man meistens auf Kissen sitzt, aber wir haben viel über die Höflichkeitsregeln in Europa gelernt, bevor wir auf Tour gingen. Verschiedene Emotionen fliegen in rascher Folge über ihr Gesicht. Staunen, Unsicherheit und Freude wechseln sich ab, doch schließlich nimmt sie mit einem schüchternen Lächeln Platz.

„Danke!“

Schnell rutsche ich auf den freien Stuhl ihr gegenüber, denn meine Knie sind etwas zittrig. Es ist lange her, dass ich mit einem Mädchen allein war. Meine Unsicherheit ärgert mich. Ich will kein Weichei sein. Kurz sehe ich mich nochmal um. Doch der Tisch steht so günstig, dass mich hier kaum jemand finden wird.

„Also …“, versuche ich an unser voriges Gespräch anzuknüpfen. „… ich würde wahnsinnig gern mehr über dich erfahren. Erzähl doch mal, wo du lebst und was du machst.“

Kapitel 12

Tanja

Zögernd fange ich an, von meinem Leben zu erzählen. Ich bin irgendwie völlig von der Rolle. Dieser Mann vor mir, der tausende Fans zum Toben bringt und reihenweise Frauenherzen schmelzen lässt, will wirklich wissen, wer ich bin?

Mein Leben ist langweilig im Vergleich zu seinem. Trotzdem will er es hören. Leise, stockend und dann immer flüssiger erzähle ich von meiner Kindheit. Von all den strengen Regeln, die mich eingeschränkt haben. Von den Erwartungen meiner Eltern, die so schwer zu erfüllen sind - selbst, wenn ich wollte.

Ab und zu stellt er eine Zwischenfrage, doch die meiste Zeit hört er still zu. Manchmal fällt mir für ein Wort nicht die richtige Übersetzung ein und ab und zu hakt er nach, wenn er den englischen Begriff auch nicht zuordnen kann. Doch wir lassen uns davon nicht stören.

Lachend und mit Hilfe von Händen und Füßen können wir uns prima unterhalten. Es macht Spaß! Nie im Leben hätte ich erwartet, dass ein Star wie er so locker drauf ist. Zwischendurch steht er auf und organisiert uns noch eine weitere Cola.

Einmal kommt ein kleiner, schmaler Mann an unseren Tisch, doch Hugho spricht energisch ein paar Worte auf Koreanisch zu ihm. Daraufhin zieht der Typ die Augenbrauen zusammen, wirft mir einen finsteren Blick zu und taucht in der Menge unter.

„Warte einen Moment, bitte.“ Hughos Hand zuckt in meine Richtung, als ob er mich berühren will. Doch nach einem Blick über die Schulter zieht er sie schnell zurück und erhebt sich. „Ich bin gleich wieder da.“

Ich nicke und mir ist klar, dass ich auch länger als nur einen Moment auf diesen Mann warten würde. Verstört schüttle ich den Kopf. Spinne ich? Wo kam denn der Gedanke her?

Ich sehe ihm nach. Er bewegt seinen Körper so leicht und elegant, man sieht sofort den Tänzer in ihm. Wenige Schritte entfernt bleibt er stehen und wechselt ein paar Worte mit jemandem. Ich lehne mich etwas weiter vor, um besser zu sehen, mit wem er spricht. Der Mann ist groß und stämmig. Ich erkenne ihn. Er redet mit Haru. Will der sich etwa schon wieder zwischen uns drängen? Was ist sein Problem?

Grübelnd zupfe ich an meiner Nase und mustere Hughos Beschützer von oben bis unten. Gott, wer hat sich nur diese Bezeichnung ausgedacht? Für mich ist er nichts anderes als ein Bodyguard. Aber gut, vielleicht haben die Koreaner keinen besseren Begriff dafür.

Vor lauter Beobachten hätte ich fast verpasst, wie Hugho wieder zurückkommt und seinen alten Platz einnimmt. Er legt seine Hände so auf den Tisch, dass seine Fingerspitzen meine sacht streicheln. Shit, vor Schreck hätte ich sie beinahe weggerissen. Heiße Blitze tanzen unvermittelt über meine Haut und an der Stelle, wo wir uns berühren, kribbelt es. Bemüht ruhig lächle ich ihm zu und lehne mich etwas zurück. Erleichtert atme ich auf, als der Kontakt abbricht und das eigenartige Prickeln aufhört. Fragend sieht er mich an, doch ich zucke nur mit den Schultern. Wie soll ich das auch erklären?

Er lehnt sich vor, stützt die Ellbogen auf die Tischplatte und legt das Kinn auf seine verschränkten Hände. „Erzähl mir mehr und keine Angst, hier hinten hört und sieht uns niemand", bittet er mit melodischer Stimme.

Dieser Klang! Er geht mir durch und durch. Ich kann ihn nicht nur hören, sondern sogar fühlen! Der dunkle Ton vibriert in mir und versetzt mein Innerstes in seltsame Schwingungen. Warum reagiere ich so auf ihn? Ich blinzle, atme tief durch und beiße mir auf die Unterlippe.

„Mach das nicht!" Er schluckt sichtbar und deutet mit dem Finger auf meinen Mund. Überrascht reiße ich die Augen auf und starre ihn perplex an. Er legt den Kopf leicht schräg und rutscht auf dem Stuhl herum. Sein Blick scannt jede Linie in meinem Gesicht und bleibt an meinen Lippen hängen.

„So schön!" Seine Stimme! Gott! Seine Stimme ist tief, rau und voller Gefühl. „Du hast wundervolle Lippen, weich und sinnlich." Er zieht seine Hand zurück, doch seine Augen hängen wie gebannt an meinem Mund. „Sie passen perfekt zu dir. Sie sind wie du. Einfach zauberhaft."

Ich schlucke schwer, denn so etwas hat noch nie jemand zu mir gesagt. Ich? Zauberhaft? Verarscht der mich jetzt oder meint er das ernst? Unruhig rutsche ich auf meinem Stuhl hin und her und schaue überall hin, nur nicht zu ihm. Der Kerl macht mich verrückt! Ich weiß nicht, was ich darauf antworten soll!

Scheinbar kann er das an meiner Mimik erkennen, denn er lehnt sich zurück und lächelt leicht verzerrt. „Entschuldige bitte. Ich weiß, das gehört sich nicht. Leider übernimmt ab und zu der amerikanische Teil in mir die Kontrolle. Neben deinen Haaren hat mich dieser perfekte Mund sofort fasziniert. Es tut mir leid, wenn ich dir damit zu nahe getreten bin."

Er fährt sich mit beiden Händen übers Gesicht und murmelt leise etwas, das ich nicht verstehen kann. Vielleicht, ganz vielleicht, geht es ihm genauso wie mir?

Ach was, Tanja. So ein erfolgreicher Star kann jede Frau oder auch jeden Mann haben. Ist er überhaupt hetero? Wobei - so, wie er mich gerade angesehen hat, wird er das wohl sein!

Themawechsel! Schnell, Tanja!

Ohne groß nachzudenken, platzt es aus mir heraus: „Ich bin auch Musikerin!" Panisch schlage ich die Hände vor den Mund und spüre, wie meine Wangen heiß werden. Hektisch schüttle ich den Kopf und beuge mich leicht vor. „Nein, nein, nein! So habe ich das nicht gemeint. Das bin ich natürlich nicht! Nicht so, wie du! Ich meine ..., ich wollte sagen ..."

Laut auflachend wirft Hugho den Kopf nach hinten. Seine schneeweißen Zähne blitzen auf und seine Brust hebt und senkt sich rhythmisch. Verlegen sitze ich da und weiß nicht, wohin mit mir. Ich bin so ein Trottel! Wie kann man sich nur so blamieren? Peinlich, einfach nur peinlich.

Ich lasse den Kopf hängen und blinzle gegen die aufsteigenden Tränen an. War ja so klar, dass ich mich irgendwann im Laufe des Gespräches wieder einmal total lächerlich mache. Was soll ich jetzt bloß tun? Aufstehen und weglaufen? Oder einfach sitzenbleiben?

Er nimmt mir die Entscheidung ab, indem er aufsteht und näherkommt. Ich schaue auf seine Schuhspitzen, weil ich mich nicht traue, den Kopf zu heben. Auf keinen Fall will ich sehen, wie er mich auslacht.

Doch er geht vor mir in die Hocke und schaut zu mir hoch. Seine Augen funkeln verheißungsvoll.

„Jagi!" (Liebling)

Ich verstehe kein Wort, blinzle unsicher und ziehe die Schultern hoch.

„Du brauchst dich nicht zu verstecken. Deine Ehrlichkeit ist bezaubernd und so selten. Es ist in Ordnung, wenn du sagst, was du denkst. Ich bin auch nur ein ganz normaler Kerl, der etwas Glück hatte und mit viel Arbeit ein bisschen was in der Musikbranche erreicht hat. Nichts davon ist eine Garantie, dass es in der Zukunft auch so sein wird. Also, kein Grund zur Schüchternheit."

Sanft streicht er mit der Hand über mein wippendes Knie. Erstaunt halte ich still, denn ich weiß, dass das der koreanischen Mentalität widerspricht. Normalerweise mag ich es nicht, wenn mich Fremde anfassen. Aber bei ihm ist das irgendwie anders. Alles wirkt so vertraut und doch auch neu. Ich kann es nicht in Worte fassen und weiß nur, dass ich mich gerne noch länger mit ihm unterhalten möchte.

Wie viele andere Stars würden sich gar nicht mit einer einfachen Person wie mir abgeben?

Und er?

Er nimmt sich Zeit, interessiert sich für mich und hört zu. Er gibt mir das Gefühl, wichtig zu sein. Geschätzt zu werden!

Aufmunternd nickt er mir zu, steht auf und setzt sich wieder auf seinen Platz. Die fehlende Hand lässt eine Leere zurück, die ich mir nicht erklären kann. Um abzulenken, drehe ich den Kopf und bemerke verwundert, dass nur noch wenige Menschen im Saal sind. Ich schaue auf mein Handy und staune. Es ist tatsächlich schon fast Mitternacht. Ich recke den Hals und sehe mich nach Lara um, kann sie aber nirgends entdecken.

„Müssen wir nicht gehen?"

„Nein, wir können bleiben, so lange wir wollen. Die Veranstalter bekommen genug Geld dafür, also ist es in Ordnung."

„Bist du sicher?"

„Absolut! Außerdem möchte ich noch so viel über dich erfahren. Ich habe noch nie eine so zauberhafte Frau kennengelernt, die mich dermaßen fasziniert."

Mit offenem Mund starre ich ihn an. Mein Gesicht fühlt sich plötzlich heiß an. Bestimmt bin ich knallrot geworden. Was bitte, soll ich denn darauf antworten?

Ausnahmsweise hat Lara mal den richtigen Zeitpunkt gewählt, um sich einzumischen. Unerwartet taucht sie neben mir auf und packt mich am Arm. „Mensch Tanja, da bist du ja! Ich hab dich schon überall gesucht. Du musst mitkommen, jetzt gleich. Die Band stellt sich gerade für ein letztes Foto auf. Das willst du bestimmt nicht verpassen!"

Unschlüssig schaue ich zwischen ihr und Hugho hin und her. Erst jetzt bemerkt Lara, mit wem ich am Tisch sitze. Ihr Mund klappt auf und zu, ohne dass ein Wort herauskommt. Mit großen Augen beugt sie sich zu mir. „Ist das der, von dem ich denke, dass er es ist?" Sie flüstert, spricht aber nicht leise genug, sodass Hugho ihre Worte trotzdem hört.

Ich kann mir ein Grinsen nicht verkneifen, als ich sehe, wie er aufsteht und sich neben Lara stellt. „Ich bin Hugho und ja, ich bin der Leader von Izet. Schön, dich kennenzulernen." Er verbeugt sich leicht und deutet mit der Hand Richtung Saal. „Lasst uns zu den anderen gehen. Schließlich kann das Shooting nicht ohne mich stattfinden, nicht wahr?" Er lächelt und ich sehe genau, dass meine Freundin seinem Charme sofort verfällt.

„Natürlich nicht!" Sie nickt heftig, greift nach meinem Arm und zieht mich mit sich. „Du hättest mir ruhig schreiben können, dass ich dich nicht stören soll. Es tut mir leid, wenn ich so dazwischen geplatzt bin."

„Alles gut. Genau genommen, bist du im richtigen Moment gekommen. Es war gerade etwas peinlich."

„Wieso?" Verstohlen blickt sie zu Hugho, der hinter uns läuft. „Der sieht echt toll aus und höflich ist er auch. Willst du dich etwa nicht weiter mit ihm unterhalten?"

Bevor ich antworten kann, haben wir die Mitte vom Saal erreicht. Hugho schiebt sich an mir vorbei und spricht dabei leise in meine Richtung: „Das wüsste ich auch gern."

Augenblicklich wird mein Gesicht wieder heiß. Zum Glück merkt niemand etwas davon, denn alle konzentrieren sich auf die Mitglieder von *Izet*, zu denen sich Hugho gesellt. Sie stellen sich in Pose, winken und lächeln professionell. Jeder möchte ein Foto von ihnen machen, auch ich.

Sie sind echt geduldig und warten, bis selbst der letzte Fan zufrieden ist. Danach zerstreut sich die Menge recht schnell.

Hugho ist noch im Gespräch mit einem älteren Koreaner, doch sein Freund Suni kommt lächelnd auf mich zu. „Hallo. Er ist gleich fertig." Mit der Hand wedelt er in Hughos Richtung. „Er bittet dich, an eurem Tisch auf ihn zu warten." Als er sieht, dass ich zögere, legt er die Hände aneinander. „Bitte! Tue es. Hugho ist mein Freund und ich habe ihn lange nicht mehr so lächeln sehen, wie in deiner Gegenwart."

Seinem bittenden Blick kann ich nicht widerstehen, verabschiede mich von ihm und winke Lara kurz zu. „Bis später", rufe ich ihr zu und gehe zurück zu unserem Tisch.

Ein paar Minuten später setzt sich Hugho wieder zu mir. „Danke, dass du gewartet hast." Er beugt sich vor, legt die Unterarme auf den Tisch und verschränkt die Hände. „Und jetzt erzähl mir doch bitte, was du vorhin gemeint hast, als du sagtest, du wärst auch Musikerin."

Mist! Er hat es nicht vergessen. Verlegen zupfe ich wieder einmal an meiner Nase herum, doch er lässt mich nicht aus den Augen und wartet in Ruhe auf eine Antwort. Also gut, ich kann das!

„Ich habe dir erzählt, dass mein Studienfach *International Business* ist. Meine Eltern wollten das unbedingt und ich kann sie auch irgendwie verstehen. Vater bedeutet unsere Firma alles und er erwartet, dass ich nach dem Studium bei Sör-Impression einsteige. Für ihn ist das nicht nur ein Wunsch, sondern eine unantastbare Entscheidung, dass ich den Betrieb später übernehme."

„Wow, das ist krass. Schließlich ist es doch dein Leben."

„Ja, schon. Ich habe kaum eine andere Wahl. Außer mir gibt es nur noch meine Schwestern und einen entfernten Cousin, den ich allerdings noch nie gesehen habe. Was soll ich denn tun? Diese Verantwortung auf meine Geschwister abschieben? Das kommt überhaupt nicht in Frage. Und doch ist da diese Sehnsucht nach Freiheit in mir." Nachdenklich blicke ich vor mich hin. Es hier und jetzt laut auszusprechen, klärt unerwarteterweise meine Gedanken und ich weiß, dass das, was ich sage, einfach so ist, wie es ist.

„Du sprichst sehr respektvoll über deine Eltern und die Verantwortung, die sie dir aufdrücken. Und glaube mir, ich weiß genau, was das bedeutet. Doch wo bleibst du? Was ist mir dir und deinen Träumen? Willst du zulassen, dass sie einfach wie Seifenblasen zerplatzen und nichts zurückbleibt außer Luft und etwas Seifenwasser?"

Ich zucke zurück und presse eine Hand auf meine Brust. Es tut weh, was er sagt, denn er hat mit seinen Worten genau den einen wunden Punkt in mir getroffen. Denkt er etwa, ich bin ein rückgratloser Mensch? Das könnte ich nicht ertragen!

„Du hast ja keine Ahnung und weißt nicht, wovon du da sprichst. Ich habe auf meine Art rebelliert! Okay, ich werde nicht meinen Traumberuf ergreifen und wahrscheinlich auch nicht das Leben führen, das ich mir mal erträumt habe. Wer kann das alles schon? Du denkst vielleicht, ich wäre schwach. Aber ich habe einen Weg gefunden, wie ich mit all dem umgehen kann, ohne meine Selbstachtung zu verlieren."

Meine heftigen Worte haben ihn keineswegs abgeschreckt.

Im Gegenteil! Neugier blitzt in seinen Augen auf. Interessiert beugt er sich näher.

„Wie? Sag mir, wie du das machst? Und ich wollte nicht andeuten, dass du schwach bist! Überhaupt nicht! Du hast Verantwortungsgefühl und liebst deine Schwestern. Wieso denkst du, du wärst schwach?“ Fragend mustert er mich mit hochgezogenen Augenbrauen.

Seine Stimme ist kraftvoll und überzeugend. Dabei muss er mich nicht überzeugen. Ich gehe einen Weg, der für mich funktioniert. Glaube ich zumindest.

„Okay, wenn du meinst. Ich will deshalb nicht streiten. Lassen wir das Thema, ja? Was ich vorhin gemeint habe, ist, dass ich im Nebenfach Musik und Eventmanagement belegt habe. Ohne, dass meine Eltern davon wussten. Bis vor kurzem zumindest.“

„Siehst du? Ich sage doch, du bist stark.“ Er legt den Kopf schief und lächelt mich auf eine Art an, dass mir ganz heiß wird – auf eine gute Art. „Du bist stark, mutig, ehrlich, charmant und dazu auch noch eine wunderschöne Frau.“

„Jetzt übertreibst du aber.“ Er holt Luft, um zu antworten, doch ich winke ab. „Bitte! Lass uns lieber über Musik reden.“

Verträumt fahre ich mit dem Finger am Rand meines Glases entlang.

„Da sind so viele Sehnsüchte in mir, die immer öfter aufpoppen und aus mir herausbrechen wollen. Gefühle, die aus tiefster Seele kommen. Doch ich schaffe es nicht, sie auszusprechen. Es sind so viele. Enttäuschung, Frust, Verzweiflung. Aber auch Hoffnung, Freude, Lachen, Sehnsucht nach Freundschaft, der Glaube an die Liebe …“

Abrupt breche ich ab. Habe ich zu viel gesagt? Hält er mich nun für eine Spinnerin? Doch nein, der Ausdruck in seinem

Gesicht ist alles andere als spöttisch oder abweisend. Eher - verständnisvoll, bewundernd, respektvoll. Liebevoll?

Kurz stutze ich, doch so schnell, wie er aufgetaucht ist, ist dieser Ausdruck auf seinem Gesicht auch schon wieder verschwunden.

„Diese Worte auszusprechen oder aufzuschreiben, reicht einfach nicht aus. Sie wachsen heran zu Tönen, die meiner Seele Halt geben. Hohe und tiefe, volle und zarte, laute und leise, fröhliche und schmerzende, lachende und weinende Klänge. Sie alle zusammen entfalten sich zu einer harmonischen Tonfolge. Einer Melodie, die sich in meinem Kopf festsetzt, meine Seele befreit und mein Herz schneller schlagen lässt. Ich weiß, das klingt kitschig. Aber es ist, als würde ich alle Fesseln abstreifen, wenn ich diese Musik spiele und die Worte dazu singe. Frei und ungebunden fliege ich durch die Luft, tanze mit den Blättern im Wind und sinke am Ende fast schwerelos wieder hinab auf die Erde."

Atemlos halte ich inne und warte auf seine Reaktion. Lieber Himmel, ich habe gerade mein Innerstes nach außen gestülpt. Was mag er nur von mir denken?

Kapitel 13

Hugho

Fasziniert starre ich sie an. Dieses wunderschöne Mädchen an der Schwelle zur Frau hat mich mit ihren leidenschaftlichen Worten tief in der Seele getroffen. Dieser Blick aus den sturmgrauen Augen! Er spiegelt all ihre Gefühle wider.

Ich kann nicht anders und muss sie ständig ansehen. Die Emotionen auf ihrem Gesicht sind so vielfältig. Feurig, heiß, voller Energie und Begeisterung für das, was sie sagt und tut. Sie reißt mich mit und weckt die Erinnerung in mir, wie ich schon als Kind für die Musik gebrannt habe.

Inzwischen habe ich einen langen Weg zurückgelegt und dabei einiges von diesem Enthusiasmus verloren. Wehmütig erinnere ich mich an mein erstes Konzert. Jen-jang (Shit), was war ich aufgeregt und fühlte mich, wie der Allergrößte. Adrenalin pur pumpte durch meine Adern, während ich mir die Seele aus dem Leib sang und die Füße wund tanzte. Ich war auf einem Höhenflug, der endlos dauern sollte.

Doch die Realität hat mich, hat uns schnell eingeholt. Jeder denkt, das Reisen um die Welt ist das Größte. Aber eines vergessen sie dabei: Wir bekommen kaum etwas von den Ländern, den Städten und den Menschen dort mit. Wir sehen nur andere Hotels, andere Zimmer, andere Betten und ständig fremde Gesichter.

Das ist wahrscheinlich der Hauptgrund, warum wir Jungs in der Band normalerweise so fest zusammenhalten. Natürlich prallen auch wir mal aufeinander, so wie letztens in der Dusche. Aber das sind im Grunde nur Kleinigkeiten. In der Regel haben wir das innerhalb kurzer Zeit gelöst.

Sogar Yanhu hat mich verteidigt, als ein Reporter wieder einmal darauf hinauswollte, dass es für die Band sicherlich schwierig sei, weil ich ein Korean American bin. Als ob das für unsere Musik wirklich wichtig wäre!

„Hugho?" Fragend mustert sie mich. „Willst du … willst du gar nichts dazu sagen?"

Ihre Stimme ist beklommen, genau wie ihr Blick. Ich schüttle leicht den Kopf, denn klar – ich habe seit ihrer flammenden Rede kein Wort mehr von mir gegeben.

„Ehrlich gesagt, du hast mich gerade geflasht!" Mit beiden Händen fahre ich durch meine Haare. Unsicher? Das war ich schon ewig nicht mehr. Doch sie bringt dieses Gefühl in mir hervor. Verrückt!

„Wieso?" Neugierig beugt sie sich vor und gibt dabei einen Blick auf seidenweiche, glatte Haut direkt über dem wohlgeformten Brustansatz frei. Wie diese wohl aussehen? Sie wirken voll und prall. Genau richtig für meine Hände.

Was denke ich da? Hör auf damit Hugho! Ich zwinge meine Gedanken weg von diesen völlig unangebrachten Fantasien.

„Nun ja, du hast Gefühle aus meiner Seele in Worte gefasst, die ich nicht mehr für sie gefunden habe. Zu Beginn unserer Karriere war alles so einfach. Die Ideen explodierten geradezu in mir. Wie in einem Wirbelsturm kreisten die Buchstaben ständig in meinem Kopf herum, bevor sich neue Worte daraus bildeten – wieder und wieder. Noten fanden sich zu Songs zusammen, die wie ein Sternenschweif hell am Musik-Himmel erstrahlten.

Egal ob die Töne hinter meiner Stirn herumschwirrten oder Texte sich entfalteten. Ich hatte hunderte, nein, tausende Ideen und das Gefühl, im Universum wäre gar nicht genug Platz für all meine Songs."

„Was ist passiert?" Mitfühlend schaut sie mich an und fährt sacht mit ihren Fingerspitzen über meine Hand.

Ich fühle, wie sich die feinen Härchen dort aufstellen, und ein leichter Schauder läuft mir den Rücken hinunter. Ich kann nicht anders, drehe meine Hand und streiche hauchzart über ihre Handfläche, bevor ich meine Finger langsam zurückziehe.

Ihre Pupillen weiten sich und fragend schaut sie zwischen unseren Händen und meinen Augen hin und her. Automatisch lächle ich. Sie ist so bezaubernd. Nein! Sie hat mich verzaubert. Es ist lange her, dass jemand so aufrichtig und vertrauensvoll mit mir gesprochen hat. Dabei kennen wir uns kaum. Ihr Handy klingelt leise. Sie zieht es heraus und wischt über das Display. So wie es aussieht, ist es kein Anruf, sondern eine Nachricht. Während sie liest, bildet sich eine steile Falte zwischen ihren Augenbrauen. Sie schüttelt unmerklich den Kopf. Ich will gerade fragen, ob sie schlechte Neuigkeiten erhalten hat, als sie plötzlich amüsiert schmunzelt. Okay, das scheint eher eine gute Nachricht zu sein. Sie legt ihr Handy zur Seite und schaut zu mir auf. Ich will nicht länger von der Leere in mir reden. Von dem Gefühl, den Zauber der Musik zu verlieren. Lieber möchte ich über sie sprechen.

„Erzähl mir mehr von deinen Träumen, von deiner Musik. Wo willst du damit hin? Bist du schon aufgetreten? Was sind deine Ziele?" Ich will all das von ihr wissen und noch viel mehr. Es ist mir völlig egal, dass Haru im Hintergrund sein Handy mit der Uhrzeit hochhält. Er kann warten, das hier ist mir wichtig.

Allerdings ist das hier nicht wirklich der Rahmen für solche persönlichen Gespräche. Ob sie wohl mitgehen würde, wenn ich sie frage, ob sie mich ins Hotel begleitet? Natürlich nur, um uns weiter zu unterhalten. Einen Versuch ist es wert. Sie mustert mein Gesicht, als ob sie wüsste, was in mir vorgeht. Vielleicht überlegt sie aber auch, was sie antworten soll? Egal, ich werde jetzt einfach fragen.

„Ähm, versteh das bitte nicht falsch. Aber, es sieht so aus, als ob die hier schließen wollen und wir die Einzigen sind, die sie davon abhalten."

Hektisch schaut sie sich um. Genau wie ich hat sie wohl nicht bemerkt, dass sich der Saal inzwischen komplett geleert hat. Nur wir, Haru und ein paar Kellner sind noch da. Verlegen zieht sie die Schultern hoch und kräuselt die Nase. Gott, das sieht so niedlich aus. Mein Herz klopft ein bisschen schneller und ich wage es jetzt einfach.

„In unserem Hotel gibt es eine Bar, die die ganze Nacht geöffnet ist. Würdest du …, hättest du Lust, dort mit mir unser Gespräch fortzusetzen?"

Zweifel schleichen sich in ihren Blick und sie zieht die Unterlippe zwischen ihre Zähne. Gott, diese Geste schießt direkt in meinen Schoß. Verlegen kneife ich die Beine zusammen. Sie ist zu schade für ein schnelles Abenteuer.

Ich beuge mich weiter vor und schaue ihr tief in die Augen. „Bitte? Du brauchst keine Angst zu haben, dass irgendetwas passiert. Haru wird uns begleiten und die ganze Zeit in der Nähe sein. Außerdem ist die Bar öffentlich zugänglich. Wobei, vermutlich würden wir in einem abgetrennten Bereich sitzen. Du weißt schon …", ich zucke mit den Schultern und füge hinzu, „… wegen der Sicherheit und so. Trotzdem wäre immer Personal in Rufweite."

Gespannt blicke ich in ihr Gesicht und hoffe, dass sie sieht, dass ich ehrlich zu ihr bin und es ernst meine.

Einige Sekunden lang schaut sie mich prüfend und nachdenklich an.

Dann nickt sie, als ob sie innerlich eine Entscheidung getroffen hätte. „Also gut. Ich vertraue dir. Ich müsste sowieso allein in mein Hotel zurückfahren. Lara hat mir geschrieben, dass sie noch mit einigen anderen Leuten unterwegs ist. Ich soll Spaß haben." Sie setzt imaginäre Gänsefüßchen um den letzten Satz und verdreht die Augen. „Ich hätte mir eh ein Taxi nehmen müssen. Jetzt können wir uns ja eines teilen."

Meine Mundwinkel zucken unwillkürlich.

Glaubt sie wirklich, ich würde sie das Taxi bezahlen lassen? Auf gar keinen Fall! Aber das werde ich jetzt lieber mal für mich behalten.

Ich winke Haru heran. „Bitte bestell ein Taxi. Tanja fährt mit uns. Wir werden noch die Bar im Hotel aufsuchen. Und bitte bestätige ihr, dass du die ganze Zeit in Rufweite bleiben wirst und sie keine Angst haben muss."

Harus Augenbrauen schnellen überrascht nach oben, doch er ist viel zu professionell, um das zu kommentieren. Er wendet sich zu Tanja und verbeugt sich leicht. „Selbstverständlich werde ich auch auf Sie aufpassen. Es ist mir eine Ehre, einen Gast von Hugho zu beschützen. Ich rufe ein Taxi und gebe Bescheid, sobald es da ist."

Ich nicke ihm zufrieden zu und weiß, dass ich mich auf ihn verlassen kann. Wenig später sitzen wir auf der Rückbank des Taxis. Haru hat vorne neben dem Fahrer Platz genommen.

Tanja hält Abstand zu mir und ich spüre ihre Unsicherheit. Hier hinten sieht uns niemand, deshalb greife ich behutsam nach ihrer Hand und umfasse sie. „Keine Sorge. Ich werde ebenfalls nicht zulassen, dass dir etwas geschieht. Entspann dich und lass uns den Abend genießen, ja?"

Steif sitzt sie da und schaut aus dem Fenster. Ich bin mir nicht sicher, ob sie meine Worte gehört hat. Doch dann geht ein fast unmerklicher Ruck durch ihren Körper und sie nickt nachdrücklich.

„Ich werde ihm vertrauen." Leise, kaum hörbar fließt dieser Satz über ihre Lippen.

Er berührt mich. Dringt tief in mich ein und ich weiß, ich werde ihr keinen Grund geben, daran zu zweifeln. Wortlos drücke ich ihre Hand und ein Gefühl von Zufriedenheit breitet sich in mir aus, als sie sanft zurückdrückt.

Kapitel 14

Tanja

Wenig später sitzen wir, vor neugierigen Blicken geschützt, in einer Nische am Rande der Hotelbar nebeneinander. Ich kann kaum glauben, dass wir tatsächlich hier sind, dass er, der große Star, mir gegenübersitzt. Dass ich mich getraut habe, obwohl wir uns nicht wirklich kennen. Das bin so gar nicht ich. Doch in seiner Gegenwart fühle ich mich seltsam sicher, beschützt und geschätzt.

Gerade das Letzte ist es, was mir tief unter die Haut geht. Außer von Lara und Tim habe ich schon lange keine Anerkennung mehr erhalten. Meine Eltern verlangen immer nur und meine Schwestern sind beide im Internat. Wir chatten regelmäßig, aber leider ist der Kontakt nicht mehr so eng wie früher. Etwas, das einen Riss in meinem Herzen hinterlässt und doch kann ich es im Moment nicht ändern.

Sein Beschützer, dieser Haru, hat es sich an einem kleinen Tisch, direkt vor dem Eingang zu dieser Nische, gemütlich gemacht. Darüber bin ich echt erleichtert, denn dieser Mann schüchtert mich irgendwie ein.

Ein Angestellter kommt mit einem Tablett in unsere Richtung. Haru steht auf und schaut sich alles darauf genau an, bevor er den Mann passieren lässt. Höflich nickt der Kellner uns zu und stellt eine große Platte in die Mitte des Tisches und vor jeden von uns ein Glas Wasser. Ich will nichts Alkoholisches mehr trinken und Hugho schließt sich mir an.

Ich merke kaum, wie uns der Kellner wieder verlässt, denn meine Augen sind von der Platte gefesselt. Viele kleine Fische aus Teig sind darauf angerichtet. So etwas habe ich noch nie gesehen. Was das wohl ist?

Hugho bemerkt meinen neugierigen Blick und deutet mit der Hand auf die Fische. „Das da ist *Bungeobbang*, ein beliebter Snack aus Korea. Es bedeutet übersetzt so viel wie *Fischbrot*."

Misstrauisch betrachte ich die kleinen Flossenträger, die so detailliert sind, dass sie beinahe echt wirken. „Fischbrot? Das hört sich … eigenartig an." Ich will ja nicht zugeben, dass es mich bei dem Gedanken daran eher ekelt.

Hugho hat mir das wohl angesehen, denn sein lautes Lachen reißt mich aus der Betrachtung. Er rutscht auf der Bank etwas näher und lehnt sich zu mir.

„Das da nennt sich zwar Fischbrot, ist aber keins." Amüsiert blinzelt er mir zu und grinst von einem Ohr zum anderen. Seine weißen Zähne blitzen dabei auf. Er könnte damit glatt Zahnpastawerbung machen.

Lachend hebe ich die Hände. „Okay, ich geb's zu. Ich habe keine Ahnung. Also klär mich auf. Was ist das?"

„Meine Mutter macht das oft an Feiertagen. Es ist Gebäck aus süßem Teig. Die Füllung besteht aus einer roten Adzukibohnen-Paste."

„Aha! Und wie bekommt man die Form hin?"

„Mit einem speziellen Waffeleisen." Er langt nach einem der Teilchen und hebt es an meinen Mund. „Probier mal."

Ich habe gar nicht bemerkt, wie nahe er mir gerückt ist.

Er sitzt inzwischen dicht neben mir und unsere Oberschenkel berühren sich fast. Sein Blick verhakt sich mit meinem, als ich langsam den Mund öffne und von dem kleinen Fisch abbeiße. Er löst keine Sekunde den Blick von mir, als er sich den Rest in den eigenen Mund steckt. Ich kaue und bemerke kaum den üppigen Geschmack an meinem Gaumen, so gefesselt bin ich von dem Ausdruck auf seinem Gesicht.

Unsere Köpfe nähern sich, bis unsere Nasenspitzen fast aneinanderstoßen. Die Spannung ist berauschend.

Es fühlt sich an, als ob funkelnde Blitze zwischen uns hin und her sausen. Sein dezenter Duft gefällt mir und ich atme ihn tief ein. Sein Blick gleitet von meinen Augen, über die Nase bis zu meinem Mund. Automatisch öffne ich die Lippen einen Spalt breit. Er schluckt sichtbar und fährt wieder sacht mit einem Finger die Konturen nach. Hunger schleicht sich in seinen Blick. Begierde. Meine Brust hebt und senkt sich hastig, als mir heiße Schauer in Strömen über den Rücken fließen.

Oh Gott!

Wie hypnotisiert starre ich auf seinen Mund. Diese schmalen, dunklen Lippen, die mir immer näher kommen. Hauchzart berührt sein Mund meinen. Automatisch schließe ich die Augen. Die Berührung ist so flüchtig, dass ich mir nicht sicher bin, ob ich mir das nur eingebildet habe. Es ist so zärtlich und liebevoll. In meinem Bauch beginnt es zu kribbeln. Kleine Glücksbläschen bilden sich, steigen auf und wollen aus mir herausbrechen. Das ist schön, so wunderschön!

Ganz langsam zieht er sich zurück. Ich schlage die Augen auf und versinke erneut in seinen. Sie funkeln im Licht und fast habe ich das Gefühl, sie schauen mich sehnsüchtig an. Bilde ich mir das ein? Dieser Moment ist etwas Besonderes. Ich will ihn festhalten und nie wieder loslassen. Das, was hier zwischen uns passiert, ist magisch. Fesselnde und zugleich überwältigend zärtliche Magie!

„Das war … unerwartet.“ Ich fahre mit der Zunge an meinen Lippen entlang. Spüre dem Geschmack dieser Berührung hinterher.

Süß und scharf.

Genau so, wie dieser faszinierende Mann vor mir auf mich wirkt. Er zuckt ein kleines Stück zurück und sieht mich erschrocken an. „Bin ich zu weit gegangen? Habe ich dich überrumpelt?“ Betroffenheit zeichnet sich auf seinen feinen Zügen aus. Er weicht noch weiter zurück und hebt entschuldigend die Hände. „Es tut mir leid. Ich hatte dir versprochen, dass nichts passiert, was du nicht willst. Und nun?“ Er schüttelt den Kopf. „Nun habe ich dich einfach überfallen. Noch dazu in aller Öffentlichkeit. Was musst du nur von mir denken.“ Bedauern klingt in seinen Worten mit und Scham. Doch das will ich nicht!

„Warum?“

„Was warum?“ Irritiert zieht er die Augenbrauen hoch.

„Warum hast du mich geküsst?“ Ich möchte es wirklich wissen, denn ich kann und will diesen zärtlichen Kuss, der für mich die Welt aus den Angeln gehoben hat, nicht bedauern.

Er lehnt sich zurück und mustert mich nachdenklich. „Du bist nicht sauer?“

„Nein.“ Ich schüttle vehement den Kopf. „Bin ich nicht. Aber ich würde gerne wissen, warum du mich geküsst hast.“ Alles in mir verlangt nach einer Antwort. Hofft darauf, dass dieser Mann genauso empfindet wie ich. Tief in mir weiß ich, dass es keine Zukunft für uns geben kann. Ich bin ja nur eine kleine Studentin.

Und er? Er ist ein Star!

Ein K-Pop-Star am internationalen Musikhimmel. Weiter entfernt könnten unsere beiden Welten gar nicht sein und doch sind sie heute aufeinandergetroffen. Gespannt warte ich auf seine Antwort, die auch prompt kommt.

„Du hast etwas an dir, das mich auf seltsame Weise anzieht. Außerdem bist du eine wunderschöne, warmherzige Frau. Deine Liebe zur Musik hat mir das Gefühl gegeben, auf einer ganz besonderen Ebene von dir verstanden zu werden, mit dir verbunden zu sein. Ich kenne dieses Gefühl nicht, habe so etwas noch nie erlebt."

Gebannt lausche ich seinen Worten.

„Ich auch nicht! Es ist, als wären wir durch unsere Liebe zur Musik miteinander verbunden. Als wäre da etwas Magisches zwischen uns."

Er nickt und nimmt meine Hände in seine. „Ich würde so gerne wissen, wohin uns das führt. Doch du bist keine Frau für eine Nacht. Du bist etwas Besonderes. Du verdienst mehr. Viel mehr. Aber das kann ich dir nicht geben. Du lebst in München und ich reise mit der Band um die Welt."

Seine Worte entsprechen meinen Gedanken. Traurig nicke ich, denn er hat recht. Wir können nicht herausfinden, was da genau zwischen uns ist. Betrübt lasse ich den Kopf hängen.

Seine Hand berührt mich am Kinn, hebt behutsam mein Gesicht an. „Jagi", seine Stimme klingt sanft, fast wie ein Streicheln auf meiner Haut.

Doch bevor ich mich weiter in meine Gefühle verstricke, versuche ich, in die Realität zurückzufinden. Sacht entziehe ich ihm mein Gesicht und rutsche ein kleines Stück weg. Unzufrieden verzieht er den Mund, atmet dann jedoch tief durch und lehnt sich ebenfalls zurück. Er hat verstanden.

„Was heißt das eigentlich?"

Fragend hebt er die Augenbrauen. Seine Hand hält meine Finger unter dem Tisch fest und spielt mit ihnen.

„Jagi! Spreche ich das richtig aus? Was heißt das?"

„Es bedeutet Liebling."

„Oh!“ Mehr kann ich gerade nicht sagen. Die Gefühle in mir wirbeln wild durcheinander und doch versucht mein Kopf, die Oberhand zu behalten.

Hugho rutscht noch ein Stück weiter zurück, so dass der Abstand zwischen uns wieder größer wird und lässt meine Hand los. Dankbar lächle ich ihn an.

Er räuspert sich und wechselt das Thema. „Erzähl mir, was würdest du gerne mit deiner Musik machen?“

Er hat es also nicht vergessen. Dabei habe ich vorhin mit Absicht nicht geantwortet. Na gut, jetzt gibt es wohl kein Entrinnen mehr.

„Ich weiß es nicht wirklich. Weißt du, das ist ja irgendwie nur ein kleiner Traum, den ich mir damit erfülle. Neben all den trockenen Vorlesungen über Aktienkurse, Steuergesetze und solchen Sachen brauche ich einfach einen Ausgleich. Und nein, ich bin noch nie öffentlich aufgetreten.“ Ich zucke die Achseln. „Ich glaube auch nicht, dass ich gut genug dafür bin. Für die Dusche reicht es jedenfalls.“

Grinsend schaue ich zu ihm hinüber. Seine Aufmerksamkeit liegt ganz auf mir. Es ist, als ob er alles andere um uns herum komplett ausblendet und mich total in seinen Focus stellt. Ein tolles Gefühl. Er lächelt zurück und ich genieße es, dass er mir so genau zuhört.

„Ich spiele einigermaßen gut Gitarre und Klavier. Natürlich habe ich in meiner Wohnung nicht viel Platz. Deshalb muss hauptsächlich die Gitarre herhalten. Aber weißt du? Noch viel mehr als das Singen und Spielen mag ich es, Songtexte zu schreiben.“

Automatisch geht meine Hand zur Nase und ich zupfe verlegen daran, denn das ist etwas, was ich so gut wie noch niemandem erzählt habe.

„Ehrlich? Das ist ja toll!" Begeistert strahlt er mich an. „Dann haben wir etwas gemeinsam. Du weißt ja, dass ich die meisten unserer Songs selbst komponiert und getextet habe. Es ist so ein Wahnsinnsgefühl, wenn sich Melodie und Worte zu einem großen Ganzen zusammenfügen. Zu einer Musik, die harmoniert und Herzen bewegt. Zu Songs, die gerade auch jungen Menschen helfen, sich selbst zu sehen und zu akzeptieren. Ich will …" Er bricht ab und schüttelt gedankenvoll den Kopf.

„Was willst du?" Gespannt beuge ich mich wieder vor.

„Ich will Songs schreiben über Träume und Hoffnungen, Energie und Lebensfreude. Unabhängig davon, ob sie ein Hit werden oder nicht. Natürlich sieht KM es anders. Da steht der finanzielle Erfolg und allem voran der Ruhm und die Ehre für unser Land an erster Stelle."

„Das ist bestimmt schwierig für dich." Ich kann mir nur ungefähr vorstellen, welche Probleme er bewältigen muss, um sowohl seinem Management als auch seinen eigenen Idealen gerecht zu werden.

„Ist es. Aber das ist eben eine meiner Aufgaben." Er rutscht wieder etwas näher. „Es wäre super, wenn wir mal gemeinsam einen Text schreiben könnten."

„Oh Gott, das wäre fantastisch! Aber vielleicht gefällt dir ja gar nicht, was ich so mache."

„Lass doch einfach mal was hören."

Ich zögere noch ein bisschen und schaue mich im Raum um. Doch es sind kaum Menschen hier und Haru sitzt etwas abgewendet von uns an seinem Tisch. Also kann ich es vielleicht wagen. Leise und unsicher summe ich erst die Melodie. Als er mir aufmunternd zunickt, fange ich mit heftig pochendem Herzen zaghaft an, die Worte zu singen, die tief aus meiner Seele entsprungen sind:

Give me a reason
to believe
Say what's important
so that I'll stay

I have a dream
no one knows about it
If I can trust
then I'll tell it to you

My heart stops beating
What's the reason?
I keep falling down
please help me up

My soul is breaking
Thousand splinters all around
Stand by my side
and catch them

Give me a reason
to believe
Tell me what's important
so that I'll stay
stay
here with you.

Gegen Ende bricht meine Stimme weg. Ich habe mich getraut und ihm Herz und Seele gezeigt. Was wird er tun? Wird er sie zerschmettern und darauf herumtrampeln?

Nein! Das kann ich nicht glauben. Denn dann müsste ich mich in dem Menschen, den ich in den letzten Stunden so intensiv kennengelernt habe, völlig getäuscht haben. Seine nächsten Worte zeigen, dass ich mir umsonst solche Sorgen gemacht habe.

Kapitel 15

Hugho

Diese Melodie! Sie schwingt durch mich hindurch, kriecht in meine Adern und fließt mit dem Blut verbunden mitten in mein Herz. Ihre Stimme ist … nett. Das klingt jetzt eingebildet, doch ich weiß, wie hoch das Level liegt, wenn man in der Musikbranche Erfolg haben will. Ihre Stimme wird dafür leider nicht reichen, aber diese Melodie? Dieser Text?

Verdammt! Daraus könnte man echt was Cooles machen!

Ich rutsche wieder näher und lege den Arm um ihre Schultern. Sie sieht mich mit weitaufgerissenen Augen an. Aufregung, Zweifel und ein Hauch Hoffnung wechseln sich blitzschnell in ihrem Blick ab. Ihre geröteten Wangen verraten sie letztlich.

„Tanja, das ist gut! Echt gut!"

Ich spüre, wie sie am ganzen Körper zittert. Beruhigend streiche ich über ihren Oberarm und beuge mich zu ihr. Erneut versinke ich beinahe komplett in ihren sturmgrauen Augen. Gerade noch rechtzeitig löse ich diesen mysteriösen Bann und richte mich auf.

Das ist nicht gut. Ich muss auf Distanz bleiben. Es ist weder ihr noch mir gegenüber fair, wenn ich jetzt nicht stoppe. Doch es fällt mir schwer, unendlich schwer. In meiner Brust sticht es bei dem Gedanken, dass ich sie nach dem heutigen Abend wohl nie wieder sehen werde.

Ich räuspere mich und rutsche ein minimales Stück von ihr weg. Sofort fühlt sich meine Seite kalt und leer an, doch ich zwinge mich dazu, an etwas anderes zu denken.

„Summ nochmal."

Fragend zieht sie die Augenbrauen hoch.

„Bitte?" Verflixt, meine Manieren waren auch schon mal besser. Zum Glück errät sie, was ich sagen wollte und nickt zustimmend.

Kaum treffen die sanften Töne an mein Ohr, schreibt mein Verstand bereits die passenden Noten dazu. Es ist eine einfache und doch so eingängige Melodie. Es ist ja oft der Fall, dass die simpelsten Dinge, die besten sind.

Die nächste halbe Stunde verbringen wir damit, gemeinsam an der Tonfolge zu feilen. Dabei treffen unsere Meinungen teilweise ziemlich hitzig aufeinander, denn jeder von uns ist in dieser Beziehung scheinbar ein Dickkopf. Doch auch das Lachen kommt nicht zu kurz. Es macht solchen Spaß, mit ihr zu debattieren. Sie zu necken, bis diese bezaubernden Grübchen erscheinen und sie in herzhaftes Lachen ausbricht.

Im Hintergrund sehe ich Haru mit den Händen herumfuchteln und wieder auf die Uhr zeigen. Abweisend schüttle ich den Kopf, aber er ist hartnäckig. Entnervt ziehe ich mein Handy aus der Tasche. Ein Blick darauf und ich zische erschrocken. „Mist! Es ist schon vier Uhr!" Stöhnend stütze ich die Ellbogen auf den Tisch, lasse meinen Kopf seufzend in die Hände fallen und schließe die Augen.

Eine zaghafte Berührung bringt mich dazu, sie wieder zu öffnen. Tanjas Hand liegt auf meinem Oberschenkel und streicht sacht darüber. Das hat zur Folge, dass mir abrupt sämtliches

Blut in den Schoß schießt. Ich kann regelrecht zuschauen, wie die Beule dort rapide anwächst. Verflixt!

Ich rücke etwas weiter ab, sodass ihre Hand herunterfällt und rutsche unruhig auf der Bank hin und her. Wenn sie so weitermacht, fällt es mir verdammt schwer, einen klaren Kopf zu bewahren und sie nicht einfach, wie ein Höhlenmensch, über meine Schulter zu werfen und hinauf ins Zimmer zu tragen. Die Hitze in meiner Mitte lässt nicht nach. Ich muss dringend an etwas Abtörnendes denken.

Die Erinnerung an Gyeongs Drohung, im nächsten Tanztraining eine Sondereinheit speziell für mich einzubauen, kühlt mein Verlangen schnell herunter. Puh, Glück gehabt!

Bevor nochmal so etwas passiert, muss ich das hier beenden.

Leichter gedacht als getan. Ihre wundervollen Augen blicken mich fragend an. „Habe ich etwas falsch gemacht?" Ihre Stimme klingt zaghaft, unsicher.

Scham steigt in mir auf, denn sie trifft schließlich keine Schuld. Nur ich, ich bin der mit den Schwierigkeiten, sich zu beherrschen.

Sanft streiche ich mit der Hand über ihre Wange. Leise seufzend schmiegt sie ihr Gesicht hinein. Ihre herrlich geschwungenen, einladenden Lippen sind leicht geöffnet und ihr Blick ist voller Vertrauen auf mich gerichtet.

Ich kann nicht anders. Irgendwo in mir bricht eine Mauer zusammen. Ich beuge mich vor und streiche behutsam mit dem Mund über ihren. Abwartend halte ich kurz inne. Doch als sie ihre Lippen sofort öffnet, ist dieses Gefühl schnell verflogen. Erleichtert vertiefe ich den Kuss. Meine Zunge trifft sich mit ihrer, umfährt sie sanft und fordert sie heraus. Sie lehnt sich an mich, ihre weichen Lippen, ihr heißer Mund verlangen mehr. Ich habe verloren und gebe ihrer Forderung nach.

Was auch immer sie will, ich bin bereit, es ihr zu geben. Ich schlinge meine Arme um ihre Taille und ziehe sie von der Bank hoch, während meine Zunge jede Stelle in ihrem süßen Mund erforscht.

Jen-Jang! (Shit) Ich darf das nicht! Das ist gegen sämtliche koreanische Sitten!

Aber sie schmeckt so himmlisch und fühlt sich in meinen Armen so perfekt an, als würde sie dort hingehören. Ihre Hände durchwühlen mein Haar und ihren Körper halte ich eng an mich gepresst. Ich löse den Kuss und beginne leise, die Melodie, ihre Melodie zu summen, während ich mit der Nasenspitze ihr anstupse. Ich spüre, wie sie sanft lächelt, als wir beginnen, gemeinsam leicht im Takt zu wiegen. Seltsam intim fühlt sich das an. Ganz anders als die schnellen Nummern, die ich gewohnt bin.

Noch nie habe ich so empfunden, noch nie so geküsst. Ich wusste bisher nicht, dass ein Kuss so viel ausdrücken kann. Mehr als Worte. Wie kann ich sie gehen lassen?

Ein lautes Räuspern reißt uns aus dieser sinnlichen Blase. Ich drehe den Kopf und schaue Haru an, der dicht hinter mir steht. Sein Gesicht wirkt verkniffen und sein Blick dunkel. „Meomchuda!“ (Stopp)

Das hätte er nicht sagen müssen, mir ist auch so klar, dass ich zu weit gehe. Ich darf sie nicht bei mir behalten!

Langsam löse ich meine Hände von ihr und bringe etwas Abstand zwischen uns. Ihre vollen Lippen sind leicht geschwollen und ihre Augen blicken verträumt zu mir auf. Ich mustere jeden Millimeter ihres Gesichts, präge mir jede Regung darauf ein, um mich später, wenn ich allein bin, daran zu erinnern.

Sie blinzelt, atmet tief ein und ihr Augen klären sich. Verlegen fährt sie sich durch die pinke Mähne und streicht sie über die

Schultern. Eine verirrte Strähne zieht meinen Blick magisch an. Reflexartig hebe ich die Hand und streiche sie ihr hinter das Ohr. Mit sanftem Lächeln schaut sie zu mir auf.

„Das war … schön. Einfach nur schön." Versonnen lächelnd fährt sie mit den Fingerspitzen über ihre Lippen. Sie räuspert sich und rutscht auf ihren Platz zurück. „Ich sollte jetzt gehen."

Alles in mir schreit danach, sie bei mir zu behalten. Doch ich weiß, dass das nicht richtig wäre. Mühsam schlucke ich die Worte hinunter, die mir auf der Zunge liegen.

„In Ordnung. Haru wird dich nach Hause bringen."

„Aber …"

Ich hebe die Hand und stoppe sie. „Nein, darüber debattieren wir nicht. Draußen stehen genug Taxis. Haru begleitet dich und kommt dann zurück ins Hotel."

Unsicher schweift ihr Blick zwischen meinem Aufpasser und mir hin und her. Doch schließlich nickt sie und greift nach ihrer Handtasche. Sie hebt die freie Hand und legt sie mir auf meine Brust.

„Ich danke dir, Hugho. Für diesen wundervollen Abend und die Zeit, die du mir geschenkt hast."

Mir fehlen wieder einmal die Worte und erneut nicke ich nur. Mit einem berührenden, fast zärtlichen Lächeln steht sie auf und folgt Haru aus der Bar.

Kurz bevor sie die Tür erreichen, fällt mir etwas ein.

„Halt, warte!"

Verwirrt dreht sie sich zu mir um, obwohl Haru bereits die Tür für sie aufhält. Erneut wirft er mir einen mahnenden Blick zu, doch jetzt lasse ich mich nicht davon beirren. Mit großen Schritten laufe ich zu ihr und strecke meine Hand aus.

„Gib mir dein Handy", fordere ich und ohne Widerworte zieht sie tatsächlich ein I-Phone aus ihrer Tasche und reicht es mir.

„Entsperr es bitte."

Sie drückt ihren Daumen auf das Display, das daraufhin sofort hell aufleuchtet. Ich nehme es ihr aus der Hand, tippe schnell eine Zahlenfolge ein und schicke auch gleich eine Nachricht an mich.

„Hier, dann hast du zumindest meine Nummer." Ich strecke ihr das Handy entgegen. Sie greift danach, doch ich lasse noch nicht los. „Du weißt, dass du sie nicht weitergeben darfst, nicht wahr? Das ist meine persönliche Nummer."

„Natürlich!" Gekränkt schaut sie hoch, entzieht mir das Handy und stopft es in ihre Tasche. „Ich würde dein Vertrauen niemals derart missbrauchen!"

Oh je, jetzt habe ich sie verletzt. Bevor ich das klären kann, dreht sie sich um und ist, ohne mich eines weiteren Blickes zu würdigen, mit Haru durch die Tür verschwunden.

Und ich?

Ich stehe da und frage mich, was heute Abend eigentlich passiert ist.

Kapitel 16

Tanja

Nerviges Piepen reist mich hoch. Es kommt mir vor, als wäre ich gerade erst eingeschlafen.

Endlich in meinem Hotelzimmer angekommen, hüpfte ich gestern Nacht noch unter die Dusche, bevor ich mich in das weiche Kingsize-Bett kuschelte. So gern hätte ich Lara von dem Abend erzählt. Doch noch vor Aufbruch zum Konzert war das Zimmer nebenan frei geworden. Wir nutzten die Chance sofort, buchten das Zimmer dazu und räumten Laras Sachen hinüber. So gern wir uns haben, miteinander in einem Bett zu schlafen, ist nicht so unser Ding.

Ich ging sogar noch zu ihrer Tür und klopfte ein paar Mal, aber sie antwortete nicht. Entweder war sie noch unterwegs oder schlief schon tief und fest. Also ging ich zurück in mein Zimmer. Nach der heißen Dusche sollte ich eigentlich entspannt und müde genug sein, um einschlafen zu können. Doch in meinem Kopf kreisten so viele Gedanken, dass es ewig dauerte, bis mich endlich die Müdigkeit übermannte.

Mit halb geschlossenen Augen taste ich nach der lästigen Lärmquelle. Ich ziehe mein Handy heran, in der Hoffnung, dieses nervtötende Piepen schnell auszuschalten. Doch leider klappt das nicht. Stöhnend richte ich mich auf, lehne mich gegen das Kopfteil und gähne ausgiebig. Als meine Lebensgeister endlich zum Leben erwachen, schaffe ich es, meine schweren Augenlider etwas anzuheben und auf den Unruhestifter zu starren.

Ups, kein Wunder, dass ich das nicht abstellen konnte. Das ist gar nicht der Wecker, sondern ein Anruf. War absehbar, dass Lara vor lauter Neugier platzt und nicht länger warten will.

„Mhm", ist alles, was ich zur Begrüßung herausbringe, bevor sie mich mit tausend Fragen überschüttet.

War so klar! Schließlich kenne ich meine beste Freundin und ihren Wissensdrang schon etwas länger. Ich halte das Handy ein Stück vom Ohr weg und lasse sie quasseln. Ihre Stimme rauscht an mir vorbei und langsam sinke ich wieder tiefer unter die warme Decke.

„Tanja? Verflixt! Tanja! Bist du noch da?"

Mühsam reiße ich die Augen erneut auf und blinzle gegen die Helligkeit im Zimmer an. „Ja, bin ich. Muss das sein? So viele Buchstaben am frühen Morgen vertrage ich nicht. Das weißt du doch!" Genau das ist auch der Grund, warum wir uns für getrennte Zimmer entschieden haben. Lara ist Frühaufsteherin und für sie ist es normal, schon vor dem Frühstück eine Runde Sport einzulegen - am besten mit lauter Musik. Ich dagegen, will morgens meine Ruhe haben und bin vor dem ersten Kaffee nicht genießbar.

Helles Lachen schallt durch das Handy. „Früher Morgen ist gut! Es ist zehn Uhr! Ich bin seit Stunden wach! Jetzt sag schon, was ist passiert? Warum liegst du heute so lange in der Kiste?" Sie lechzt regelrecht nach Informationen. Da ich aber noch im Halbschlaf und verärgert über ihren Überfall bin, beschließe ich, sie etwas hinzuhalten.

„Wieso? Was soll denn passiert sein?"

„Mensch Tanja! Verarsch mich nicht! Du und Hugho, da lief doch was!"

„Wie kommst du darauf?“ Ich stelle mich erstmal dumm, obwohl mir klar ist, dass ich ihren Überredungskünsten nicht lange standhalten kann.

„Taaaaannnjaaaa!“, jammert sie. „Bitte, lass mich nicht so hängen! Ich hab es doch gesehen, deutlich gesehen. Da war was zwischen euch! Ihr habt alles außen herum vergessen. Es war, als wärt ihr ganz allein dort.“

Einen Moment halte ich die Luft an, als mir klar wird, dass sie recht hat. Genau so habe ich mich gefühlt!

„Ich habe ihn angeschaut und alles andere war wie weggeblasen. Ich weiß nicht, was los war. Aber ich habe nur noch ihn gesehen.“ Stöhnend reibe ich mir mit der Hand über die Stirn.

Kurz bleibt es still, dann klingt Laras Stimme leise, fast ehrfürchtig zu mir durch. „Oh mein Gott, Tanja! Sag jetzt nicht, du hast dich in ihn verguckt!“

Habe ich das? Ihre Worte bringen mich zum Nachdenken. „Verguckt ist das falsche Wort. Verzaubert, von seiner Ausstrahlung gefangen – ja! Du hast ihn doch gesehen. Er sieht so toll aus. Aber nicht nur das! Etwas an ihm hat mich … ach, ich weiß auch nicht. Ich glaube, es war sein Lächeln. Es war so süß und echt. Er hat diese unglaublich dunklen Augen und sah mich damit auf diese besondere Art an. Alles ergab plötzlich einen Sinn. Er ist einfach umwerfend!“

Kurz hole ich Luft und höre nur, wie Lara vielsagend ein *AHA* einwirft. Ich kann mich nicht bremsen. Die nächsten Worte sprudeln regelrecht aus mir heraus. „Seine Haltung, die Art, wie er geht, als ob er durch den Raum tanzt. Dabei ist er auf eine Art bescheiden, dass man nie vermuten würde, dass er ein Popstar ist. Und, Lara, seine Stimme! Verdammt, mir lief es heiß und kalt den Rücken herunter und er zog mich an, dass ich nicht mehr geradeaus denken konnte.“

„Und dann?“, andächtig flüstert sie die Worte.

„Und dann drehte sich die Welt plötzlich schneller und schneller, als er mich küsste. Ich glaube, mein Herz hat vor Aufregung für einige Sekunden aufgehört zu schlagen.“

„Lieber Himmel, Tanja!“, quietscht Lara aufgeregt. „Schnell, erzähl weiter. Was war dann?“

Ich zucke mit den Schultern, obwohl sie das ja nicht sehen kann. „Nichts mehr! Er hat sich zurückgezogen. Was gestammelt von *zu schade für eine Nacht* und so.“

„Im Ernst? Das war's?“ Lara klingt fassungslos und eindeutig enttäuscht.

„Ja, im Prinzip schon. Wir haben noch ein bisschen über Musik gequatscht und dann hat er seinen Aufpasser beauftragt, mich mit dem Taxi ins Hotel zu bringen“, seufze ich. Mir wird gerade klar, dass ich wirklich enttäuscht bin. Obwohl ich noch nie einen One-Night-Stand hatte – vielleicht hätte ich bei ihm eine Ausnahme gemacht. Einfach, um herauszufinden, was das zwischen uns ist.

„Wahrscheinlich war ihm mein Gequassel über Musik peinlich. Ich wette, er hält mich jetzt für einen aufdringlichen Groupie.“

„Quatsch!“, kommt es rigoros von Lara. „Dann hätte er niemals so viel Zeit mit dir verbracht.“

„Schon möglich. Ist jetzt auch egal. Ich werde ihn wohl eh nicht wiedersehen.“ Ich merke selbst, wie deprimiert sich das anhört, kann aber gerade nicht aus meiner Haut.

„Warum? Glaubst du wirklich, er unterhält sich stundenlang mit dir und lässt dann nichts mehr von sich hören?“

„Wieso nicht? Ein umschwärmter Typ wie er hat doch kein Interesse an jemandem wie mir.“

„Blödsinn! Was soll denn falsch an dir sein? Du hast es immer noch nicht begriffen, oder? Du bist warmherzig, klug, hübsch und etwas Besonderes. Er wäre verrückt, wenn er nicht an dir interessiert wäre."

„Nun ja", druckse ich herum. „Zumindest hat er mir seine Nummer gegeben." Es ist doch kein Vertrauensbruch, wenn ich nur davon erzähle, oder?

„Was? Du hast seine Nummer? Die Nummer von Hugho? Warum sollte er sie dir geben, wenn er nicht an dir interessiert wäre?"

Ich will gerade antworten, als mein Handy den Eingang einer WhatsApp anzeigt. „Warte mal schnell. Ich habe eben eine Nachricht bekommen."

Hastig drücke ich auf die Benachrichtigung oben im Display und sofort ploppt eine Message auf.

Würde dich heute gerne nochmal treffen, Jagi.

Ich halte den Atem an und starre fassungslos auf die Worte. Ich kann es nicht glauben! Er will mich wiedersehen! Und er hat mich erneut Liebling genannt.

Hastig reiße ich das Handy an mein Ohr und kreische: „Lara! Er hat mir geschrieben. Er will mich sehen!"

Einen Moment bleibt es still, dann kreischt sie ebenfalls los. Wir klingen wie zwei durchgedrehte Teenager. Wenn uns jemand hört, hält er uns bestimmt für übergeschnappt. Lara fängt sich zuerst.

„Schreib ihm zurück, sofort!", fordert sie.

„Aber …"

„Nix aber", unterbricht sie mich energisch. „Du hast den ersten Schritt gemacht, jetzt sei nicht feige. Mach auch den Zweiten! Und lass endlich diese blöden Selbstzweifel! Die hast du nicht nötig!"

„Pfff!“ Nicht sehr intelligent, aber mehr fällt mir dazu gerade nicht ein.

„Tanja!“ Ungeduldig erklärt sie mir, dass es höchste Zeit ist, endlich mal meine Komfortzone zu verlassen und diese Chance zu nutzen. Sie lässt mich nicht zu Wort kommen und macht mir deutlich klar, dass sie ein Kneifen meinerseits nicht zulassen wird.

Irgendwann gebe ich nach und schreibe ihm die Worte zurück, die Lara mir diktiert.

Hi! Ich würde mich echt freuen. Wir sind noch bis heute Abend in Berlin. Wann und wo wollen wir uns treffen?

Mit angehaltenem Atem beobachte ich, wie sich der Haken blau färbt und schließlich *schreibt* erscheint. Und dann, dann habe ich tatsächlich heute Nachmittag ein Date mit ihm.

Kapitel 17

Hugho

Nervös laufe ich im Zimmer auf und ab, bleibe vor dem Spiegel stehen und zupfe an meinem Shirt herum. Ich kann immer noch nicht glauben, was ich gerade getan habe. Zum ersten Mal im Leben habe ich vorgegeben, krank zu sein. Natürlich waren die Jungs total besorgt, als ich mich mehrmals in der Umkleide räusperte. Suni machte sich sofort auf den Weg und holte Gyeong. Ganz gegen seine sonst so bedächtige Art, kam der tatsächlich überraschend schnell zu uns. Er drückte sich an den anderen vorbei, die im Kreis um mich standen und über die wirkungsvollsten Mittel gegen einen rauen Hals diskutierten.

Er tauschte nur ein paar Worte mit mir und sobald Gyeong das Kratzen in meiner Stimme wahrnahm, befahl er mir, umgehend still zu sein. Ich hörte selbst, wie komisch ich klang. Allerdings verriet ich nicht, dass dies eher vom vielen Reden am Vorabend, als von einer drohenden Erkältung kam. Gyeong zückte sein Handy, rief Kwon an und schilderte kurz das Problem.

Wenig später saß ich neben Haru im Taxi und fuhr zurück ins Hotel. Unser Manager hatte umgehend eine Auszeit für mich angeordnet.

Zurück in meinem Zimmer, überlegte ich nicht lange und schickte Tanja eine Einladung über WhatsApp. Ich traute meinen Augen kaum, als sie tatsächlich zusagte.

Und jetzt? Ich kann ja nicht einfach mit ihr in der Hotellobby sitzen. Nicht einmal die Bar ist anonym genug. Nicht um diese Uhrzeit! So weit habe ich nicht gedacht.

Haru steht neben der Zimmertür und beobachtet mich. Er hat genug gehört und trotzdem noch kein Wort dazu gesagt. Das ist ungewöhnlich. Normalerweise kommentiert er alles, was ich sage oder tue. Ratlos fahre ich mir durch die Haare, kralle die Finger hinein und ziehe an den Spitzen. So fest, wie ich es gerade noch aushalte. Doch auch das erdet mich heute nicht.

Was mache ich nur?

„Hugho!“ Ein Wort nur und doch schafft es Haru, dass ich sofort stehen bleibe.

Mit großen Schritten kommt er auf mich zu und legt seine kräftigen Hände auf meine Schultern. Beklommen schlucke ich, denn ich erwarte nichts anderes als eine Standpauke.

Doch er überrascht mich. Ein feines Lächeln huscht so schnell über sein Gesicht, dass ich mir nicht sicher bin, ob es wirklich da war. Ich kann nicht darüber nachdenken, denn er verstärkt den Druck und redet mit leiser Stimme auf mich ein. „Hugho, jetzt hast du dich schon so weit vorgewagt, nun bring es auch zu Ende. Lass sie nicht umsonst warten!“

„Aber … wie soll ich das machen? Einfach runtergehen und einen Spaziergang vorschlagen? Einen Kaffee mit ihr trinken? In der Öffentlichkeit? Was ist, wenn ich erkannt werde? Wenn mich jemand anspricht? Oder noch schlimmer, jemand steckt es Kwon!“

Ein tiefer Seufzer entkommt mir bei dem Gedanken daran, was alles schief gehen könnte. Nachdenklich blickt Haru zu mir herab. Er ist ein Stückchen größer und um einiges kräftiger gebaut, so dass ich mich neben ihm immer etwas klein geraten fühle. „Schon komisch! Normalerweise bin ich derjenige, der sich um deine Sicherheit sorgt oder dich an die Regeln erinnert. Dass du es dieses Mal tust, ist irgendwie seltsam."

Verärgert schubse ich ihn ein Stück von mir weg. „Super! Vielen Dank! Du bist auch keine Hilfe", fahre ich ihn an.

Er zieht eine Augenbraue hoch und hebt provozierend das Kinn an. „Benimm dich, Hugho. Wenn du meine Unterstützung brauchst, solltest du mich nicht verärgern."

Wütend will ich ihn anfahren, doch er hebt abwehrend die Hand. „Überleg dir gut, was du sagst."

Ich schließe die Augen und atme ein paar Mal tief durch, um mich zu beruhigen. Mir wird klar, dass er der Einzige ist, der mir jetzt helfen kann. Und was mache ich? Ich verärgere ihn.

„Es tut mir leid, Haru. Ich habe meine Wut an dir ausgelassen, dabei bist du überhaupt nicht schuld an der ganzen Sache." Zerknirscht blicke ich zu ihm auf.

Sofort entspannen sich seine Gesichtszüge. „In Ordnung. Bist du jetzt bereit, einen Rat von mir anzunehmen?"

Hastig nicke ich und schaue ihn gespannt an. „Aber, klar doch!"

„Kwon und Gyeong haben gestern einen kleinen Nebenraum hier im Hotel benutzt, um einige Details zur weiteren Tour mit KM abzuklären. Was hältst du davon, wenn ich nachfrage, ob er frei ist und es möglich wäre, ihn kurzfristig zu buchen? Natürlich auf meinen Namen, damit niemand etwas erfährt. Dann könntet ihr euch dort ungestört treffen."

Begeistert nicke ich. Sofort schnappt er sich das Haustelefon und ruft bei der Rezeption an.

Als ich wenig später mit ihm den Dienstbotenlift benutze, kann ich immer noch nicht glauben, dass er mir hilft.

„Warum?"

„Warum was?"

„Warum hilfst du mir?“ Ich bin gespannt auf seine Antwort. Habe ich ihn bisher so falsch eingeschätzt? Ich dachte immer, dass seine Loyalität vorrangig KM gilt.

Kurz zuckt es in seinem Gesicht, dann schiebt sich wieder die undurchschaubare Maske darüber. „Weil ich es will!“

Mir entkommt ein Schnauben. „Das ist keine Antwort.“

„Aber mehr wirst du von mir nicht bekommen.“ Seine Stimme ist abweisend. Genauso, wie seine gesamte Haltung. Ungewollt habe ich da wohl einen wunden Punkt berührt. Nachdenklich betrachte ich ihn. Was weiß ich eigentlich über Haru? Nicht als Beschützer, sondern als Mensch?

Mir wird allmählich klar, dass ich ihn nicht wirklich kenne. Das liegt nicht nur an seiner verschlossenen Art, sondern auch an mir. Ich habe seine Anwesenheit einfach als selbstverständlich hingenommen und nicht nach dem Menschen dahinter gefragt. Kein schöner Zug von mir. Künftig werde ich das ändern. Doch jetzt steht erstmal das Treffen mit Tanja an. Zum Glück haben mich die Grübeleien über Haru von meiner Nervosität abgelenkt.

Wir steigen aus dem Aufzug und ich folge ihm durch einen schmalen Gang und eine ausgetretene Treppe hinauf, bis zu einer grauen Stahltür. Er drückt sie auf und deutet mir, voranzugehen. Direkt dahinter liegt ein kleiner, mit dickem Teppich ausgelegter Vorraum, in dem meine Sneaker regelrecht versinken. Hastig sehe ich mich um, doch zum Glück sitzt niemand in der Loungeecke. Haru lotst mich weiter, bis wir vor einer dunklen Holztür mit filigranen Intarsien Halt machen.

„Hier ist es.“ Seine Hand liegt auf der goldfarbenen Türklinke. „Bist du bereit?“

Ich atme tief durch und nicke. „Ja! Gamsahamnida (Danke), Haru!“ Mit einer angedeuteten Verbeugung öffnet er die Tür. Ich neige den Kopf zum Dank und trete ein. Die Tür fällt leise hinter mir ins Schloss, doch ich merke es gar nicht. Zu sehr bin ich von der Person, die dort auf mich wartet, fasziniert.

Da ist sie. Dieses bezaubernde Mädchen mit den auffallenden Haaren, das mir nicht mehr aus dem Kopf geht.

TANJA!

Sie steht mitten im Raum, die Augen weit aufgerissen und knetet nervös ihre Hände. Sofort fällt jegliche Anspannung von mir ab. Ich will, dass sie sich in meiner Gegenwart wohl fühlt.

Mit großen Schritten eile ich zu ihr und nehme sie kurzerhand in den Arm. Sekundenlang versteift sich ihr Körper und sie schnappt leise nach Luft. Doch dann spüre ich, wie die Anspannung sich auflöst und sich ihre warmen, weichen Kurven an mich schmiegen. Augenblicklich schlägt mein Herz schneller und in mir steigt ein wohliges Gefühl auf. Zufriedenheit und Glück.

Ich halte sie fest an mich gedrückt und atme den angenehmen, fruchtigen Geruch ein, der sie umgibt. Am liebsten würde ich meine Nase tief in ihrer pinken Mähne vergraben und sie nie wieder loslassen.

Völlig egal, dass es gegen die koreanischen Bräuche verstößt. Das hier fühlt sich richtig an, nahezu perfekt.

Kapitel 18

Tanja

Ich kann es kaum glauben, dass ich wirklich hier stehe und von diesem Mann im Arm gehalten werde. Eine leise Stimme in meinem Hinterkopf ermahnt mich, vernünftig zu sein. Doch ich schiebe sie entschlossen zur Seite.

Nein! Das, was ich jetzt gerade fühle, kann einfach nichts Falsches sein. Hugho hält mich fest an sich gepresst. Seine Hände streichen sanft über meinen Rücken. Doch dann erstarrt er plötzlich und löst sich ein kleines Stück von mir.

„Tanja! Es tut mir leid, dass ich dich so überfallen habe. Schon wieder." Verzweifelt stöhnend schüttelt er den Kopf und tritt einen weiteren Schritt zurück. Seine Hände gleiten von mir ab und fallen an seinen Seiten herunter. „Du bist mehr wert. Ich reiße mich künftig zusammen. Versprochen!"

Sekundenlang starren wir uns an. Mein Magen fühlt sich an wie eine Arena, in der sämtliche Gladiatoren des römischen Reiches gleichzeitig gegeneinander kämpfen. Ich verstehe ihn ja. Wirklich! Trotzdem sträubt sich alles in mir dagegen, es so zu akzeptieren. Ich räuspere mich und kratze verzweifelt jedes Fitzelchen Vernunft zusammen. „Okay, ja. Dann sollten wir das Küssen wohl lieber lassen."

Er nickt, sieht aber nicht glücklich dabei aus. „Ähm, möchtest du dich setzen?"

Ein albernes Kichern entfährt mir. Es ist schon komisch, wie formell er auf einmal wird. „Ja, gerne."

Er sieht mich an mit einer Mischung aus Enttäuschung und Erleichterung, nimmt meine Hand, dreht sich um und stutzt. „Eomeo (Oh)!"

„Was ist los?" Ich verstehe nicht, warum er wie hypnotisiert auf das kleine Sofa mit dem Tisch davor starrt.

Mit einer ausschweifenden Geste zeigt er über die Sitzgruppe. „Das da! Ich habe erwartet, einen normalen Tisch mit Stühlen hier vorzufinden. Stattdessen …" Er schüttelt den Kopf. „Stattdessen hat Haru dafür gesorgt, dass das hier so edel und geschmackvoll hergerichtet ist. Sieh nur, auf dem Tisch sind zwischen all den Kerzen lauter kleine Teller mit Leckereien verteilt. Das ist so … romantisch. Ich hatte keine Ahnung, dass in diesem Mann so eine gefühlvolle Seite steckt." Hugho sieht schuldbewusst aus, während er jedes Detail mustert. „Dabei kümmert er sich um mich, ist immer da. Egal, um welche Uhrzeit. Egal, was ich brauche. Bin ich tatsächlich so oberflächlich?"

Wie automatisiert legt sich meine freie Hand an seine Wange und streicht tröstend darüber. „Man kann die Menschen um einen herum nicht immer so gut kennen, wie man möchte. Leider lässt uns das Leben oft keine Gelegenheit dafür." Er dreht den Kopf zu mir. Über seinen dunklen Augen liegt ein trauriger Schimmer. Ich will ihn fortwischen, ihm diesen Frust, diesen Schmerz abnehmen.

„Du bist nicht oberflächlich. Das kannst du gar nicht sein. Schau dir nur deine Texte an. Jedes Wort, jede Zeile berührt Menschen in ihrer Seele. All das könntest du niemals schreiben, wenn du egoistisch wärst."

Ein leichtes Lächeln spielt um seine Lippen, doch es ist immer noch ein Zug von Traurigkeit zu erkennen. Kurz entschlossen ziehe ich ihn an der Hand zu dem Zweisitzer und lasse mich in die Polster fallen. „Wow, ist das bequem."

Auffordernd klopfe ich auf den Platz neben mir. „Komm, setz dich. Es wäre doch schade, all die Köstlichkeiten nicht zu probieren, oder?"

Ein belustigtes Schnauben entfährt ihm und endlich wird sein Lächeln breiter, zieht sich nun bis zu seinen Augen hinauf. Er setzt sich, nimmt ein weißes Schälchen, beugt sich vor und schaut nachdenklich zwischen den verschiedenen Speisen hin und her. Er greift sich einige Häppchen und hält mir auffordernd mit zwei Stäbchen eine kleine, bunte Kugel vor den Mund.

Skeptisch betrachte ich es. „Was ist das?"

„Das ist Jumeokbap, ein koreanisches Reisbällchen. Ein beliebter Snack für zwischendurch und es wird vor allem gern für Lunchboxen verwendet."

„Was ist denn da drin?" So schnell lasse ich mich noch nicht überzeugen.

„Du bist ganz schön misstrauisch, obwohl es dir gestern auch geschmeckt hat", leise lacht er. „Gut, ich erkläre es dir. Das Wort setzt sich aus „jumeok" für Faust und „bap" für Reis zusammen und heißt übersetzt: Reis, der in der Faust gehalten wird. Er wird gemischt mit allem, wozu man Lust hat. Manche mögen Thunfisch oder Lachs und es gehört auf jeden Fall Gemüse dazu. Was immer dabei sein muss sind Sojasoße, Sesamöl und natürlich Noriblätter."

Auffordernd schiebt er das Reisbällchen noch näher, sodass es schon fast meine Lippen berührt. „Probier einfach!"

Ich vertraue ihm, schließe die Augen und öffne den Mund. Kaum beiße ich in das Bällchen, explodiert der Geschmack regelrecht in einem Feuerwerk an Gewürzen, untermalt von einem leicht süßlichen Aroma, an meinem Gaumen.

Ich kaue genüsslich, denn das schmeckt echt lecker. „Was ist das Süße darin?“, frage ich Hugho, kaum dass ich runtergeschluckt habe.

„Das sind die Noriblätter.“ Er schiebt sich selbst ein Bällchen in den Mund und stöhnt genießerisch. Der Laut geht mir durch und durch. Wie gebannt starre ich ihn an. Er schluckt und fährt fort: „Sie bestehen aus verschiedenen Speisealgen. Diese werden zerkleinert, gepresst und getrocknet. Hast du das leicht Knusprige herausgeschmeckt? Das spricht für die gute Qualität der Blätter.“

Ich nicke wie eine Marionette und kann einfach nicht den Blick von seinen Lippen abwenden.

„Tu das nicht!“ Seine Stimme ist plötzlich ganz dunkel, leicht rau.

„Was? Was soll ich nicht tun?“, frage ich verwirrt.

„Du sollst mich nicht so anschauen. Im Ernst, Tanja, wie soll ich mich da zurückhalten?“

„Vielleicht will ich das gar nicht?“

„Tanja!“ Er stöhnt gequält auf. „Darüber haben wir doch vorhin gesprochen und du hast selbst gesagt, dass wir es dann besser lassen sollten.“

„Ja, aber das war vorhin. Weißt du, es mag keine Zukunft für uns geben, doch hier und jetzt fühlt sich das zwischen dir und mir richtig an. Ich weiß, du hast gesagt, ich wäre zu schade für eine Nacht. Nur – können wir jetzt nicht einfach den Moment genießen?“

„Tanja, du machst es mir echt schwer!“, murmelt er und umfasst mein Gesicht mit beiden Händen. „Wie soll ich da widerstehen?“

Ich komme nicht zu einer Antwort, denn er streicht sanft mit seinen Lippen über meine, beißt leicht hinein und fährt besänftigend mit der Zungenspitze darüber. Ich verliere mich völlig in diesem Gefühl, ihn so zu spüren. Alles in mir prickelt. Ich stöhne lustvoll auf und er nutzt sofort die Gelegenheit und erobert mit seiner Zunge meinen Mund. „Du machst mich verrückt. Ich will dich schmecken, spüren und jede empfindsame Stelle an deinem Körper erkunden."

Es ist fast zu schön, um wahr zu sein. Dieser Kuss, die Worte, die er sagte, all dies. Ich will es in mich aufsaugen und für immer festhalten.

Wie kann das sein? Wir haben uns doch erst gestern kennengelernt. Was ist das an ihm, dass mich so empfinden lässt? Irgendwie fühle ich mich trotz der seltsamen Situation völlig wohl mit ihm.

Schwer atmend lösen wir uns. Er legt seine Stirn an meine. Wir blicken uns in die Augen und fühlen einfach nur die Nähe zueinander. Es ist, als wären wir eins.

Innerlich schüttle ich bei dem Gedanken den Kopf über mich. Wenn mir jemand vor ein paar Tagen gesagt hätte, dass es Zuneigung oder Liebe auf den ersten Blick gibt, ich hätte ihn ausgelacht und für völlig verrückt erklärt.

Aber jetzt gerade erfahre ich, dass es möglich ist.

Mein Herz klopft seinen eigenen Rhythmus … babo, Hugho, babo. All meine Gedanken kreisen nur noch um ihn. Wieder ist da das Gefühl, von einer Blase umhüllt zu sein, die uns vor allem außen herum abschirmt.

Sacht stupst er mit der Nasenspitze an meine. Seine Augen strahlen mit seinem Lächeln um die Wette. Er beugt sich vor und drückt mich sanft aber bestimmend zurück in die Polster. Ich lasse es geschehen und bin mir absolut bewusst, dass mir gefällt, was er da tut.

Unsere Münder prallen aufeinander. Mit jeder Bewegung unserer Lippen, verliere ich mich noch mehr in diesem Kuss. Ich kralle die Finger in seinen Rücken und er stöhnt leise in meinen Mund hinein. Ein Beben geht durch seine Gestalt und ich spüre deutlich die Hitze seines sehnigen Körpers auf mir.

Er löst den Kuss und wandert mit den Lippen meinen Hals hinab. Zärtlich verteilt er kleine, spielerische Bisse auf der empfindlichen Haut und jagt damit heiße Wellen durch meine Gliedmaßen, die mir schier den Verstand rauben.

Es ist alles so anders, so neu. Die Gefühle, die über mich hereinbrechen, überrennen meine vernünftige Seite gnadenlos. Ich stöhne und winde mich unter seinem Gewicht. Alles in mir schreit nach mehr und ich spüre deutlich am Oberschenkel, dass es ihm nicht anders geht.

„Tanja“, stöhnt er mit rauer Stimme. „Ich will dich. So sehr!“ Ich kann kaum atmen. Kein einziges Wort fällt mir ein. In meinem Kopf herrscht absolute Leere.

Ich hole tief Luft und versuche, mich aufs Sprechen zu konzentrieren. Doch plötzlich fliegt die Tür auf und schlägt krachend gegen die Wand.

„So schonst du also deine Stimme!“ Ein hochgewachsener Asiate steht mitten im Raum und wirft uns einen eiskalten Blick zu.

Erschrocken fahren wir hoch.

„Kwon! Shibal (Fuck)!“ Entsetzt starrt Hugho den Störenfried an.

Kapitel 19

Hugho

Aufgebracht laufe ich mit großen Schritten hin und her. Seit Kwon in unser Date geplatzt ist und mich in mein Zimmer geschleift hat, renne ich hier Spurrillen in den Teppich. Noch dazu kann ich den Raum nicht verlassen, denn er hat die Tür hinter mir zugeschmissen und deutlich war zu hören, wie er den Schlüssel von außen umdrehte.

„Shibal (Verdammt)!" Woher wusste er bloß, wo er mich finden kann?

Ich hatte zuerst Haru im Verdacht, doch dessen fassungsloses Gesicht sprach für ihn. Meine Güte, die arme Tanja! Sie war so erschrocken und ich konnte kein einziges Wort mehr zu ihr sagen. Hastig ziehe ich mein Handy aus der Hose und will gerade eine Nachricht an sie schreiben, als ein Geräusch an der Tür mich herumfahren lässt.

Kwon tritt ein. Leise schließt er die Tür und dreht sich zu mir um. Seine Miene ist unlesbar. Mitten im Raum bleibt er stehen und verschränkt die Arme vor der Brust. Sein Blick schweift über mich, wandert von den Chucks hoch zu meinem Gesicht. Frust, Wut und Verachtung spiegelt sich darin.

„Ich bin enttäuscht von dir, Hugho. Zutiefst enttäuscht! Wie konntest du deine Kollegen, Gyeong und mich nur so belügen? Das ist nicht nur ein Fehler. Das grenzt an Verrat!"

Sein harscher Ton trifft mich tief.

Ich weiß, dass er sehr streng ist. Erfolg ist für ihn alles. Das ist es, was KM Entertainment von ihm verlangt und er arbeitet hart dafür, dass wir so erfolgreich sind.

„Mi-ahn-hae-yo (Es tut mir leid)“ Wie es die Höflichkeit gebietet, senke ich demütig den Kopf. Mir ist klar, dass er so reagieren muss. Es ist seine Pflicht, dafür zu sorgen, dass wir uns überall ordentlich benehmen und unserem Land Ehre machen.

„Eine Entschuldigung reicht hier nicht! Du hast vorsätzlich die Regeln gebrochen. Ich weiß, du bist manchmal ein Hitzkopf, aber ich war der Meinung, in dir steckt mehr. Wir dachten, du wüsstest, welche Verantwortung du als Leader trägst und wirst ihr gerecht. Vor allem nach dem letzten Zwischenfall. Doch heute ist schon das zweite Mal, dass du uns enttäuschst.“

Betroffen senke ich den Kopf, denn ich weiß, dass er recht hat. Trotzdem lodert eine winzige Flamme in meinem Bauch, die schon lange vor sich hinglimmt. Ich grabe die Nägel in meine Hände und versuche, ruhig zu bleiben.

„Aber was ist mit uns? Wir sind nicht nur Ware, die Geld einbringt. Wir sind Menschen und haben Bedürfnisse! Gefühle!“

Seine Miene verhärtet sich und er tritt nah an mich heran. Drohend ragt seine große Gestalt vor mir auf. „Willst du etwa, dass es dir so ergeht, wie Yohan? Oder wie Cha In-ha?“

Entsetzt sehe ich zu ihm auf. Wie meint er das?

Er tritt einen Schritt zurück, seufzt und reibt mit den Händen über sein Gesicht, als wolle er Bilder hinter seinen Augen wegwischen. „Mi-ahn-hae (Entschuldige)!“

Er wendet sich halb um. Seine Stimme ist schmerzverzerrt und die Schultern sinken herab. Vor mir steht ein Mann, der gebrochen wirkt.

Erschrocken schlage ich die Hand vor den Mund.

Ihn, der immer so stark, hart und unnahbar ist, so zu sehen, zerreißt mir das Herz. Ja, ich bin einerseits wütend auf ihn, weil er mich mit seiner Aktion vorhin regelrecht vorgeführt und gedemütigt hat. Und das ausgerechnet vor Tanja.

Doch mit seinen Worten hat er mich zutiefst erschüttert. Vorsichtig mache ich einen Schritt auf ihn zu, hebe instinktiv die Hand und lege sie nach kurzem Zögern auf seine Schulter.

„Kwon?“ Leise und zaghaft spreche ich ihn an.

Er reagiert nicht, nur seine Brust hebt sich in raschen Atemzügen und ich spüre ein leichtes Zittern unter meiner Hand. Einen Moment verharren wir so. In meinem Kopf überschlagen sich die Gedanken. Wieso erwähnt er ausgerechnet zwei koreanische Stars, die gestorben sind? Warum hier und jetzt? Und weshalb macht ihm das so zu schaffen? Er tut mir so furchtbar leid und ich würde ihm gerne helfen. Weiß aber nicht, wie!

„Kwon?“, versuche ich es erneut.

Ein Ruck geht durch seinen Körper. Er hebt den Kopf und schaut mich an. Erschrocken ziehe ich die Luft ein. Seine Augen sind unsagbar traurig und tiefe Falten zeichnen sein Gesicht. Er sieht aus, als wäre er innerhalb weniger Minuten um Jahre gealtert. Mein Herz zieht sich vor Mitleid zusammen.

„Ich war nicht da.“ Leise, fast nur ein Hauch ist seine Stimme.

„Was meinst du?“ Verwirrt blinzle ich.

„Yohan! Er war ein Teil meiner Familie. Und ich? Ich war nicht da, als … als er mich am meisten brauchte. Weißt du, er war auch verliebt.“ Seine Stimme bricht und ein Schluchzen steigt aus seiner Kehle auf.

Hilflos stehe ich da und sehe die unfassbare Trauer in seinem Gesicht. Jede Faser dieses großen, schlanken Körpers schreit den Schmerz geradezu heraus. Ich schlucke gegen die Tränen an, die unweigerlich auch in mir aufsteigen.

Natürlich kannte ich Yohan und Cha In-ha. Schließlich sitzen wir alle irgendwie im gleichen Boot und versuchen, ein Stück von Erfolg und Ruhm zu ergattern.

Diese beiden Riesentalente sind nicht mehr unter uns. Sie und einige andere haben wir in den letzten Jahren verloren. Sie sind *heimgekehrt zu den Ahnen* (tot), doch in unseren Köpfen immer präsent. Man weiß nicht genau, was der Auslöser war. Oder man sagt es uns nicht. Aber viele vermuten, dass sie dem enormen Druck und den Anforderungen auf Dauer nicht standhalten konnten.

„Kann ich dir irgendwie helfen?“ So gern möchte ich etwas für ihn tun.

Kopfschüttelnd dreht er sich weg und geht mit schweren Schritten zur Tür. Die Hand bereits auf der Klinke, wendet er leicht den Kopf. „Mir ist nicht mehr zu helfen.“

Lange Zeit stehe ich noch mitten im Zimmer und starre auf die Tür, die er leise hinter sich geschlossen hat. Sämtliche Wut in mir ist verraucht. In den letzten Minuten ist mir eins klar geworden: Er ist nicht so hart, um uns zu quälen. Sondern, weil er uns damit beschützen will.

Kapitel 20

Tanja

Datang, Datang – das Rattern des Zuges dringt nur entfernt zu mir durch, während ich auf die vorbeiziehende Landschaft starre. Lara sitzt neben mir und liest. Nach ein paar erfolglosen Versuchen hat sie es aufgegeben, aus mir herauszulocken, was bei dem Date mit Hugho passiert ist.

Was soll ich ihr auch sagen? Dass ich ganz gegen meine sonstige Art den Verstand völlig ausgeschaltet und nur auf mein Herz gehört habe? Wie kitschig klingt das bitte? Ja, sie ist meine beste Freundin und ich weiß auch, dass sie mich niemals verurteilen würde. Aber wie kann ich ihr etwas erklären, das ich selbst nicht verstehe?

Ich brauche Zeit, um zu begreifen, was da passiert ist. Doch was mache ich mir hier eigentlich vor? Es ist eher unwahrscheinlich, dass ich ihn jemals wiedersehe.

Ich beiße auf meine Unterlippe und schüttle den Kopf über mich selbst. Was bin ich nur für eine Dramaqueen! Es ist doch im Grunde nichts passiert. Ich habe einen heißen Typen kennengelernt, mit ihm rumgemacht und sogar seine Handynummer bekommen. Schlagartig setze ich mich auf. Seine Handynummer! Wie konnte ich das nur vergessen! Hastig ziehe ich meine Tasche auf den Schoß und krame nach dem iPhone, das ich zum Geburtstag von meinen Eltern bekommen habe. Wo ist es denn nur? Nacheinander ziehe ich allen möglichen Kleinkram aus der Tasche und lege ihn auf dem Klapptisch am Fenster ab. Erst ganz unten ertasten meine Finger endlich den gesuchten Gegenstand. Erleichtert seufzend ziehe ich das Handy heraus und stopfe alles andere achtlos wieder zurück. Kaum habe ich es freigeschaltet, leuchtet das Display auf und zeigt den Akkustand an. Mist, fast leer.

Hoffentlich reicht es noch, damit ich Hugho zumindest eine kurze Nachricht schreiben kann. Keine Ahnung, was dieser Mann, der sich als sein Manager ausgegeben hat, mit ihm angestellt hat. Mir hat er mit wenigen Worten klar gemacht, dass er mich bis aufs letzte Hemd verklagen wird, wenn ich irgendetwas von Hugho der Presse stecke. Als ob ich das je tun würde!

Doch der Mistkerl hat mir gar nicht zugehört, sondern den Manager des Hotels gerufen und ihn mit harschem Ton beauftragt, mich umgehend aus dem Gebäude zu entfernen. So ein Arsch!

Lara wartete im Hotel und hatte bereits ihren Koffer gepackt. Nach einem Blick in mein Gesicht schleifte sie mich wenig später am Bahnhof in ein Café und fragte vorsichtig, ob ich reden wolle. Doch ich schwieg.

Nach einigen vergeblichen Versuchen ließ sie mich endlich in Ruhe. Um vom Thema abzulenken, erzählte sie ein paar lustige Erlebnisse von ihren Kommilitonen. Sie schaffte es, dass ich zumindest einige Male Lachen musste und sich meine Laune wieder etwas hob. Trotzdem war ich erleichtert, als unser Zug angekündigt wurde, wir unsere Sachen packten und zum Abfahrtgleis eilten.

Ich lenke meine Gedanken zurück zum Handy. Was schreibe ich nur? Wir kennen uns ja noch nicht wirklich gut. Trotzdem ist da dieses Gefühl von Verbundenheit, Vertrautheit.

Ich tippe, lösche. Tippe wieder neu und nach gefühlt zehn Versuchen, bin ich einigermaßen zufrieden mit meinen Worten:

Hi Hugho, ich sitze im Zug auf dem Weg nach Hause und denke an diese wunderbaren Stunden mit dir. Hoffentlich hast du nicht allzu viel Ärger bekommen. Dein Manager war ja ziemlich krass drauf. Pass auf dich auf, Tanja.

Ja, gut. Nicht gerade was Besonderes, aber ich kann ja schließlich schlecht schreiben, dass er mir jetzt schon fehlt und ich am liebsten bei ihm wäre.

Kurz verharrt mein Daumen über dem grünen Button, dann drücke ich auf Senden. Nur Sekunden später wir der Haken blau und zu meiner Überraschung beginnen sofort die bekannten grünen Punkte zu tanzen. Mit angehaltenem Atem starre ich auf das Display und … da ist die Antwort schon. Mit bebenden Fingern öffne ich die Nachricht:

Schade, dass unser Date so abrupt endete. Das wollte ich wirklich nicht. Mach dir keine Sorgen um mich, ich komme klar. Kwon wird sich schon beruhigen. Ich rede später nochmal mit ihm. Ich würde dich jetzt sehr gern im Arm halten, „Jagi!“

Da, er tut es schon wieder! Ich habe mir gemerkt, dass Jagi Liebling heißt. Meine Augen saugen sich an diesem Wort fest und ein warmes Gefühl steigt in mir auf. Wenn er mich so nennt, habe ich mir das alles nicht einfach nur eingebildet.

Ich wäre auch gerne bei dir. Viel lieber, als hier in diesem stickigen Zug zu sitzen. Und übrigens, diese Reisbällchen waren wirklich lecker.

Du meinst Jumeokbap? Die waren tatsächlich gut. Doch dein Mund und deine Lippen haben alles andere übertroffen. So weich, so süß! Sie machen mich süchtig - nach mehr.

Ich fahre mit den Fingerspitzen über meine Lippen. Noch immer spüre ich die leidenschaftlichen und doch so süßen Küsse, die wir getauscht haben. Automatisch schleicht sich ein Lächeln auf mein Gesicht.

Ich bekomme einen Stoß in die Seite und blicke erschrocken nach rechts. Lara!

Sie grinst über beide Ohren, deutet vielsagend zu meinem iPhone und zwinkert verschwörerisch. „Ich sehe schon, dir geht's besser. Mach nur weiter und lass dich nicht von mir stören! Bin gleich wieder da." Sie steht auf und schlendert den Gang entlang.

Sofort schaue ich zurück auf mein iPhone. Dort wartet bereits eine weitere Nachricht von Hugho auf mich.

Tanja? Bist du noch da? Du bist gerade erst ein paar Stunden weg und schon vermisse ich dich.

Du fehlst mir auch. Bitte Hugho, sag mir, dass das zwischen uns für dich auch etwas Besonderes ist und nicht nur ein Flirt.

Tanja, Jagi! Ich habe so lange auf vieles verzichtet, nur gearbeitet und mich von Liebe und Zärtlichkeiten ferngehalten, dass ich beinahe vergessen hätte, wie es sich anfühlt, diese Dinge zu wollen. Dich zu wollen! Es war und ist alles andere als ein Flirt. Es ist so viel mehr.

Glücksblasen steigen in mir auf und am liebsten würde ich vor Freude durch den Zug tanzen, als ich diese Worte lese. Er fühlt es auch! Genauso wie ich!

Um nicht laut zu kreischen, beiße ich fest auf meine Unterlippe und tippe hastig eine Antwort:

Ja, das ist es!!! Ich hätte nie gedacht, dass ich mal so schnell mein Herz an jemanden verliere. Wann sehen wir uns denn wieder?

Ich will gerade auf Senden drücken, als das eindeutige Piepen vom iPhone klar macht, dass der Akku endgültig leer ist. Nein, nein, nein! Nicht jetzt!

Hektisch krame ich in meiner Tasche nach dem Ladekabel, doch es ist nicht zu finden. Wage erinnere ich mich, es bei der Ankunft in die Schublade des Nachtkästchens gelegt zu haben. Mist! Das ist wohl noch dort.

Dann muss ich leider warten, bis ich wieder zuhause bin. Lara hat ein anderes Handy. Ihr Ladekabel passt nicht für mein iPhone.

Ich Trottel!

Kapitel 21

Hugho

Noch am selben Abend bekomme ich eine Nachricht aufs Handy, dass ich mich nach dem heutigen Konzert bei Kwon melden soll. Mir ist ziemlich mulmig, als ich das lese. Klar, vorhin wirkte unser Manager sehr menschlich in seiner Trauer, doch normalerweise ist er eben ein knallharter Geschäftsmann, der alles dafür tut, dass KM mit ihm und uns zufrieden ist.

Wie vor jedem Auftritt nehmen wir gemeinsam einen kleinen Imbiss in einem separaten Raum des Hotels ein. Ich bin etwas spät dran und muss mich beeilen. Möglichst unauffällig rutsche ich auf den Stuhl, den Suni extra freigehalten hat.

Gyeong hat es leider trotzdem bemerkt. Er schüttelt vorwurfsvoll den Kopf, kommentiert es jedoch nicht weiter. Genau wie alle anderen hört er aufmerksam Kwons Worten zu. Nach einem kurzen Blick in die Runde richte ich meine Konzentration ebenfalls auf ihn.

„Die Nachricht kam heute offiziell: Es geht um den Wehrdienst. Ihr alle habt ihn noch vor euch und ich bin mir sicher, dass jeder dieser großen Ehre nachkommen will." Er stockt und schaut uns der Reihe nach an. „Es ist im Gespräch, dass einige K-Pop-Sänger vom Pflichtwehrdienst befreit werden sollen. Der wirtschaftliche Erfolg und das Ansehen sind international wichtig für die Republik. Die Regierung bietet das als Ehreneinsatz an, der genau so viel wiegt, wie der Militärdienst. Das hat es so noch nie gegeben und wenn ihr wollt, dass der eine oder andere von euch diese Möglichkeit angeboten bekommt, solltet ihr definitiv besser werden. Die letzten Auftritte waren ganz in Ordnung, aber keineswegs perfekt. Yanhu, dein Einsatz hat mehrmals nicht gepasst. Du stehst da nicht allein auf der Bühne. Bilde eine Einheit mit den anderen und spiel dich nicht auf wie der Chef persönlich."

Mein Blick schweift zu Yanhu. Sein Gesicht ist knallrot, sein Kiefer angespannt und er hält den Kopf gesenkt. Doch die geballten Fäuste zeigen deutlich, dass die Kritik ihn getroffen hat. Er ist nicht gerade mein bester Freund, aber so ein Tadel vor der ganzen Crew ist hart. Auch wenn er manchmal ganz schön hochnäsig sein kann, tut er mir in diesem Moment leid.

„Hugho!" Als mein Name durch den Raum schallt, reiße ich den Kopf zu Kwon herum. Mein Herz schlägt wie verrückt und schlagartig fühle ich mich wieder wie ein kleiner Anfänger, der nicht mal den einfachsten Tanzschritt richtig hinbekommt. In meinem Magen rumort es.

„Du wirst deine Rolle als Leader sofort an Soo Ri übergeben."

Was? Das kann doch nicht sein Ernst sein?

„Du hast jetzt oft genug die Regeln gebrochen, es reicht. Keine weiteren Eskapaden mehr!"

Fassungslos starre ich Kwon an. Sein Gesicht wirkt unnahbar und der Blick, den er mir zuwirft, ist zornig und eiskalt.

„Suni, du musst ab sofort …" Die weiteren Worte bekomme ich nicht mehr mir. Es ist, als hätte sich eine Wand zwischen den anderen und mir aufgebaut. In meinen Ohren rauscht und sirrt es und alles an mir fühlt sich taub an.

In meinem Kopf überschlagen sich die Gedanken. Ich bin nicht mehr der Leader! Das, wofür ich in den letzten Wochen und Monaten so hart gearbeitet habe, hat er mir weggenommen! Einfach so!

Wie betäubt überstehe ich den restlichen Abend. Nur dem vielen Training und der langjährigen Routine ist es zu verdanken, dass ich den Auftritt nicht komplett verpatze.

Normalerweise schiebe ich alles andere weit von mir, sobald wir die Bühne betreten und die ersten Scheinwerfer uns einfangen. Wenn die Musik in unseren Headsets teilweise sogar vom Schreien, Kreischen und Singen des Publikums übertönt wird. Das ist ein ganz besonderer Moment. Ein Zauber, der sich jedes Mal aufs Neue über mich legt. Ich existiere dann nicht mehr als einzelne Person, sondern alles ist ein großes WIR. Die Einheit, die Harmonie, das gemeinsame Verkörpern unserer Musik lässt die Welt komplett zusammenschrumpfen auf jede Note, auf jedes Wort und auf jeden Tanzschritt.

Doch heute wirkt selbst dieser Zauber nicht. Dieses WIR habe ich aufs Spiel gesetzt. Es geht schließlich nicht nur um mich! Mein Gewissen drückt schwer auf meine Seele. Noch dazu bin ich bei einer Schrittkombination zu spät dran und bekomme einen entsprechenden Rüffel von Gyeong beim folgenden Kostümwechsel. Ich greife nach einer Flasche Wasser, die Haru mir reicht und trinke sie hastig leer. Der Schweiß läuft mir in Strömen über Gesicht und Rücken. Doch für eine Dusche ist keine Zeit. Schon steht eine Ankleiderin mit dem nächsten Outfit vor mir. Ohne diese guten Geister würden wir es nie schaffen, uns innerhalb weniger Minuten komplett umzuziehen.

Dankbar schenke ich ihr ein Lächeln, als sie mir zuvorkommend einen nassen Waschlappen reicht, mit dem ich meinen Körper kurz abrubble. Rasch schlüpfe ich in die dunkle Hose, das passende Shirt und die schwarz-weiße Jacke. Ich komme kaum in die Ärmel, so verschwitzt ist trotz des Abreibens meine Haut.

Sofort steht die Maskenbildnerin neben mir und tupft neues Make-Up auf. Mein Gesicht fühlt sich klebrig und starr an, fast so, als hätte ich eine Maske auf.

Kwon taucht am Eingang unserer großen Umkleide auf und klatscht in die Hände. „Fighting! (Vorwärts)"

Gemeinsam eilen wir nacheinander an ihm vorbei. Er sieht jedem in die Augen und verbeugt sich ruckartig.

Ich bin der Letzte in der Reihe. Seine Hand schnellt vor und stoppt kurz vor meiner Brust. „Deo nolyeoghada! (Streng dich mehr an)"

Ich beiße die Zähne aufeinander und nicke knapp. Ich weiß, was ich zu tun habe. Daran muss er mich nicht erinnern!

Die restlichen Nummern bin ich voll konzentriert und kein weiterer Fehler passiert. Sogar Gyeong schenkt uns ein leichtes Lächeln, als wir nach einigen Zugaben völlig erschöpft an ihm vorbei in die Umkleide gehen. Ich bin total fertig. Meine Füße brennen wie Feuer, mein Hals fühlt sich an, als hätte ich Säure geschluckt und ich zittere am ganzen Körper vor Erschöpfung.

Lange stehe ich unter der Dusche, lasse abwechselnd heißes und kaltes Wasser über mich laufen. Dabei bin ich so in meine Gedanken abgetaucht, dass ich nicht merke, wie die anderen den Duschraum verlassen. Als ich die Umkleide wieder betrete, sehe ich, dass außer mir nur noch Haru da ist.

Der Blick, den er mir zuwirft, ist seltsam. Fast sieht es wie Mitleid aus. Doch das bilde ich mir bestimmt nur ein.

„Beeil dich. Kwon und Gyeong warten bereits."

„Ja", grummle ich und schlüpfe in bequeme Jeans und Shirt. „Bin ja schon fertig."

Ich folge ihm nach draußen und steige in den Tourbus, der uns wieder ins Hotel bringt. Neben Suni, der den Kopf an die Scheibe gelehnt hat und scheinbar schläft, lasse ich mich in den freien Sitz fallen. Erschöpft lehne ich mich zurück und schließe ebenfalls die Augen.

Als wir am Hotel aussteigen, drängt sich Suni kurz neben mich. „Wenn du später reden willst, ich bin da." Er spricht ganz leise und drückt versteckt meine Hand. Dankbar lächle ich ihn an. Ich bin so froh, dass er da ist.

Normalerweise beschütze ich immer ihn. Er ist sehr sensibel und leidet oft unter dem harten Regime. Schon viele Male habe ich ihn aufgefangen und getröstet. Heute sind die Rollen vertauscht.

„Naleul ttalawa. (Folge mir)"

Suni winkt mir noch einmal verstohlen zu. Er geht mit ein paar anderen etwas essen, denn er ist immer hungrig. Doch ich bringe nach einem Auftritt keinen Bissen herunter.

Haru läuft voraus und ich folge ihm mit schleppenden Schritten. Schließlich kommen wir vor einer auffällig verzierten Holztür an. Er klopft an, öffnet die Tür und schiebt mich in den Raum. Das Klicken des Türschlosses hinter mir klingt wie die Gittertür einer Gefängniszelle.

Kapitel 22

Tanja

„Denk doch nicht gleich das Schlimmste“, beruhigend streicht Lara über meine feuchten Haare. Wir liegen eng aneinandergekuschelt auf dem Bett in ihrem Zimmer, nachdem wir uns die auffällige Farbe unter der Dusche herausgewaschen haben.

„Das sagst du so einfach. Ich habe Angst, dass das alles für ihn nur ein Spiel war. Dass ich nichts weiter als ein Versuchsobjekt war. Kannst du nicht verstehen, dass ich an allem, was ich erlebt habe, zweifle?“ In mir ist ein einziges Chaos. Ich kann keinen klaren Gedanken fassen und nur eins ist absolut präsent: Die tiefen Zweifel, dass er mit meinen Gefühlen nur gespielt hat. Schniefend drehe ich mich um und angle nach einer Packung Tempos.

Noch bevor ich sie erreiche, werde ich plötzlich vom Bett hochgehoben und in eine heftige Umarmung gezogen, die mir sämtliche Luft aus den Lungen presst. Im ersten Moment erschrecke ich, doch dann dringt ein bekannter Duft zu mir durch. Tim! Ich habe gar nicht gehört, wie er reingekommen ist.

„Seit wann bist du da?“ Ich entspanne mich und drücke meine Nase gegen seinen Hals.

„Lange genug, um dein Chaotenhirn sprechen zu hören.“ Er schiebt mich ein Stück von sich weg und hält mich an den Schultern fest. Vorwurfsvoll schüttelt Tim den Kopf und sieht mir beschwörend in die Augen. „Wie kannst du bloß so einen Unsinn denken? Nur, weil er sich gerade mal einen Tag nicht gemeldet hat?“

Er lässt mich los und beginnt, im Zimmer auf und ab zu laufen. „Da kann ich euch ein Mal nicht begleiten und gleich passiert etwas so Unglaubliches. Nicht zu fassen!“

Kopfschüttelnd hält er an. „Hey, der Typ ist ein Star und hat eine Menge um die Ohren. Der kann nicht ständig am Handy hängen!“

Er dreht sich um und zeigt mit dem Finger auf mich. „Wer bist du und wo ist meine sonst immer so vernünftige Freundin geblieben, hm?“

Bei seinem dummen Spruch entweicht mir unwillkürlich ein Lachen. Ich lasse mich zurück aufs Bett fallen und schließe die Augen. „Du hast ja recht“, murmle ich. Keine Ahnung, was mit mir los ist. Sonst gehöre ich ja eher zu den geduldigen Menschen, aber jetzt? So bin ich nicht!“

Ich spüre, wie neben mir die Matratze einsinkt und sich zwei Paar Arme um mich schlingen. Überrascht quietsche ich auf. „Sag das nochmal! Du? Geduldig?“ Die Worte kommen synchron von rechts und links.

Ich reiße die Augen auf und drehe den Kopf in beide Richtungen. „Da könnt ihr lange drauf warten.“

„Das werden wir gleich sehen“, trompetet Lara los. Sekunden später sitzt sie auf mir und fängt an, mich zu kitzeln. Nicht schon wieder!

„He, das ist unfair!“, brülle ich giggelnd. Doch Lara lässt nicht von mir ab. „Tim! Hilf mir!“

Statt meiner Bitte zu folgen, beteiligt er sich an der fiesen Kitzelaktion. Seine Hände kennen und finden all die sensiblen Stellen an Taille und Füßen, während Lara keinerlei Hemmungen hat, mich auch am Hals und unter den Achseln in den Wahnsinn zu treiben.

Vor lauter Verzweiflung grabsche ich nach einem Kissen und schlage damit wild umher. Natürlich möchte ich keinem der beiden weh tun, aber sie sollen mich endlich in Ruhe lassen.

„Autsch!“ Stöhnend lässt Tim von mir ab. Ich schiele zu ihm hinüber, immer auf der Hut vor einer neuen Attacke. Doch scheinbar habe ich ihn im Auge getroffen. Er blinzelt hektisch und reibt mit der Faust darüber. Sofort habe ich ein schlechtes Gewissen. Ich stoße Lara weg, setze mich auf und fasse nach Tims Gesicht. Besorgt untersuche ich sein Auge und atme auf, als ich außer etwas Tränenflüssigkeit nichts feststelle.

Irgendwo im Zimmer summt es leise, doch ich bin viel zu beschäftigt damit, Tim das Auge zu trocknen, um darauf zu achten.

„Tanja, willst du nicht rangehen?“ Ich schaue fragend über meine Schulter. Lara steht neben dem Bett und fuchtelt mit einem Handy herum. „Das ist deins. Wer ist Jagi?“ Neugierig blickt sie zwischen dem Display und mir hin und her.

Hastig krabble ich über das Bett und reiße ihr das Handy aus der Hand. „Das ist er! Das ist Hugho!“

Alles in mir summt vor Glück, als ich eine Nachricht von ihm öffne.

Jagi? Bist du da?

Ja.

Noch während ich auf Senden drücke, verdrehe ich die Augen über meine Unfähigkeit, mehr als ein Wort zu schreiben. Doch er scheint es mir nicht zu verübeln, denn bevor ich etwas Schlaueres texten kann, ruft er mich an!

„Hugho?“ Atemlos vor Aufregung nehme ich das Gespräch an.

„Tanja! Wie schön, deine Stimme zu hören.“ Sein Tonfall ist sanft und zärtlich. Sofort fliegen die Schmetterlinge in meinem Bauch wild umher und schlagartig bin ich mir ziemlich sicher, dass das zwischen uns doch wahr ist. Seine nächsten Worte löschen jeglichen Zweifel restlos aus.

„Ich vermisse dich. So sehr, dass ich nicht richtig schlafen, nicht richtig denken kann. Ständig sehe ich dein Gesicht vor mir, fühle die seidenweichen Haare, bin gefangen von deinen sturmgrauen Augen und verzaubert von dem süßen Grübchen, das sich rechts bildet, wenn du lächelst. Bei all diesen Erinnerungen spüre ich, wie mein Herz mit dir spricht.“

Oh!Mein!Gott!

Wenn mich bisher noch ein letzter Rest Verstand zurückgehalten hat, spätestens jetzt bin ich verloren.

Ich bekomme kaum mit, wie Lara und Tim leise das Zimmer verlassen. Alles von mir – Kopf, Seele und Herz - ist auf Hugho konzentriert.

Die nächsten Minuten vergehen wie im Traum. Sofort ist diese Verbindung zwischen uns wieder da und wir erzählen einander alles, was uns beschäftigt. Fast alles. Meiner Frage, was für eine Strafe er erhalten hat, weicht er aus. Doch ich schiebe das einfach darauf, dass es ihm unangenehm ist und lasse das Thema ruhen. Wenn es sich ergibt, wird er mir von sich aus davon erzählen.

„Tanja, ich muss jetzt zum Tanztraining und anschließend haben wir eine Anprobe für die neuen Outfits. Dabei würde ich viel lieber mit dir telefonieren.“

„Blödsinn Hugho, geh nur. Das ist nun mal dein Job. Ich will nicht, dass du wegen mir noch mehr Ärger bekommst.“

„Nichts ist wichtiger als du, Jagi. Absolut nichts! Verdammt, ich wäre jetzt so gern bei dir.“

Ich seufze, denn ich weiß nicht, was ich darauf antworten soll. Das will ich doch auch!

„Entschuldige, ich presche schon wieder vor. Wenn wir später zurück im Hotel sind, kann ich dich dann nochmal anrufen?" Er klingt bedrückt, wofür er aber in meinen Augen keinen Grund hat. Mir geht es ja genauso wie ihm.

„Tanja?" Anscheinend habe ich zu lange mit einer Antwort gewartet.

„Ich bin da und ja, natürlich kannst du mich anrufen. Jederzeit!" Hastig stoße ich die Worte hervor, um ihn zu beruhigen.

„Okay, prima. Dann bis später, Jagi."

„Ich freue mich darauf", antworte ich leise und höre, wie er noch einen Kuss ins Handy haucht.

Ich sitze auf dem Bettkonstrukt mitten in Laras Zimmer, drücke das Handy, wie einen kostbaren Schatz, an meine Brust und grinse wie eine Irre vor mich hin.

Ich bin in ihn verliebt - mit Haut und Haaren. Vernünftig oder nicht - es ist, wie es ist!

Kapitel 23

Hugho

Bei jeder Nachricht, die sie mir schickt, schlägt mein Herz wie verrückt. Ich bin regelrecht süchtig danach, ihre Worte zu lesen, ihre Stimme zu hören und mir vorzustellen, sie würde wieder in meinen Armen liegen.

Trotz all der Mahnungen und Strafen, die mir Kwon und Gyeong aufgedrückt haben, schwebe ich in einer Hochstimmung durch die Gegend und reiße alle anderen mit. Wir sind bekannt durch unsere Musik. Doch die Auftritte haben eine völlig neue Dynamik bekommen. Wo wir bisher getanzt und gesungen haben, leben wir nun jeden einzelnen Ton auf der Bühne aus.

Ich bin nicht mehr der Leader, doch trotzdem schauen alle auf mich. Ich treibe die Jungs so an, dass selbst über das sonst so unzufriedene Gesicht von Gyeong ein anerkennendes Lächeln gleitet.

Vielleicht, ganz vielleicht, kann ich ihnen ja so beweisen, dass Tanja kein Hindernis für meine Karriere ist. Und so ein kleiner Funken Hoffnung glimmt weiter in mir, dass ich die Position des Leaders zurückbekomme, wenn ich mich nur genug beweise.

Tanjas Song hat meine Kreativität angeschubst und mir neue Flügel verliehen. Ich breite sie aus und fühle mich grenzenlos. In meiner Fantasie schweift mein Blick von oben weit über die ganze Welt, reist jegliche Grenzen nieder und lässt sich von nichts aufhalten. Ich betrachte das Leben der Menschen, ihre Suche nach Erfolg und Liebe und wünsche mir, jeden Einzelnen glücklich zu machen.

Ich sprudle über vor Gefühlen und lege all mein Hoffen und Sehnen in die Worte, die wir in die Welt hinaustragen. Kwon hat derzeit nichts an den neuen Texten auszusetzen.

Ich schlafe kaum, selbst im Traum schweben Noten vor meinen Augen und verweben sich zu einem blitzenden und funkelnden Schleier, der Menschen einfängt, umwickelt und ihnen ein Lachen ins Gesicht zaubert. Ich wache mitten in der Nacht auf, greife nach Stift und Papier und schreibe stundenlang.

Essen wird zur Nebensächlichkeit. Wer braucht schon Nahrung, wenn er so glücklich ist, wie ich? Jede Nachricht, die ich mit Tanja tausche, die zärtlichen Worte, die wir nachts im Bett einander durchs Handy zuflüstern, geben mir mehr Schwung und Energie, als irgendetwas sonst es könnte.

Seit unserem Kennenlernen sind bereits vier Wochen vergangen und die Sehnsucht nach ihr wächst ins Unermessliche. Doch ich weiß, ich muss nur geduldig sein, wir werden eine Möglichkeit finden.

Unser nächster Gig wird in Mailand stattfinden. Und was hat die hübscheste, klügste und liebevollste Frau der Welt getan?

Sie hat Schichten in einem Coffee-Shop übernommen und fleißig gespart. Natürlich wollte ich das nicht und habe ihr angeboten, Geld zu schicken. Sie soll sich nicht wegen mir so aufarbeiten.

Doch meine Tanja ist ein stolzer Mensch. Sie wollte allein das Geld für ein weiteres Ticket zusammenbekommen. Gestern Abend überraschte sie mich dann damit, dass sie sich für Mailand bereits eine Eintrittskarte gekauft und auch schon die Reise komplett organisiert hatte.

Am liebsten wäre ich durch die Leitung gekrochen, um ihr süßes Gesicht über und über mit Küssen zu bedecken. Ich freue mich - so sehr, dass ich diese Nacht überhaupt nicht schlafen kann. Wie so oft in den letzten Wochen gebe ich es schließlich auf, hole mir Schreibzeug und lasse die Gedanken fließen. So sehr ich mein Handy und den Laptop liebe, in der Beziehung bin ich wohl altmodisch. Das weiße Papier fordert mich geradezu heraus, es mit Noten und Buchstaben zu füllen. Es ist, als würde ich jedem Blatt pures Leben einhauchen. So vertieft vergesse ich alles um mich her.

Sogar das Frühstück verpasse ich und erst, als Suni energisch gegen meine Tür klopft und ruft, dass der Bus zum Flughafen in zehn Minuten fährt, fahre ich hoch. Panisch renne ich im Zimmer herum. Raffe all meine Sachen zusammen und werfe sie wild durcheinander in den Koffer. Ist doch egal, wie sie später aussehen. Ich werde schon eine Möglichkeit finden, alles wieder in Ordnung zu bringen. Jetzt habe ich einfach keine Zeit mehr dazu!

Ich laufe am Aufzug vorbei und nehme das Treppenhaus. Zu Fuß bin ich schneller. Schließlich sind es nur drei Stockwerke. Hastig eile ich die Stufen hinunter. So schnell, dass ich stolpere und beinahe auf dem untersten Absatz gestürzt wäre. In letzter Sekunde bekommen meine verzweifelt suchenden Finger das Geländer zu fassen und ich fange mich ab.

Mein Herz klopft heftig in der Brust, als ich dort stehe und begreife, was beinahe passiert wäre. Ich muss vorsichtiger sein. Eine Verletzung ist das Letzte, was ich jetzt brauchen kann. Zügig, aber wesentlich achtsamer, nehme ich die restlichen Stufen und eile, den Koffer hinter mir herziehend, durch das Foyer. Draußen vor der Tür wartet bereits unser Bus. Haru steht auf den Trittstufen und winkt mir hektisch zu.

Ich gebe Gas und rase regelrecht durch den Raum und den Ausgang. Schwer atmend erreiche ich Haru. Er zieht nur mahnend eine Augenbraue hoch, nimmt mir den Koffer ab und scheucht mich in den Bus.

Suni sitzt weiter hinten und winkt mir zu. Ich nicke zustimmend und schlängle mich an den anderen vorbei.

Kurz bevor ich bei ihm ankomme, steigt ein komisches Gefühl in mir auf. Mein Kopf wirkt plötzlich schwerelos und wie in Nebel eingehüllt. Unsicher setze ich einen Fuß voran, doch ich finde keinen Halt. „Suni!" Krächzend bringe ich die Worte heraus und strecke die Hand hilfesuchend in seine Richtung. Wie durch einen Schleier sehe ich sein panisches Gesicht. Er springt auf, läuft auf mich zu und dann … ist auf einmal alles Dunkel. Aus weiter Ferne höre ich jemanden rufen, doch meine Zunge ist wie gelähmt. Ich kann nicht antworten. Suni! Ich muss zu ihm!

Mit den Armen versuche ich, die zähe, dunkle Masse um mich her wegzuschieben. Doch jedes Mal, wenn ich es schaffe, füllt sich die entstandene Lücke sofort neu mit dieser beängstigenden Schwärze. Ich muss hier raus!

Doch je mehr ich versuche, mich zu befreien, umso tiefer zieht mich die Dunkelheit in einen bodenlosen Abgrund. Ich kämpfe mit allem, was ich habe. Aber es reicht nicht! Erbarmungslos verschlingt er mich und schreiend gehe ich unter.

„Hugho!" Weit entfernt höre ich den Ruf, doch so sehr ich mich auch anstrenge, ich kann nicht antworten.

„Hugho!" Erneut schreit jemand meinen Namen und rüttelt an mir, doch die zähe Dunkelheit hält mich fest umklammert.

Zack!

Ein heftiger Schlag trifft mein Gesicht. Ich schnappe nach Luft, als der Schmerz durch mich hindurch schießt. Gleichzeitig taucht ein seltsames Licht auf. Schwach erkennbar in der Ferne, doch es ist da. Erneut versuche ich, die klebrigen Tentakeln der Schwärze abzustreifen und endlich, endlich geben sie nach! Lassen mich los!

Mit einem Schrei fahre ich hoch, reiße die Augen auf und schaue direkt in das panische Gesicht meines besten Freundes.

„Hugho!“

Nur ein Wort, doch es liegt so viel Erleichterung darin. Fassungslos sehe ich, dass Tränen unaufhaltsam über seine Wangen strömen.

Verwirrt hebe ich die Hand und streiche ihm sanft die Tränen weg. „Was ist passiert? Warum weinst du?“ Doch er schüttelt nur den Kopf, wirft seine Arme um mich und hält mich ganz fest an sich gedrückt.

Über seine Schulter sehe ich eine Menge erschrockener Gesichter. Darunter auch das von Kwon und Gyeong.

„Was ..., wie ...“ Meine Zunge fühlt sich seltsam schwer an. Ich schüttle den Kopf, um dieses schwammige Gefühl darin loszuwerden. Doch irgendwie klappt das nicht. Mehrere Hände greifen nach mir, als ich mich mühsam hochstemme.

Endlich stehe ich aufrecht, aber alles rundherum schwankt und sieht seltsam verzerrt aus. Torkelnd versuche ich einen Schritt zu gehen, doch starke Hände verhindern das. Ich werde auf einen Sitz gezogen und gleichzeitig wird mir eine Flasche gegen die Brust gedrückt.

„Austrinken!“ Die sonore Stimme kenne ich, doch es ist viel zu mühsam, den Kopf zu wenden und danach zu suchen. Gehorsam hebe ich die Flasche an und trinke sie in einem Zug leer.

Erschöpft schließe ich die Augen und lehne den Kopf an. „Ruh dich aus.“ Eine weiche Hand fährt über meine Haare und irgendjemand breitet eine Decke auf mir aus.

Alles ist so anstrengend. Ich kann jetzt einfach nicht denken und konzentriere mich stattdessen darauf, die viele Flüssigkeit in meinem Magen zu behalten. Ich muss wohl doch eingeschlafen sein, denn als ich wach werde, sehe ich durchs Fenster fremde Gebäude vorbeiziehen. Gähnend strecke ich mich. Mein Körper fühlt sich ganz steif an. „Wo sind wir?"

Suni schießt mit einem Ruck herum und reißt sich die Stöpsel aus den Ohren. „Hugho! Wie geht es dir? Ich habe mir solche Sorgen gemacht. Du warst völlig weggetreten und konntest kaum sprechen und …"

„Stopp! Langsam bitte. Ich bin noch nicht richtig wach!" Ich versuche, ihn mit einem Lächeln zu beruhigen, doch das funktioniert nicht so, wie ich will. Mein Kopf brummt wie verrückt und mein Mund fühlt sich wie die Wüste Gobi an. „Puh, mir geht's nicht so toll. Was ist passiert? Ich fühle mich, als wäre ich unter eine Herde Elefanten geraten."

„Hugho!" Ich sehe auf. Kwon steht neben mir. In seinem sonst so stoischen Gesicht ist eindeutig Sorge zu erkennen. „Wie geht es dir?"

Verwirrt runzle ich die Stirn und sehe zwischen ihm und Suni hin und her. „Was ist eigentlich los? Ihr macht hier einen Aufstand, als wäre etwas passiert."

Kwon antwortet mir nicht, tauscht dafür aber mit Suni einen vielsagenden Blick aus. „Hey!" Ich will endlich wissen, was hier gespielt wird. „Kann mich mal jemand aufklären?" Ich will aufstehen, um meinen Worten Nachdruck zu verleihen, aber Kwon drückt mich zurück in den Sitz. Überrascht schaue ich ihn an.

Er mustert sorgsam mein Gesicht und endlich antwortet er. „An was kannst du dich noch erinnern?"

Hä? Das ist doch keine Antwort! Aber gut, Höflichkeit und Respekt vor allem anderen - vergiss das ja nicht, Hugho.

Tief atme ich durch und krame in meinem Gedächtnis. „Ich bin zum Bus gerannt und habe mich neben Suni gesetzt." Nachdenklich reibe ich mir über den Nacken. „Zumindest glaube ich das."

Kwon nickt und klärt mich dann mit wenigen Sätzen darüber auf, was passiert ist. Er beendet seine kleine Ansprache mit den Worten: „Du wirst erst wieder auftreten, wenn wir wissen, was dir fehlt."

Fassungslos starre ich ihn an. „Nein! Das können Sie nicht machen! Es sind meine Songs, die wir heute neu präsentieren. Meine Worte, meine Ideen. Sie können unmöglich von mir verlangen, dass ich da nicht mit auf der Bühne stehe!"

Ich packe Suni am Arm und rüttle daran. „Sag doch auch was. Hilf mir!"

Aber er verzieht nur das Gesicht und hebt mit einer entschuldigenden Geste die Hände. „Hugho! Du bist einfach so zusammengeklappt! Was erwartest du? Du bist mein Freund. Ich kann nicht zustimmen, dass du deine Gesundheit für ein oder zwei Gigs riskierst."

„Aber … mir geht es jetzt wieder gut! Schaut doch!" Ich schiebe Kwon weg, stehe auf und stelle mich mit weit ausgestreckten Armen in den Gang des Busses. Von allen Seiten sind mir die Gesichter meiner Bandmates zugewandt und ich spüre ihre besorgten Blicke.

„Seht ihr? Mit mir ist alles in Ordnung! Ich kann auftreten. Ich will dabei sein!" Mit Nachdruck schleudere ich diese Worte in den Raum.

Stille antwortet mir.

Schließlich nimmt Kwon einen tiefen Atemzug. „Also gut, es wird folgendermaßen ablaufen. Du wirst gleich nach dem Einchecken von Haru zu einem Arzt gefahren, mit dem ich vorher telefoniere. Sollte dieser sein Okay geben, dann kannst du heute mit auf die Bühne. Wenn nicht, war's das." Seine Stimme hat einen entschlossenen Ton angenommen. Ich weiß, das ist das beste Angebot, das ich bekommen kann. Also nicke ich zustimmend.

„Gut, dann ist das geklärt." Kwon wendet sich um und geht nach vorne. Ich lasse mich zurück auf meinen Platz sinken und zische Suni zu: „Vielen Dank für nichts!"

Mein Freund zuckt zusammen, wirft mir einen verletzten Blick zu und dreht den Kopf zum Fenster. Er steckt sich seine Stöpsel wieder in die Ohren und bis wir kurze Zeit später am Hotel ankommen, spricht er kein Wort mehr mit mir.

Kaum sind wir ausgestiegen, geht alles ganz schnell. Nach einer Stunde komme ich mit Haru vom Arzt zurück und werde bereits von Kwon und Gyeong im Foyer erwartet. Die Jungs drücken sich im Hintergrund herum, wagen es jedoch nicht, näher zu kommen.

„Ich habe bereits mit dem Arzt telefoniert." Kaum sitzen wir, eröffnet Kwon das Gespräch.

In kurzen Sätzen fasst er zusammen, was mir vorhin schon erklärt wurde. Ich bin schlicht und ergreifend körperlich an meinen Grenzen.

Mit deutlichen Worten macht Gyeong mir daraufhin klar, wie es ab jetzt laufen wird. Ich darf auftreten – ja, aber nur unter bestimmten Bedingungen.

Ich muss an jedem gemeinschaftlichen Essen teilnehmen und werde dabei von Kwon und Gyeong kontrolliert. Außerdem bin ich vorerst von jeglicher Aftershow-Party ausgeschlossen. Zusammen mit Haru werde ich nach jedem Gig unverzüglich zurück ins Hotel fahren und schlafen gehen. Beim letzten Punkt ihrer Forderung sträubt sich alles in mir.

„Gib mir dein Handy." Auffordernd streckt Kwon die Hand in meine Richtung.

„Warum?“ Ich weiß, ich klinge bockig, aber ich sehe absolut keinen Grund für diese Maßnahme.

„Wir wissen, dass du nächtelang telefonierst. Und das nicht mit deiner Familie. Das wurde überprüft.“

Laut schnappe ich nach Luft und will gerade wütend losbrüllen, da fährt Kwon mit eiskalter Miene fort. „Du hast ebenso wie alle anderen den Vertrag unterschrieben. Du kennst den Inhalt! Ihr dürft keine Dates haben und keine Beziehungen eingehen während der gesamten Laufzeit. Bei einem Verstoß wird sofort jegliche Zahlung an deine Familie eingestellt und ein hoher Schadenersatz von dir gefordert. Willst du das wirklich riskieren?“

Ich weiß, dass ich zu wenig auf mich geachtet habe und das rächt sich jetzt bitterlich! Zähneknirschend gebe ich nach und reiche ihm mein Handy.

Ich werde einen Weg für uns finden, Jagi! Das verspreche ich dir und mir!

Kapitel 24

Tanja

Ich bin wahnsinnig aufgeregt, als sich endlich die Türen zur Konzerthalle öffnen. In mir hüpft und wirbelt alles vor Aufregung durcheinander: Bald! Bald sehe ich ihn!

Es waren lange Wochen und obwohl wir täglich mehrmals telefoniert haben, ist die Sehnsucht in mir unendlich groß. Ich möchte endlich wieder seine Arme um mich und seine Lippen auf mir spüren.

Geduld, Tanja!

Ich habe von ihm ein Ticket für die Aftershow-Party bekommen. Wie auch immer er das geschafft hat, ich freue mich riesig darauf. Lara wollte zuerst unbedingt mitkommen, doch ich habe abgelehnt. Ich möchte gern mit Hugho allein sein und brauche keinen Aufpasser! Nur ungern haben meine beiden Freunde das akzeptiert. Ich musste ihnen versprechen, mich regelmäßig zu melden. Im Strom der Fans gefangen, steige ich die Treppe hinauf und suche nach meinem Platz. Zum Glück ist hier alles sehr übersichtlich angeordnet. Es dauert einige Zeit, bis die Sitzreihen gefüllt sind. So wie das Licht langsam gedämmt wird, steigt gleichzeitig die Aufregung in mir ins Unermessliche. Ich will ihn endlich sehen!

Es wird ohrenbetäubend laut im Saal, kaum dass die ersten Töne zum Intro zusammen mit den typisch projizierten Fotos erklingen. Als dann der große Vorhang fällt und die Band auf der Bühne erscheint, hält mich nichts mehr auf meinem Platz. Die nächsten Stunden vergehen wie im Rausch.

Bei den ersten Songs steht Hugho nicht auf der Bühne. Verstört suche ich die angeleuchtete Fläche nach ihm ab, doch er ist nicht da! Was ist passiert? Geht es ihm nicht gut?

Mir wird heiß und kalt. Ich fange an zu zittern und Tränen steigen auf. Als ich die Ungewissheit keine Minute länger aushalte, betritt er endlich die Bühne.

Mein Aufschrei geht im Getöse des jubelnden Publikums unter. Ich stehe da, die Hand aufs Herz gepresst und starre ihn nur an. Er wirbelt über die Bühne, performt genau auf den Punkt und singt sich die Seele aus dem Leib.

Den ganzen Abend kann ich den Blick nicht von ihm lösen. Nicht eine einzige Sekunde lang. Zwischendurch habe ich sogar das Gefühl, dass er mit den Augen den Saal absucht.

Am liebsten würde ich schreiend auf und ab springen, damit er mich sieht. Doch natürlich weiß ich, dass er mich trotzdem nicht bemerken würde. Es ist viel zu laut und tausende Fans hüpfen und schwenken ihre Lightsticks begeistert herum.

Als schließlich das Spotlicht beginnt, über die Köpfe der Zuschauer zu gleiten, halte ich vor Aufregung die Luft an. Überraschenderweise wird kein Gesicht eingefangen. Nach einigen Minuten wandert das Licht zurück zur Bühne und strahlt einen hochgewachsenen Koreaner an.

Ich habe ihn schon einmal gesehen. Ist das nicht der Manager der Truppe, der uns damals so abrupt unterbrochen und mich aus dem Hotel befördert hat? Er hält ein Mikro in der Hand und räuspert sich. Schlagartig wird es mucksmäuschenstill in der Halle.

„Guten Abend“, begrüßt er in fast akzentfreiem Englisch die Fans. „Heute werden wir ganz gegen unsere Gewohnheit keine

Personen auswählen, die zur Aftershow-Party eingeladen werden." Die Menge wird unruhig. Buhrufe schallen durch die Halle.

„Ich kann euren Frust verstehen!" Kwon hebt die Hand und es wird wieder ruhiger. „Aber dies ist eine Entscheidung, die uns nicht leichtgefallen ist. Das Sicherheitsteam hat einen Hinweis bekommen, dass der Partyraum nicht genügend geschützt werden kann. Bitte versteht, dass wir dieses Risiko nicht eingehen können."

Schrille Pfiffe schallen durch die Luft und die Fans schreien wild durcheinander.

„Um euch zu entschädigen, liegen am Ausgang Caps für jeden bereit. Bitte akzeptiert unsere Entscheidung und genießt den Rest der Show."

Es wird dunkel auf der Bühne und noch immer ist die Menge sehr aufgewühlt. Doch als die Scheinwerfer erneut angehen und die Band in schneeweißen Mänteln auf der Bühne steht, gewinnt die Begeisterung für die Musik. Der Rest der Veranstaltung gleitet, wie im Traum, an mir vorbei.

Keine Aftershow-Party?

Aber, wie können wir uns dann sehen? Bin ich etwa umsonst den weiten Weg hierhergefahren und habe wochenlang so hart gearbeitet, um das Geld hierfür zusammen zu bekommen? Wie betäubt wende ich mich um und kämpfe mich an den feiernden Fans vorbei zum Ausgang. Ich muss hier raus! Mit großen Schritten eile ich auf die Ausgangstüren zu und kann nur hoffen, dass ich es rechtzeitig nach draußen schaffe, bevor ich die Tränen nicht mehr zurückhalten kann. Die Hand habe ich fest auf den Mund gepresst. Trotzdem kann ich einen leisen Aufschrei nicht unterdrücken, als ich völlig unerwartet von der Seite angesprochen werde. Ich wirble herum und will denjenigen schon anschreien vor Frust. Doch im letzten Moment erkenne ich den Mann.

„Haru?" Ungläubig starre ich den kräftigen Koreaner an.

Er verbeugt sich knapp und hält mir einen zusammengefalteten Zettel entgegen. Zögernd greife ich danach, öffne ihn und überfliege die wenigen Worte darauf.

Jagi!

Bitte folge Haru. Er wird dich unauffällig in mein Zimmer bringen. Warte dort auf mich, ich werde so schnell wie möglich zu dir kommen.

Saranghaeyo, H. (Ich liebe dich!)

Fassungslos starre ich auf das Papier in meiner Hand und kann es kaum glauben. Sollte es tatsächlich so einfach sein? Zögernd schaue ich zu Haru auf, der mir mit stoischem Ausdruck winkt, ihm zu folgen.

Eine halbe Stunde später stehe ich allein in einem überaus teuer aussehenden Hotelzimmer. Haru hat uns über die Hintertreppe heraufgebracht, die Tür geöffnet und mir befohlen, im Zimmer zu warten. Ich fühle mich alles andere als wohl in meiner Haut und tigere nervös hin und her. Irgendwann wird es mir zu dumm und ich setze mich auf das Bett, mit dem festen Vorsatz, auf ihn zu warten – egal, wie lange es dauert.

Das Nächste, was ich spüre, sind weiche, warme Lippen auf meinen. Überrascht fahre ich hoch und schaue direkt in Hughos faszinierende Augen. „Hugho!"

Mit einem erleichterten Aufschrei stürze ich in seine Arme. Laut lachend zieht er mich fest an sich. So fest, dass ich gefühlt jeden einzelnen Muskel an seinem Körper spüre.

„Du bist so verdammt schön. Ich konnte mich während des Konzerts kaum konzentrieren, weil ich nur daran dachte, dass ich dich später in meinen Armen halten kann."

Mit einem glücklichen Lachen schmiege ich die Wange an seine und flüstere leise in sein Ohr. „Ich habe dich vermisst. Jede Faser von dir."

Statt zu antworten, presst er seine Lippen fordernd auf meine. Da ist kein Platz mehr für irgendwelche Worte. Nur er und ich – endlich allein.

Seine Zunge erobert mich, begrüßt leidenschaftlich jeden Winkel meines Mundes und lässt mir kaum Raum zum Atmen. Doch das ist mir egal. Wenn ich hier und heute sterbe, dann im glücklichsten Moment meines Lebens. Doch natürlich lässt Hugho das nicht zu. Eine gefühlte Ewigkeit später löst er sich langsam und wir schnappen beide nach Luft. Zärtlich fährt mit seinen Fingerspitzen über meine Wange.

„Jagi, so wunderschön und so voller Leidenschaft. Jede Minute habe ich mir vorgestellt, was ich heute Abend alles mit dir anstellen will."

„Dann tu es, Hugho", wispere ich und lecke mir über die wundgeküssten Lippen. „Hol mir die Sterne vom Himmel und lass mich dich fühlen, von Kopf bis Fuß. Gib mir alles von dir und bring uns gemeinsam zum Fliegen."

Keine Ahnung, woher die Worte kommen. Das ist nicht mein eigentliches ich, dass da spricht. Noch nie war ich so ungehemmt. Und doch, ich will ihn überall spüren. Tief in ihn hineinkriechen, bis in die letzten Ecken seiner Seele schauen. Sein Atem kommt stoßweise und seine Hände zittern, als er mich langsam aus der Kleidung schält. Stück für Stück entblößt er meine Haut und verwöhnt jedes freigelegte Stückchen mit feuchten Küssen und leichten, spielerischen Bissen.

Stöhnend fahre ich mit beiden Händen durch seine Haare, über seinen Rücken bis hinunter zu dem muskulösen Po. Fest presst er als Antwort sein Becken gegen meins. Ich spüre seine Erregung. Brennende Hitze steigt in mir auf und ich lasse mich fallen.

Wir nutzen in dieser Nacht jede Sekunde füreinander. An Schlaf ist nicht zu denken. Zwischendurch ruhen wir uns kurz aneinandergeschmiegt aus. Doch sobald wir wieder genug Luft bekommen, lieben wir uns erneut. Ja, das zwischen ihm und mir ist nicht nur irgendein belangloser One-Night-Stand. Es ist Liebe. In jedem Kuss, in jedem Seufzen, in jeder zarten Berührung spüre ich es! Er muss es nicht sagen. Ich merke ihm an, dass er es auch fühlt. Wir können die Finger einfach nicht voneinander lassen und schaffen es morgens kaum aus dem Bett. Doch uns bleibt nichts anderes übrig. Er hat mit Haru ausgemacht, dass dieser mich um sechs Uhr abholt und zum Bahnhof bringt, damit ich meinen Zug rechtzeitig erreiche.

Es fällt mir unheimlich schwer, mich von ihm zu verabschieden. Ihm geht es genauso. Immer wieder zieht er mich in seine Arme, übersäht mein Gesicht mit unzähligen, kleinen Küssen und raunt dabei liebevoll Koseworte. Es ist eine Mischung aus Englisch und Koreanisch. Ich verstehe die meisten nicht, doch ich spüre ihre Bedeutung mit jedem gehauchten Buchstaben.

Als Haru klopft, verschlingt er meinen Mund ein letztes Mal. Atemlos stehen wir da, die Stirn aneinandergelegt. „Bis bald, Jagi."

„Pass auf dich auf, Hugho." Meine Kehle ist wie zugeschnürt. Ich wende mich um und verlasse den Raum, ohne zurückzublicken. Doch mein Herz, das bleibt bei ihm zurück.

Während der gesamten Heimfahrt und in den Tagen danach schwebe ich wie auf Wolken. Egal ob tagsüber oder nachts, ständig sehe ich ihn vor mir. Höre die Worte, die er in mein Ohr flüstert und spüre seinen schlanken, von sehnigen Muskeln überzogenen Tänzerkörper auf mir.

Er meldet sich täglich. Immer noch über Sunis Handy. Ich habe ihn gar nicht mehr danach gefragt. Auch heute Abend sitze ich im Bett und warte darauf, dass mein Handy klingelt.

Erst bin ich irritiert, als ich den Anruf von einer unbekannten Nummer erhalte. Beinahe hätte ich ihn weggedrückt, doch schließlich gewinnt meine Neugier. Zum Glück, denn kaum habe ich den grünen Touchpunkt berührt, erklingt Hughos Stimme.

„Hugho! Was ist passiert? Warum rufst du schon wieder von einer anderen Nummer an?"

„Hallo Jagi!" Ein zärtliches Lachen dringt mir ans Ohr und lässt sämtliche Schmetterlinge in meinem Bauch herumflattern. Verrückt, aber das passiert mir jedes Mal. Sofort habe ich ein dämliches Grinsen im Gesicht und mein Herz schlägt Purzelbäume. „Mach dir keine Sorgen. Alles ist in Ordnung. Ich habe mir ein anderes Handy besorgt und damit auch eine neue Nummer."

„Konntest du denn deine alte nicht behalten?"

„Nein, leider nicht. Aber das ist nicht wichtig. Hauptsache, ich kann mit dir telefonieren."

Etwas an seiner Stimme klingt komisch, doch ich bin viel zu glücklich, um nachzuhaken.

„Okay, jetzt habe ich ja deine neue Nummer. Wie gut, dass du nun wieder ein eigenes hast. Obwohl es echt superlieb von Suni war, dir seines so lange zu leihen."

„Ja, er ist einfach ein Schatz. Doch du bist der Schatz, der mein Herz zum Klingen bringt. Ich vermisse dich so sehr."

Was soll ich darauf erwidern? Er weiß auch so, wie sehr er mir fehlt.

Er seufzt und unterbricht die Stille, die sich zwischen uns ausgebreitet hat. „Erzähl mir, wie dein Tag gelaufen ist, Jagi."

Genau das liebe ich so an ihm. Er ist immer aufmerksam und fragt nach all den belanglosen Alltäglichkeiten in meinem Leben. Nie lässt er durchblicken, dass er in einer ganz anderen, viel aufregenderen Welt lebt.

Wir telefonieren, bis wir beide kaum noch einen ordentlichen Satz vor lauter Müdigkeit herausbringen. Gefühlt tausend Mal verabschieden wir uns und können doch nicht auflegen. Irgendwann schaffen wir es schließlich. Ich liege im Bett, drücke mein Handy an die Brust und träume von Hugho, von seinem Lachen und seiner Wärme.

In den folgenden Tagen und Wochen tauschen wir ständig Nachrichten aus und kommen uns dabei immer noch näher. Bei jedem Telefonat wächst die Sehnsucht nach ihm. Auch an Hugho geht das alles nicht spurlos vorbei. Ich spüre, dass ihn etwas belastet und kann ihm von hier aus nicht helfen. Das liegt mir schwer auf der Seele und ich kämpfe bei jedem Wort darum, nicht in Tränen auszubrechen.

Und dann kommt der Tag, an dem er sich nicht meldet. Zuerst beruhige ich mich damit, dass er so viele Termine hat und einfach keine Möglichkeit findet, mir zu schreiben oder zu telefonieren.

Aber aus einem Tag werden zwei und dann drei. Am vierten Tag halte ich es nicht mehr aus. Mit zitternden Händen suche ich seinen Kontakt und drücke auf den grünen Button.

Zutiefst verstört höre ich der monotonen Stimme zu, die mir mitteilt, dass der Empfänger nicht länger erreichbar ist. Hat doch jemand etwas von unserem Treffen mitbekommen? Steckt Hugho deswegen in Schwierigkeiten? Oder war das alles ein Schwindel und er hat den Kontakt absichtlich abgebrochen? Wie erstarrt sitze ich in meiner Wohnung und kann es nicht fassen.

In mir bricht eine Welt zusammen.

Kapitel 25

Hugho

Wütend starre ich Kwon und Gyeong an, die mit meinem Handy mitten im Zimmer stehen. Rund um uns her sieht es aus, wie im Schlachtfeld. Schubladen sind halb herausgezogen, Kissen liegen auf dem Boden, weit geöffnete Schranktüren offenbaren ihr Inneres. Mit einem Blick zum Schreibtisch stelle ich fest, dass sogar dort die Papiere nicht mehr so gestapelt sind, wie ich sie hinterlassen habe.

„Was fällt euch ein …“ Empört will ich meinem Zorn Luft machen.

Doch Kwon hebt mit einer abrupten Geste abwehrend die Hände. „Die Frage ist eher: Was fällt DIR eigentlich ein?“

Seine Gegenfrage bringt mich aus dem Konzept. Irritiert schüttle ich den Kopf. „Was?“

Kwon löst sich von Gyeongs Seite und wandert durch den verwüsteten Raum. Der Tanztrainer spricht immer noch kein Wort, dafür will unser Manager scheinbar umso mehr sagen.

Er geht zum Schreibtisch und schiebt die Papiere zu einem ordentlichen Stapel zusammen. Seine nächsten Worte zeigen, dass seine gesamte Aufmerksamkeit jedoch auf mir liegt. „Da holt man dich aus der Gosse. Bringt dir, dem Korean American, trotz aller Widerstände etwas Anständiges bei. Kümmert sich darum, dass du erfolgreich bist und deine Familie unterstützen kannst.

Das Einzige, das absolut Einzige, was du dafür tun musst, ist, dich an ein paar einfache Regeln zu halten."

Bisher klingt seine Stimme ruhig und abgeklärt. Fast so, als ob er nur in den Raum hineinspricht. Doch nun dreht er sich abrupt zu mir um und durchmisst das Zimmer mit wenigen Schritten, bis er direkt vor mir steht. Seine dunklen Augen lodern vor unterdrücktem Zorn und eine steile Falte hat sich auf der Stirn eingenistet. Er strahlt so viel Wut und Enttäuschung aus, dass ich mich auf einmal klitzeklein fühle.

„Ich habe dich gewarnt. Doch was machst du?" Er bohrt seinen Finger schmerzhaft in meine Brust. „Du tust einfach, was du willst! Ignorierst jegliche Warnung, setzt alles aufs Spiel, was dir ermöglicht wurde." Er zieht die Hand zurück, tritt noch näher und packt mich am Shirt. Sein Gesicht ist direkt vor mir. Ich spüre seinen Atem auf meiner Haut. „Du siehst nur dich! Hast du völlig vergessen, dass es nicht allein um deine Karriere geht? Du hast Verantwortung, Hugho! Verpflichtungen gegenüber deiner Familie, deinen Kollegen und vor Gyeong. Er setzt alles daran, hörst du? Alles, damit ihr ganz oben dabei seid und irgendwann genug Geld habt, um euer Leben so zu leben, wie ihr es wollt!" Die letzten Worte spuckt er mir regelrecht ins Gesicht.

Ich zittere wie verrückt und eisige Schauer laufen mir den Rücken hinunter. So habe ich Kwon noch nie gesehen. Sonst wirkt er immer beherrscht und unnahbar. Nun ja, bis auf das eine Mal zumindest. Doch jetzt, in diesem Moment, schüchtert er mich zutiefst ein. Er packt noch fester zu. Eiskalte Angst kriecht durch meine Adern, schlängelt sich empor bis zum Hals und drückt mir die Luft ab.

„Du solltest dich nur an den verdammten Vertrag halten!" Seine Worte kommen abgehackt, sein Atem geht stoßartig. Eiskalt ist sein Blick. Panik rollt wie eine riesige, vernichtende Welle auf mich zu. Plötzlich ist eine schmale Hand auf Kwons Oberkörper, schiebt den erbosten Mann zurück und bringt Abstand zwischen uns.

„Kwon! Es ist gut, er hat es verstanden." Die helle, leicht heisere Stimme Gyeongs scheint den aufgebrachten Manager aus seinem Tunnel zu holen.

Hastig mache ich zwei Schritte zurück, spüre die Wand am Rücken und lehne mich erleichtert dagegen. Die Hand habe ich an meinem Hals und ringe eingeschüchtert nach Luft. Fassungslos starre ich auf die beiden Männer.

Gyeong packt Kwon am Arm und schiebt den widerstrebenden Manager Richtung Tür. „Ich glaube, es ist besser, wenn wir jetzt gehen. Hugho, Kwon hat das nicht nur so dahingesagt. Es ist bitterer Ernst und nicht er hat die Durchsuchung deines Zimmers veranlasst, sondern KM. Irgendjemand hat ihnen gesteckt, dass du gegen die Regeln verstößt. Shibal, sie haben wohl einen Spitzel bei uns eingeschleust."

Seine Stimme klingt belegt und entgegen seinem sonst so federnden Gang, bewegt er sich mit langsamen, schweren Schritten. „Sie wissen von deinen Dates und vor allem von dieser Nacht in Mailand. Und ihnen ist bekannt, dass du ein Handy hast, das nicht bei KM registriert ist. Auch das ist gegen die Regeln. Zum Glück hast du es nicht sonderlich gut versteckt und wir konnten es holen, bevor die Security das Zimmer durchsucht hat. Aber sie werden dich genau beobachten und weitersuchen. Deshalb nehmen wir es jetzt mit und lassen es verschwinden."

Die beiden Männer erreichen die Tür. Gyeong öffnet sie mit einer Hand und schiebt den so viel größeren Manager kurzerhand nach draußen. Bevor er die Tür hinter sich zuzieht, seufzt er tief und murmelt leise: „Du ziehst uns alle mit in den Abgrund, Hugho."

Geräuschlos fällt die Tür ins Schloss. Wie gelähmt, lehne ich immer noch an der Wand. In meinem Kopf wirbeln panische Gedanken durcheinander.

Regeln gebrochen?

Das kann nur eines bedeuten: KM hat irgendwie von Tanja erfahren. Jemand hat mich tatsächlich verraten. Und ja, ich habe bewusst gegen die No-Date-Regel verstoßen. Sie ist ja auch nicht nur ein Date. Sie ist mein Licht, mein Herz, meine Seele.

Ich kann sie nicht aufgeben. Alles in mir wird taub, nur bei dem Gedanken daran. Doch ich kann auch die Verantwortung gegenüber meiner Familie und der Band nicht einfach von mir schieben.

Völlig überfordert rutsche ich langsam an der Wand herunter, ziehe die Knie an und lege den Kopf darauf ab. Ein tonnenschweres Gewicht legt sich auf meine Schultern und obwohl ich keinen Ton von mir gebe, fließen unaufhaltsam heiße Tränen über mein Gesicht und tropfen auf den Boden.

Was soll ich nur tun?

Kapitel 26

Tanja

„Tanja, mach noch die Berechnungen für das morgige Meeting fertig und schick sie mir." Vater steht in der Tür zu meinem Büro und sieht mich mahnend an.

Nur mit viel Selbstbeherrschung schaffe ich es, die Augen nicht zu verdrehen.

„Natürlich!" Ich hätte diese verflixte Kalkulation sowieso noch fertig erstellt und an ihn weitergeleitet. Schließlich ist das mein Job und ich weiß, wie wichtig das morgige Meeting für die Zukunft von Sör-Impression ist. Unsere Zahlen sind gut. So gut, dass wir es uns leisten können, die Fühler nach anderen Unternehmen auszustrecken. Dazu hat ein Deal, den ich zuletzt ins Rollen brachte, immens beigetragen.

Doch egal, wie sehr ich mich anstrenge, mein Vater sieht weiterhin die Anfängerin in mir und respektiert kaum, was ich Tag für Tag leiste.

An meiner Tür steht *Corporate Finance Manager* und in diesem Sinne bin ich diejenige, die über die finanziellen Belange des Unternehmens besser Bescheid weiß, als der Chef selbst.

Tue ich auch! Nur sieht er das nicht!

„Deine Mutter erwartet dich am Sonntag zum Essen. Sei pünktlich. Du weißt, wie sehr sie es hasst, wenn du zu spät kommst." Er dreht sich um und geht.

Erleichtert lasse ich mich in den Stuhl sinken und schließe die Augen.

„Hat er dich wieder mal genervt?" Als die vertraute Stimme zu mir durchdringt, entspanne ich mich sofort.

Lächelnd schaue ich zu dem hochgewachsenen Mann auf, der am Türrahmen lehnt und mir einen verständnisvollen Blick zuwirft.

„Du kennst ihn doch. Egal, was ich mache, er weiß es besser. Keinen blassen Schimmer, was ich noch tun kann, damit er mich endlich als vollwertig akzeptiert." Genervt verdrehe ich die Augen und lasse den Kopf in den Nacken fallen. Unzählige Male habe ich mich darüber schon bei ihm ausgelassen und trotzdem hört er mir jedes Mal mit stoischer Ruhe zu, um mich anschließend zu beruhigen.

„Nimm's dir nicht so zu Herzen und lass ihn einfach reden. Alle hier wissen, was du leistest und bewundern dich dafür."

Hab ich's nicht gewusst? Da kommt es schon! Trotzdem will ich ihn noch ein bisschen zappeln lassen, sonst macht es keinen Spaß.

„Ach ja? Du auch?" Grinsend blinzle ich ihm zu und wippe salopp in meinem Stuhl vor und zurück.

Er setzt sich vor mich auf die Schreibtischkante und verschränkt die langen Beine an den Knöcheln. Die Hände stecken lässig in den Taschen seiner Designerhose.

Er legt den Kopf schief und schmunzelt. „So weit bist du also schon. Fishing for compliments – dabei hast du das gar nicht nötig. Wenn du denkst, ich habe nicht bemerkt, wie die Hälfte der männlichen Belegschaft ständig hinter dir herhechelt, dann hast du dich getäuscht."

Ich winke ab. „Sollen sie doch. Ist mir egal. Ich habe kein Interesse."

Schlagartig verschwindet das Lächeln aus seinem Gesicht. Er beugt sich leicht vor und sieht mich mit gerunzelter Stirn sorgenvoll an. „Tanja! Wir haben schon so oft darüber gesprochen. Wie lange willst du diesem Superstar denn noch hinterher trauern? Er hatte seine Chance und war zu dumm, sie zu nutzen."

Ärger steigt in mir auf. Ich habe keine Lust, auf diese Diskussion. Nicht schon wieder. „Können wir das Thema bitte lassen. Oder willst du auch noch auf dem letzten Rest meiner Nerven herumtrampeln?" Jegliches Wohlgefühl ist verflogen und hat tiefem Frust Platz gemacht.

Er geht vor mir in die Hocke und greift nach meinen Händen. „Sorry", murmelt er. „Kann ich es mit einem Abendessen bei *LaMicele* wiedergutmachen?"

„Ich muss ..." Doch er unterbricht mich mit einer ungeduldigen Handbewegung. „Oh nein, komm mir gar nicht erst mit einer Ausrede. Es ist ganz einfach. Du bekommst noch genau eine Stunde, um die Datei abzuschließen, und dann belohnen wir zwei Fleißigen uns mit einem leckeren Essen."

„Ich habe aber keinen Hunger."

„Und wenn ich dich mit einem köstlichen Nachtisch besteche?" Verflixt, der Kerl weiß genau, wie er erreicht, was er will.

„Du bist echt unmöglich, Nik."

„Aber genau dafür liebst du mich doch", flötet er und verlässt mit einem lässigen Winken mein Büro.

Lachend schüttle ich den Kopf. Niklas ist in den letzten Monaten zu einem engen Vertrauten geworden. Ohne ihn, hätte ich das alles nicht geschafft.

Kurz vor Ende meines Studiums hatte Vater einen Herzinfarkt. Tagelang sah es wirklich schlecht um ihn aus und wir wussten nicht, ob er überleben würde. Die Ärzte machten uns wenig Hoffnungen.

In dieser Zeit passierte etwas, womit ich nie gerechnet hätte. Unter all der Angst und Ungewissheit wuchs meine Familie langsam wieder zusammen. Samantha und Ann-Christin kamen aus dem Internat nach Hause. Ich habe sie kaum wiedererkannt. Sie sind so groß geworden, fast schon erwachsen!

Anfangs war es seltsam zwischen uns. Sie stiegen aus dem Auto, kamen auf Mutter und mich zu und begrüßten uns mit Handschlag.

Wie verrückt ist das denn bitte?

Wir sind schließlich Schwestern! Das habe ich ihnen auch ziemlich schnell klar gemacht und sie einfach in meine Arme gezogen.

Samantha gab den Widerstand sofort auf, zumindest schien es so. Ann-Christin war da weniger zimperlich. Mit einer unwilligen Geste drückte sie meine Arme weg, trat einen Schritt zurück und reckte das Kinn.

„Ich mag es nicht, wenn man mich anfasst", stellte sie umgehend klar, packte ihren Koffer und ging voran ins Haus. Samantha zuckte die Schultern, warf mir einen vielsagenden Blick zu und folgte ihr.

Irritiert schaute ich beiden hinterher. In den folgenden Tagen versuchte ich immer wieder, ihnen näher zu kommen. Vor allem Ann-Christin kapselte sich ab. Doch nach und nach machte sich die viele Zeit, die wir gemeinsam im Krankenhaus verbrachten, bemerkbar. Es wird sicherlich noch dauern, bis wir wieder richtig zueinanderfinden. Doch da sie nun hier in der Stadt zur Schule gehen und bei unseren Eltern leben, habe ich Hoffnung.

Zum Glück war und ist mein Vater ein Kämpfer. Nach knapp zwei Wochen gaben die Ärzte Entwarnung. Sie sprachen allerdings von einem längeren Genesungsprozess, doch Vater hatte da seine eigene Vorstellung. Er setzte alles daran, fit zu werden. Mit Hilfe von exzellentem Fachpersonal schaffte er es innerhalb weniger Wochen.

Währenddessen hatte er viel Zeit zum Nachdenken und nach seiner Rückkehr ins Büro machte er schnell klar, dass er sich als erstes um die Nachfolge für Sör-Impression kümmern will.

Damit kam ich noch mehr in seinen Focus und der Stress im Büro nahm zu! Doch auch etwas anderes hat sich geändert, zum Positiven. Seither nimmt er sich ab und zu Zeit, um die Mittagspause mit mir zu verbringen. Nicht bei einem einfachen Sandwich, wie mit Nik.

Nein!

Natürlich in einem richtigen Restaurant und jedes Mal gibt es auch drei Gänge plus abschließendem Kaffee. Prinzipiell ja nicht schlecht. Nur bin ich dann immer so pappsatt, dass ich den obersten Knopf meiner Hose öffnen muss, sobald ich in meinem Büro bin und den restlichen Tag gegen Müdigkeit ankämpfe.

Positiv daran ist, dass er sich wirklich bemüht, ein besseres Verhältnis zu mir zu bekommen. Nie im Leben habe ich damit gerechnet, dass er mich einmal fragt, wie es mir geht. Seinen Befehlston kann er dabei noch nicht so recht ablegen, aber er bemüht sich spürbar.

Mein Telefon klingelt und ohne hinzuschauen, nehme ich ab. „Tanja Sörensen", melde ich mich knapp.

„Du hast noch genau 15 Minuten", tönt Niks Stimme durch den Hörer und ohne ein weiteres Wort legt er auf.

Perplex starre ich das Telefon an. Woher weiß er, dass die Kalkulation noch nicht fertig ist? Egal! Jetzt muss ich Gas geben, sonst schaffe ich es wirklich nicht, bis er mich abholt.

Konzentriert gehe ich die Zahlen durch und überprüfe, ob ich alle nötigen Informationen belegen kann.

Passt! Erleichtert schalte ich meinen Bildschirm aus.

Wir gehen nur wenige Schritte bis zu unserem Lieblingsitaliener um die Ecke. Mittlerweile sind wir Stammgäste und, egal wie voll es ist, für uns ist immer ein Tisch frei.

Michael ist der Besitzer und da es laut ihm das Ambiente stören würde, wenn man ihn bei seinem Namen nennt, lässt er sich *Micele* rufen. Außerdem spricht er im Umgang mit seinen Gästen einen seltsamen Dialekt, den er als *italienisch* bezeichnet. Dabei weiß jeder, der öfter hier isst, dass das nur gespielt ist. Doch da die Pizzen bei ihm umwerfend lecker sind, akzeptieren es alle stillschweigend. Sobald er uns entdeckt, stürmt er in die Küche und wenig später stellt er Teller mit unseren Lieblingspizzen zwischen uns ab. „Per favore, buon appetito!"

„Grazie, du bist der Beste", bedanke ich mich und bekomme prompt einen Kuss auf die Wange.

Verdutzt schaue ich zu ihm auf.

Leises Lachen von der anderen Seite des Tisches lenkt meine Aufmerksamkeit wieder auf Nik. „Das würde ich jetzt auch gerne machen."

Perplex schaue ich zu ihm rüber und runzle die Stirn. Was meint er damit?

Sein Gesicht wird ernst. Er beugt sich über den Tisch und greift nach meiner Hand. Er räuspert sich umständlich und spielt mit meinen Fingern. „Liebe Tanja, wir kennen uns nun schon eine Zeit lang und sind ein tolles Team. Nicht nur in der Arbeit, auch privat verstehen wir uns gut. Was denkst du, sollen wir den Schritt gemeinsam wagen und …"

Wie betäubt gleiten seine weiteren Worte an mir vorbei. Ich starre ihn einfach nur an und kann nicht glauben, was gerade geschieht.

Das ist doch wohl nicht sein Ernst?

Kapitel 27

Hugho

Die letzten Wochen haben mich unendlich viel Kraft gekostet. Niemals hätte ich das durchgestanden, wäre nicht Suni so fest an meiner Seite geblieben. Er war schon immer ein guter Freund, aber nun?

Nun ist er geradezu lebensnotwendig für mich geworden. Diese Kälte, die ständig durch meine Adern fließt und jede Ritze meines Körpers überflutet, lässt sich nur von Sunis Lächeln, von seiner Gegenwart, einschränken. Von allen anderen rundherum habe ich mich distanziert. Sie verstehen mich eh nicht.

Gerade lümmeln wir gemeinsam auf seinem überbreiten Sofa und schauen *Itaewon Class* (erfolgreiche TV-Serie aus Südkorea). Zwar haben wir schon alle Folgen davon gesehen, aber als Fans wird es nie langweilig, Wiederholungen anzusehen. Es macht Spaß, gemeinsam einige Dialoge mitzusprechen und über den einen oder anderen Schauspieler zu lästern.

Dazu muss ich wenigstens meinen Kopf nicht anstrengen. In den letzten Wochen haben mich ständig Kopfschmerzen geplagt. Manchmal waren sie so heftig, dass ich mich kaum auf die Noten vor mir konzentrieren konnte. Das kenne ich nicht von mir!

Sunis Appartement liegt weit oben im Lotte World Tower. Es gehört nicht ihm. Irgendjemand aus seiner Familie, von dem er mir nie wirklich erzählen will, bezahlt sie für ihn – denke ich zumindest. Er kommt nicht, so wie ich, aus ärmlichen Verhältnissen. Doch er lässt sich das nie anmerken und über seine Familie spricht er nicht. Ich respektiere es, genieße aber gerne die Vorzüge dieser überaus luxuriösen Wohnung.

Seit Beginn unserer Karriere schlafen wir alle gemeinsam in einem Dorm (WG). Das Management ist der Meinung, wir müssen uns unbedingt in absolut jeder Situation kennenlernen, verstehen und akzeptieren. Vor ein paar Monaten haben sie diese Regel gelockert, wobei die meisten von uns immer noch dort schlafen. Ich auch, denn im Gegensatz zu Suni könnte ich mir niemals eine Wohnung in Seoul leisten.

Allerdings ist das manchmal sehr anstrengend und es gibt nur wenig Möglichkeiten, allein zu sein. Doch es half und hilft mir auch, von den anderen besser verstanden zu werden, da die meisten von ihnen vorher noch nie Kontakt zu einem Korean American hatten.

Seit wir von der letzten Tournee zurück sind, schlafe ich fast jede Nacht bei Suni. Ich weiß, dass sich einige deshalb schon das Maul über uns zerreißen. Sie glauben, wir sind ein Pärchen. Doch wir sind einfach nur richtig gute Freunde. Der Tratsch ist uns zu dumm, weshalb wir nichts dagegen unternehmen. Die werden schon von allein mit dem Schwachsinn aufhören. Außerdem weiß ich immer noch nicht, wer mich an KM verraten hat.

Wem kann ich trauen? Wem nicht?

Der einzige, bei dem ich mich absolut sicher fühle, ist Suni.

Nach unserer Rückkehr bin ich in ein Loch gefallen. Nicht nur ein bisschen, sondern ganz weit runter. Kein Abgrund ist tief genug, um diese bodenlose Hoffnungslosigkeit, die mich umfing, zu beschreiben. Erst da wurde mir richtig bewusst, worauf ich verzichten muss, um die Zukunft meiner Familie und der Band nicht zu gefährden.

Suni war es, der mich in dieser Bar fand und rauszog, bevor ich noch mehr Unsinn anstellen konnte. Es gibt Tage, da verfluche ich ihn dafür. Doch tief in mir weiß ich, dass ich ihm viel zu verdanken habe.

Vor uns auf dem niedrigen Glastisch steht eine Flasche Soju in einem Behälter mit Eis. Ich schnappe sie mir und schenke unsere Gläser erneut voll.

Ups, sie ist ja schon fast leer! Scheinbar haben wir mehr getrunken, als mir bewusst war.

Kichernd stelle ich die Flasche mit einem Knall zurück auf den Tisch, nehme mein Glas und hebe es Suni wortlos entgegen. Glucksend stößt er mit seinem dagegen und zeitgleich kippen wir die klare Flüssigkeit hinunter. Obwohl der Alkoholgehalt bei Soju traditionell nicht sehr hoch ist, reicht es doch, um meinen Verstand zu umnebeln. Keinen anderen Grund kann ich mir dafür vorstellen, warum ich sonst mein Glas in einem Anfall von Wut quer durch den Raum schleudere. Wie betäubt sehe ich den Aufprall an der Wand, höre das Zersplittern und starre auf das Chaos am Boden. Sunis aufgebrachte Stimme klingt nur am Rande zu mir durch.

Vor meinen Augen verschwimmt alles und Übelkeit steigt in meiner Kehle auf. Mühsam schlucke ich dagegen an. Doch der Druck ist stärker. Gerade noch rechtzeitig hält Suni mir einen Mülleimer vor das Gesicht, bevor ich meinen Mageninhalt in hohem Bogen dort hinein entleere. Ich würge und ächze, bis nur noch Magensäure kommt. Erschlagen lasse ich mich zurücksinken und lehne den Kopf nach hinten. Suni verschwindet mit dem Eimer im Bad und kurz darauf höre ich die Toilettenspülung. Den Abend hat er sich bestimmt anders vorgestellt. Mühsam stemme ich mich hoch und komme schwankend zum Stehen. Ich hangle mich am Sofa entlang.

„Was denkst du, was du da tust?“ Suni steht mit verschränkten Armen vor mir und mustert mich mit prüfendem Blick.

„Gehen?“ Ich zucke mit den Schultern. Beim besten Willen kann ich mir nicht vorstellen, dass er mich weiterhin hier haben will.

„Das lässt du schön bleiben!“ Energisch packt er mich am Arm und drückt mich zurück aufs Sofa. „Rühr dich ja nicht weg!“, befiehlt er und eilt davon. Perplex schaue ich ihm hinterher. Seit wann kann er so dominant sein?

Sekunden später ist er wieder da, stellt eine Flasche Wasser mit zwei Gläsern auf den Tisch und drückt mir einen nassen Waschlappen in die Hand. „Leg ihn auf dein Gesicht.“

Die Kühle fühlt sich gut an auf der Haut und das schwammige Gefühl in meinem Kopf lässt langsam nach. Allmählich wird mir bewusst, was ich da gerade getan habe.

„Nein“, stöhne ich entsetzt über mich selbst, drücke den Waschlappen weiter nach oben und schiele unter dem Rand zu meinem Freund hinüber. „Suni! Es tut mir so leid!“ Am liebsten würde ich jetzt in das sprichwörtliche Loch versinken. Doch leider ist nie eines da, wenn man es braucht.

Schweigend wendet er sich ab, schenkt Wasser in die beiden Gläser und drückt eines davon in meine Hand. „Trink!“ Die kühle Flüssigkeit tut gut und spült den bitteren Geschmack aus meinem Mund fort.

Suni beobachtet mich nachdenklich. Schließlich nimmt er mir das leere Glas ab und stellt es zusammen mit seinem zurück auf den Tisch. Er dreht sich zu mir, greift nach meinen Schultern und schaut mich eindringlich an. „Hugho, so kann es nicht weitergehen. Du machst dich noch kaputt!“

„Na und?“ Ich mache eine wegwerfende Handbewegung. „Ist mir doch egal!“

„Aber mir nicht!“ So zornig habe ich ihn noch nie gehört. „Ich schau mir das nicht mehr an. Du bist doch sonst nicht so. Du gibst nie auf. Egal, was sich dir in den Weg stellt, du kämpfst so lange, bis du eine Lösung findest. Was ist daraus geworden? Hm?“ Neben der Wut klingt noch etwas anderes in seiner Stimme mit. Frust und Sorge. Wegen mir.

Hilflos schüttle ich den Kopf. „Was soll ich denn tun, Suni?“

Sein Blick scheint tief in meine Seele einzutauchen. „Du liebst sie wirklich, nicht wahr?“ Seine Stimme ist leise, fast unhörbar. Doch ich verstehe ihn trotzdem.

Ich nicke und presse die Lippen aufeinander. Erneut spüre ich, wie diese abgrundtiefe Verzweiflung in mir aufsteigt. „Das tue ich!“ Meine Stimme klingt fremd, selbst in meinen eigenen Ohren.

„Dann tu was dafür.“ Bei Sunis Worten kann ich ein bitteres Lachen nicht zurückhalten.

„Was denn? Was soll ich denn tun, Suni? Sag es mir und ich mache es.“ Ein Schluchzen zwängt sich aus meiner Kehle. „Ich kann sie nicht verlieren! Aber ich kann doch auch meine Familie, die Band nicht einfach so im Stich lassen!“ All die Verzweiflung, die Traurigkeit, die verdrängten Gefühle schwappen auf einmal über mich hinweg. Ich vergrabe den Kopf in den Händen und weine still.

Eine warme Hand streicht über meinen Kopf und die Stimme meines besten Freundes flüstert mir tröstende Worte ins Ohr. „Wir schaffen das, Hugho. Ich bin bei dir. Gemeinsam werden wir einen Weg finden.“

Neben dem tobenden Gefühlschaos steigt bei seinen Worten ein warmes Gefühl in mir auf. Vertrauen darauf, dass seine Worte wahr sind.

Er gibt mir Hoffnung!

Kapitel 28

Tanja

Kaum trete ich durch die Tür meines Elternhauses, spüre ich bereits den bekannten Druck auf der Brust. Daran hat sich seit meiner Kindheit nichts geändert.

Die große Eingangshalle wirkt trotz der hohen Fenster kalt und ungemütlich. Vielleicht liegt es an der Einrichtung, die in strahlendem Weiß dominiert, vielleicht auch an meiner eigenen Erinnerung.

Leise seufzend zucke ich die Achseln, streife mir die Schuhe von den Füßen und hänge die Jacke an die Garderobe. Mit dem Blumenstrauß für meine Mutter in der Hand mache ich mich auf den Weg zum Wohnzimmer. Schon kurz vor der Tür höre ich mehrere Stimmen. Verwundert drücke ich die Klinke herunter und trete ein. Da ich noch einen eigenen Hausschlüssel habe, hat mich bisher niemand gehört.

„Tanja!" Meine Mutter entdeckt mich zuerst und kommt zu mir. Ihr weißes Kostüm, das eher zu einer Hochzeit passen würde, täuscht darüber hinweg, dass sie sicherlich bis vor kurzem noch in der Küche gestanden hat.

Seitdem Vater so krank war, hat sie sich ebenfalls verändert. Sie kümmert sich jetzt mehr um ihn und um das Haus, statt nur mit ihren Freundinnen shoppen zu gehen oder bei einer Wohltätigkeitsorganisation zu helfen. Nicht, dass ich da etwas dagegen habe. Nein, ich fand und finde es toll, dass sie sich sozial engagiert. Nur hätte ich mir früher eben ab und zu auch eine Mutter gewünscht, die zuhause ist und sich Zeit für uns nimmt.

Egal! Zumindest hat sie jetzt das Kochen für sich entdeckt und gibt unserer Haushälterin regelmäßig am Sonntag frei, um selbst das Essen zuzubereiten. Trotzdem würde sie niemals in der Schürze einen Gast empfangen oder am Tisch sitzen. Allein bei der Vorstellung muss ich ein Grinsen unterdrücken.

Ich erwidere ihre Umarmung und lasse geduldig die beiden Wangenküsse über mich ergehen. Im Hintergrund sehe ich meinen Vater im Wintergarten stehen und sich mit jemanden unterhalten.

„Nanu? Habt ihr Besuch?“, frage ich erstaunt und trete einen Schritt zurück.

Mutter dreht sich um und winkt mir, vorauszugehen. „Wir dachten, es wäre nett, wenn wir mal wieder alle zusammen zu Mittag essen.“

Ich trete durch die doppelte Schiebetür in den Wintergarten. Vater setzt sich gerade an den Tisch, an dem schon mehrere Personen in ein Gespräch vertieft sind. Oh, das ist tatsächlich ein richtiges Familientreffen!

Überrascht begrüße ich Vater und meine beiden Schwestern. Mit ihnen habe ich nicht gerechnet. Genauso wenig, wie mit Nik, der mir breit entgegen grinst.

„Komm, setz dich her.“ Er schiebt den Stuhl neben sich auffordernd etwas zurück.

Ich lasse mich darauf sinken und rücke an den Tisch. Erstaunt schaue ich Nik an. „Ich wusste gar nicht, dass du heute auch hier bist.“

„Dein Vater hat mich eingeladen.“ Unbekümmert zuckt er mit den Schultern. Für ihn ist das normal, denn seit er in der

Firma arbeitet, versteht er sich wirklich gut mit meinem Vater. Manchmal kommt es mir so vor, als ob Nik der Sohn wäre, den sich meine Eltern immer gewünscht haben.

Ich spare mir jeden weiteren Kommentar dazu und unterhalte mich locker mit allen, während wir essen. „Das ist sehr lecker, Mutter“, kann ich mir ein Kompliment nicht verkneifen. Das Lachsfilet ist butterzart und die Kartoffeln mit der sahnigen Soße passen hervorragend dazu.

„Danke, Tanja.“ Ich sehe ihr an, dass sie sich freut, auch wenn sie weit davon entfernt ist, das deutlich zu zeigen. Ich unterdrücke ein Schmunzeln. Es wird langsam besser und meine Eltern bemühen sich sichtlich. Aber es ist noch ein langer Weg, bis wir richtig locker miteinander plaudern können.

Wir helfen beim Abräumen und bringen gleich den Kuchen aus der Küche mit. Auch den hat sie gebacken. Er schaut etwas seltsam aus, aber ich sage lieber nichts dazu. Vielleicht schmeckt er ja besser, als er aussieht.

„Wer möchte Espresso und wer will Kaffee?“ Fragend schaue ich in die Runde.

„Espresso, bitte.“ Natürlich, etwas anderes trinkt Mutter nicht. Vater nickt zustimmend. „Für mich bitte das Gleiche.“

„Ehrlich? Verträgst du den denn?“

„Pff, ein Tässchen am Tag wird mich ja wohl nicht umbringen.“

Da Mutter zustimmend nickt, lasse ich das Thema ruhen und wende mich meinen Schwestern zu. „Und ihr?“

Samantha und Christin tauschen einen Blick. „Lieber einen Kaffee“, kommt es im Chor.

„Für mich auch einen Espresso. Kann ich dir dabei helfen?“ Noch bevor ich antworten kann, springt Nik bereits auf und geht voraus in die Küche.

Ich folge ihm sofort. Kaum ist die Tür hinter uns zugefallen, dreht er sich zu mir um. „Tut mir leid, dass du nicht Bescheid wusstest. Ich dachte, dein Vater hätte dir gesagt, dass ich auch eingeladen bin."

„Das ist schon in Ordnung", winke ich ab und schalte die große Kaffeemaschine an. „Holst du bitte die Tassen aus dem Schrank da?" Ich zeige auf die entsprechende Tür, während ich Milch und Zucker auf einem Tablett bereitstelle.

Kurz darauf kehren wir zu den anderen zurück und verteilen die Tassen. Das Gespräch plätschert so dahin. Samantha erzählt von einem Bekannten, den sie schon seit der Schule kennt. Er versucht gerade, als Rockmusiker durchzustarten.

Die Erwähnung einer Musikkarriere versetzt mir einen Stich. Automatisch wandern meine Gedanken zu dem einen Menschen, der mir so viel bedeutet hat und mich dann einfach fallen ließ. Es hat ewig gedauert, bis ich nicht mehr jede Nacht mit seinem Namen auf meinen Lippen hochgeschreckt bin. Im Traum sah ich immer wieder diese dunklen Augen und den zärtlichen Ausdruck darin. Es war harte Arbeit, nicht mehr ständig an ihn zu denken. Manchmal war ich knapp davor, daran zu zerbrechen. Doch neben dem Schmerz war da auch unbändige Wut, die mir half, weiterzumachen.

Lara und Tim versuchten anfangs, mich davon zu überzeugen, dass es einen Grund für sein plötzliches Schweigen geben müsse. Doch die Enttäuschung und der Schmerz waren zu groß. Nach langen Debatten haben sie es jetzt endlich akzeptiert. Mir zuliebe läuft sogar niemals K-Pop, wenn ich sie besuche. Auch sonst habe ich dieser Musik abgeschworen. Zu sehr beschwört sie Erinnerungen empor, die wie eine schlecht verheilte Wunde schmerzt.

Ich werde aus diesen Gedanken gerissen, als Nik meine Hand ergreift. Er räuspert sich umständlich und wartet, bis alle am

Tisch ihm zuhören. Auch ich schaue ihn gespannt an. Was will er denn erzählen?

Und dann lässt er die Bombe platzen!

„Ich habe Tanja gebeten, meine Frau zu werden."

Sekundenlang ist es totenstill am Tisch. Ich blinzle und versuche, zu verstehen, was hier gerade passiert.

Spinnt der? Ich habe doch gar nicht ja gesagt! Werde ich auch nicht tun, denn die Gefühle für ihn reichen bei weitem nicht an die für Hugho heran. Selbst jetzt noch.

Fassungslos starre ich Nik an.

Meine Schwestern springen gleichzeitig so hastig auf, dass die Tassen bedrohlich klirren. Sie umrunden den Tisch, ziehen mich vom Stuhl und schieben mich Richtung Garten. „Wir sind gleich wieder da", ruft Ann-Christin über die Schulter.

Ich bin viel zu überrumpelt, um mich zu wehren. Erst als wir am Ende der Rasenfläche bei der großen Weide ankommen, befreie ich meinen Arm aus ihrem Griff und verschränke sie vor der Brust. „Was soll das denn!" Verärgert schaue ich zwischen ihnen hin und her.

„Das ist nicht dein Ernst, oder?" Entsetzt schaut Samantha mich an.

Ärger steigt in mir auf! „Was geht euch das eigentlich an? Habt ihr ein Problem damit?"

Samantha weicht zurück, als hätte sie einen Schlag bekommen. Sie schüttelt den Kopf und wendet sich halb ab. Ich komme nicht dazu, nachzuhaken. Ausgerechnet meine kleine Schwester, die sonst kaum mit mir spricht, packt mich am Arm und schnaubt abfällig. „Ich hätte nie gedacht, dass du so ein Feigling bist."

Was zur Hölle …?

Kapitel 29

Hugho

Unruhig rutsche ich auf meinem Platz hin und her. Es ist ungewohnt, ohne all die üblichen Sicherheitsvorkehrungen zu fliegen.

Warum wir das tun?

Die Antwort ist einfach.

Ich sitze gerade mit Suni und Haru in einem ganz normalen Jet und nicht, wie sonst, in einem Privatjet. Dank meinem Freund fliegen wir First Class. Ich hätte mir das niemals leisten können und wollte Plätze auf Premium Economy buchen. Aber Suni bestand darauf, die Tickets zu bezahlen und für ihn kam nichts anderes als First Class in Frage. Seiner Meinung nach ist das hier sein Projekt und damit liegen auch die Kosten in seiner Verantwortung. Ich habe es längst aufgegeben, mit ihm über finanzielle Angelegenheiten zu diskutieren. Er kommt aus einem reichen Elternhaus und – anders als die meisten Bandmates und ich – bräuchte er die Einnahmen aus unseren Auftritten nicht, um sein Leben zu finanzieren.

Außerdem hat er deutlich klar gemacht, dass wir nicht ohne jeglichen Schutz reisen können. Auch wenn wir praktisch *inkognito* unterwegs sind. Aus diesem Grund sitzen Haru und Sunis Aufpasser, Sora, direkt hinter uns. Das ist bei weitem nicht das Sicherheitsteam, das wir normalerweise um uns herum haben, aber auf jeden Fall besser, als nur zu zweit zu reisen.

Ich bin immer noch skeptisch, ob die beiden uns nicht an das Management verraten werden. Doch sie haben hoch und heilig versprochen, dass ihre Loyalität uns gilt. Bei Haru bin ich mir absolut sicher. Bei Sora weniger. Ihn kenne ich bei weitem nicht so gut, da er erst vor ein paar Monaten Suni zugeteilt wurde. Doch mir bleibt nichts anderes übrig, als darauf zu vertrauen

Suni hat natürlich recht. Wir können unmöglich so eine Reise völlig ohne Schutz wagen. Sollte uns unterwegs etwas passieren, würde uns KM den Kopf abreißen. Im Moment gehen alle davon aus, dass wir in Seoul sind und den freien Monat genießen, bevor es wieder ans Proben geht.

Ob das hier wirklich eine gute Idee ist?

Keine Ahnung, aber ich durfte bei der ganzen Sache nicht wirklich mitreden. Ich hätte es gleich wissen müssen, als Suni sagte, wir würden eine Lösung finden. Er hat tatsächlich all seine Energien in das Projekt *Noten des Schicksals* gelegt.

Wie er auf diesen Namen kam?

Nach dem Zusammenbruch hielt er mich im Arm. Eine gefühlte Ewigkeit saß er neben mir, strich über meinen Kopf und war einfach da. Er seufzte, weinte und wütete mit mir.

Ich bekam nur am Rande mit, dass er mich nach einiger Zeit in sein Bett zog und zudeckte. Er rutschte daneben und legte den Arm über meine Brust. *Du sollst jetzt nicht allein sein* – sagte er, bevor wir einschliefen.

Am nächsten Tag war es anfangs seltsam zwischen uns. Obwohl wir uns einander am Vorabend so nahegekommen waren, konnte ich ihm kaum in die Augen schauen. Mein Zusammenbruch war mir peinlich. Doch Suni überzeugte mich schnell vom Gegenteil, indem er unbekümmert losplapperte. Nach und nach fiel dadurch die Anspannung von mir ab. Innerhalb weniger Minuten schaffte er es, dass ich ihm jedes Detail über die Treffen mit Tanja erzählte – na ja, fast alles, denn allzu Intimes behielt ich lieber für mich. Ironischerweise setzte sich vor allem eines in seinem Kopf fest: Dass Tanja und ich zusammen über ihre Musik gesprochen hatten. Er löcherte mich so lange, bis ich schließlich die Noten und den Text aufschrieb. Dann saß er da und summte die Melodie wieder und wieder vor sich hin. Probierte die Worte aus, übersetzte und formulierte sie um, damit sie auch auf Koreanisch Sinn ergaben. Irgendwie faszinierte ihn das.

Hinter meinem Rücken wurde er aktiv. Er sprach mit Haru und die beiden steckten die Köpfe zusammen, um einen Plan auszuhecken. Ich bekam das tatsächlich nicht mit. Viel zu sehr hing ich noch in diesem tiefen Loch der Verzweiflung fest.

Erst vorgestern erzählten sie mir einen Teil ihres Plans. Haru hatte Kontakt zu Trevor aufgenommen, wie auch immer er das angestellt hat. Der Security-Mann, der damals heftig mit Tanjas Freundin geflirtet hatte, versprach, sich etwas einfallen zu lassen. Tatsächlich meldete er sich kurz darauf. Er erzählte Haru, dass *Sör-Impression* eine Woche später sein Sicherheitsteam für ein Charity-Event gebucht hätte. Und ja, nun waren wir verrückterweise auf dem Weg dorthin.

„Sag mal, wie will Trevor es eigentlich schaffen, dass wir Tickets für das Event bekommen?" Ich muss einfach mit jemanden reden, sonst drehe ich bei dem Gedankenkarussell in meinem Kopf noch durch.

Suni blickt von seinem Reader auf und schaut mich abwesend an. Ich habe ihn wohl mitten aus der Geschichte gerissen und er ist noch gar nicht richtig bei mir.

„Ich wollte wissen, wie wir bei dem Event reinkommen", wiederhole ich und versuche, geduldig zu bleiben. Schließlich kann er nichts dafür, dass ich allmählich durchdrehe und mir tausend Möglichkeiten einfallen, was alles schief gehen kann.

Mein Freund nimmt die Arme hoch, streckt sich genüsslich und stöhnt leise. Er sinkt zurück auf seinen Platz und dreht den Kopf zu mir. „Mi-ahn-hae (es tut mir leid)! Ich war mit meinen Gedanken im Buch."

Ein sanftes Lächeln umspielt seine Lippen und er sieht völlig entspannt aus.

„Deine Ruhe möchte ich haben." Grummelnd fahre ich mir durch die Haare. Bestimmt stehen sie schon wieder in alle Richtungen ab. Egal, wir sind inkognito!

Suni zuckt mit den Schultern. „Hilft eh nichts, wenn wir uns jetzt verrückt machen. Vertrau doch mal ein bisschen darauf, dass Trevor weiß, was er tut."

Als Antwort brumme ich nur unzufrieden.

Suni lacht auf, legt eine Hand auf meinen Oberschenkel und beugt sich vertraulich näher. „Jetzt entspann dich mal, Hugho. Das wird schon irgendwie klappen. Außerdem ist es doch fantastisch, mal nach Europa zu fliegen, ohne die ganze Group um uns herum!" Seine Augen blitzen schelmisch. „Vielleicht gehe ich in so ein Geschäft, wo es diese kurzen braunen Hosen gibt."

„Hä, was für Hosen?" Absichtlich stelle ich mich dumm, denn es lenkt mich ab, ihn ein wenig zu ärgern.

Er stößt seinen Ellbogen in meine Seite. „Na die, die auf diesem Oktoberfest getragen werden. Du weißt schon!"

„Willst du vielleicht auch noch so einen Hut mit dem komischen Wedel haben?" Ich kann mir das Lachen kaum noch verkneifen, bei der Vorstellung, wie er darin aussieht. Außerdem wirkt er, als wäre er kurz davor, in die Luft zu gehen.

„Byung-shin (Blödmann)!" Empört schnaubt er und runzelt verärgert die Stirn. Plötzlich kneift er die Augen zusammen und wirft mir einen prüfenden Blick zu. „Moment Mal, du verarschst mich gerade, oder?"

Ich kann mich nicht mehr zurückhalten und pruste lachend los. Suni wirft mir einen tadelnden Blick zu, doch dann kann auch er nicht anders und stimmt in mein Lachen ein.

Es tut so gut, mit ihm herumzualbern. Das entspannt und hilft mir, mit dem ganzen Stress besser umzugehen. Als wir uns beide wieder beruhigt haben, stelle ich die nächste Frage, die mich beschäftigt. „Wie kommen wir von Frankfurt nach München? Fliegen wir?"

Suni schüttelt den Kopf. „Nein, das wäre zu auffällig. Ich hatte eine viel bessere Idee."

Als er schweigt, hake ich nach. „Was für eine?"

Er grinst von einem Ohr zum anderen. „Wir fahren mit dem Zug!"

„Nicht dein Ernst!" Kopfschüttelnd betrachte ich sein begeistertes Gesicht.

„Oh doch! Das wollte ich schon immer mal machen. Wir fahren mit dem ICE direkt zum Münchner Hauptbahnhof." Er reibt sich voller Vorfreude die Hände. „Endlich sehen wir dann auch mal mehr von der Landschaft."

Ergeben zucke ich die Schultern und lasse die Hände dramatisch in meinen Schoß fallen. Manchmal ist er wie eine Sturmflut, der man einfach nicht ausweichen kann. Er überrollt einen, ob man will oder nicht.

Was soll's! Wenn es ihm Spaß macht, dann fahren wir eben mit dem Zug.

Es dauert noch ewig, bis wir endlich in München ankommen. Wir brauchen zwei Taxis, um all unser Gepäck unterzubringen. Ich nehme neben Suni Platz und Haru steigt mit Sora in den anderen Wagen. Während wir durch die nächtlichen Straßen fahren, betrachte ich die vorbeifliegenden Gebäude. Im Licht der Strahler sind einige historische Bauten zu erkennen, von denen ich schon gelesen habe. Diese Stadt ist echt vielfältig. Alt trifft auf modern und trotzdem ist alles irgendwie harmonisch.

Endlich hält der Wagen. Ich steige aus und betrachte müde die drei großen Torbögen, hinter denen das Glas der Eingangstüren in warmem Licht schimmert. Über mir höre ich ein leises Rauschen. Überrascht schaue ich hoch und sehe schemenhaft drei riesige Fahnen, die sich leicht im sanften Wind bewegen.

Es ist so still hier. Alles wirkt sehr friedlich.

„Kommst du?" Suni steht mit Haru und Sora bereits vor den Eingangstüren, die von einem uniformierten Mann aufgehalten werden. Ich reiße mich von dem Anblick los, schnappe mir meinen Koffer und folge ihnen hinein. War ich schon vom Äußeren fasziniert, bin ich es noch viel mehr, als wir die Lobby betreten. In Korea wird diese vorrangig aus viel Glas, Stahl und anderen modernen Elementen gestaltet. Hier aber komme ich mir vor, wie wenn wir in der Zeit zurückgereist wären. Fast rechne ich damit, dass sich irgendwelche Hoheiten aus den prunkvollen Sesseln erheben würden. Doch zum Glück ist die Lobby leer, bis auf die Mitarbeiter hinter der langen Theke.

Durch das edel glänzende Mahagoni sieht der Raum mehr wie eine Bar als eine Empfangshalle aus. Haru steht neben mir und starrt an die Decke. Ich folge seinem Blick und bin sofort ebenso fasziniert. Wo zuhause hochmoderne Lampen hängen würden, beherrschen hier unzählige, zu einem riesigen Rondell zusammengefasste, sonnenfarbene Lichterplatten den gesamten Raum. Ihr Schein wird von den vielen Spiegeln an den Wänden zurückgeworfen und verleiht dem ganzen Saal ein harmonisches Ambiente.

Während wir diesen seltsamen Raum auf uns wirken lassen, klärt Suni bereits alles an der Rezeption. Er kommt auf uns zu und schwenkt zwei Schlüssel an seinem Finger.

„Lasst das Gepäck stehen. Das wird uns aufs Zimmer geliefert.“ Ein breites Lachen beherrscht sein Gesicht und begeistert weist er mit der Hand auf den Prunk um uns herum. „Ist das nicht absolut umwerfend?“

Ich kann seine Begeisterung nicht ganz teilen, aber gut. Um ihm die Freude nicht zu verderben, nicke ich einfach und laufe hinter den anderen her zum Aufzug. Ich sehe mich um. Alles ist auf faszinierend altmodische Art sehr edel eingerichtet. Kristalllüster wechseln sich mit barocken Spiegeln ab. Überall glitzert und funkelt es. Ich weiß gar nicht, wo ich zuerst hinschauen soll.

Ein Page begleitet uns nach oben. Suni lässt es sich nicht nehmen und schließt selbst die Tür zu unserem Zimmer auf. „Hugho, du schläft mit mir hier. Leider hatten sie nur noch diese Junior Suite frei. Haru und Sora, ihr geht mit dem Pagen mit. Er zeigt euch eure Zimmer.“

Sora zieht die Stirn in Falten und will protestieren. Doch Suni winkt barsch ab. „Nein, keine Widerrede. Wir machen das so.“

Im Gesicht des Pagen zuckt es amüsiert, als er sich umdreht und den Gang entlangläuft. Haru folgt ihm und zieht den widerstrebenden Sora mit sich. Wir betreten die Suite und ich pfeife erstaunt. Hier ist alles so anders. Wir haben zwar schon in einem Münchner Hotel während des Konzertes übernachtet, aber das war ein moderner Bau. Ich komme aus dem Staunen nicht heraus.

„Suni?“ Ich drehe mich um und beobachte meinen Freund, der langsam durch den Raum schlendert und andächtig die Hand über den Stoff der Sitzgruppe gleiten lässt. „Warum hast du ausgerechnet dieses Hotel ausgesucht?“

Suni zögert einen Moment und strafft sich unmerklich. Er dreht sich um und verzieht das Gesicht. „Gefällt es dir nicht?“

Er weicht meiner Frage aus. Doch das werde ich nicht zulassen. „Suni, komm schon. Warum?“

Er seufzt und lässt sich auf den roten Zweisitzer fallen. „Lach mich bitte nicht aus, ja?“

Er hält den Kopf gesenkt und spielt mit dem Saum seines Shirts. So kenne ich ihn gar nicht.

Verwirrt setze ich mich neben ihn und schaue ihn von der Seite an. „Ich verspreche es.“

Egal, was kommt, ich werde ihm zuhören. Er hat so viel für mich getan, da ist es das Mindeste, dass ich dieses Mal für ihn da bin.

Er atmet tief ein und pustet laut aus. „Pfff. Also gut. Ich … lese da gerade ein Buch.“

„Ein Buch?“ Ich habe keine Ahnung, worauf er hinauswill und was das mit diesem Zimmer zu tun hat.

„Hast du gewusst, dass es hier früher Könige und Prinzessinnen gegeben hat?“

Ich schüttle den Kopf und weiß immer noch nicht, was er mir damit sagen will.

„Mein Buch handelt von Sissi, der Kaiserin von Österreich-Ungarn. Wusstest du, dass sie hier in München und am Starnberger See aufgewachsen ist?“

Langsam schleicht sich eine Erinnerung in meinen Verstand. Von dieser Kaiserin habe ich mal irgendwo gelesen, aber das ist lange her. Also schüttle ich nur den Kopf und warte ab.

Er seufzt leise. „Die Geschichte über ihr Leben ist so märchenhaft und romantisch. Und gleichzeitig auch wahnsinnig traurig. Die Liebe zwischen ihr und Franz ist unheimlich berührend. Dieses Hotel hier wirkt wie aus ihrer Zeit. Deshalb habe ich es ausgewählt.“

Mit hochgezogenen Augenbrauen mustere ich Sunis Gesicht. Vor Aufregung hat er rote Wangen und geht völlig in der Erzählung auf. Mein bester Freund ist ein Romantiker!

Ich greife nach seiner Hand und ziehe ihn vom Sofa hoch. „Na komm, du Sissi-Prinz. Zeit, ins Bett zu gehen, sonst schlafe ich hier noch ein. Mal schauen, wie man auf diesen adeligen Matratzen schläft."

Ich grinse ihn an und er lächelt erleichtert zurück. „Danke, dass du nicht lachst. Warte nur, bis du morgen das Restaurant und das Nymphenburg Zimmer siehst. Du wirst staunen!"

„Okay, okay!" Lachend hebe ich die Hände. „Wir werden es uns ansehen. Aber zuerst brauche ich Schlaf und vorher noch eine Dusche. Also komm endlich!"

Schnaubend folgt er mir ins angrenzende Schlafzimmer. Nacheinander benutzen wir das Bad, ziehen uns aus und schlüpfen nebeneinander in das riesige Bett. Erleichtert summe ich, als sich endlich mein Körper unter der weichen Decke entspannt.

„Suni?"

„Ja?"

„Hast du schon etwas von Trevor gehört?"

Leises Lachen dringt zu mir rüber. „Lass dich einfach überraschen."

Seufzend drehe ich mich auf die Seite. Wenn er nichts verraten will, ist jegliches Nachfragen sinnlos. Dann muss ich mich eben gedulden, auch wenn es mir schwerfällt.

„Gute Nacht, Hugho."

„Schlaf gut", antworte ich und gähne laut. Ich bin schon fast eingeschlafen, als er leise in den Raum flüstert: „Banause!"

Lächelnd gleite ich hinüber ins Traumland, wo mich eine glücklich strahlende Tanja mit weit ausgebreiteten Armen empfängt.

Kapitel 30

Tanja

Abwesend betrachte ich mich im Spiegel. Die junge Frau, die mir daraus entgegenblickt, bin irgendwie nicht ich. Alles fühlt sich falsch an. Angefangen bei dem nudefarbenen Abendkleid im Black Tie Stil mit den langen Schlitzen an den Seiten, über die hellen Riemensandaletten mit dem Knöchelverschluss bis hin zu den Haaren, die vom Friseur in einen aufwendigen Knoten hochgesteckt wurden.

Der Schmuck an meinem Hals ist schlicht und strahlt doch eine verhaltene Eleganz aus. Ich selbst wollte ein einfaches, altgedientes Schwarzes anziehen, aber Mutter bestand darauf, dass ich zu dem heutigen Anlass etwas Neues trage. Um Streit zu vermeiden, habe ich irgendwann nachgegeben. Das Ergebnis dazu sehe ich gerade vor mir.

Seit dem verflixten Familienessen stehe ich total neben mir. An diesem Tag ist alles schiefgelaufen, was nur schief gehen kann. Erst hat mich Nik mit seiner angeblichen Verlobung völlig überrumpelt und dann das Gespräch mit meinen Schwestern. Noch immer bin ich hin- und hergerissen, ob ich eher wütend oder fassungslos sein soll, über ihre Einmischung.

Ich weiß, dass ich mich auch nicht gerade erwachsen verhalten habe. Aber, wer hätte das in der Situation schon geschafft? Ich jedenfalls nicht. Vor lauter Wut und Frust bin ich zurück ins

Haus gestürmt, habe meine Sachen geschnappt und mich mit einem fadenscheinigen Grund schnell verabschiedet.

Natürlich waren alle vor den Kopf gestoßen, besonders meine Eltern. Doch ich habe ihnen tags darauf sehr deutlich gemacht, dass ich nicht darüber reden will. Auch Nik habe ich abgewiesen und mich die ganze Woche vor ihm zurückgezogen. Er fehlt mir – als Freund. Doch ich fühle mich von ihm durch sein unbedachtes Vorpreschen auch verraten. So einfach kann ich ihm das nicht verzeihen. Ich atme tief ein und straffe entschlossen die Schultern. Egal! Ich muss all diese Gedanken jetzt zur Seite schieben. Der Abend ist wichtig. Für *Sör-Impression*, aber noch viel mehr für die Menschen, denen der Erlös zugute kommt. Das *Ambulante Kinderhospiz München* liegt meiner Mutter sehr am Herzen. Ich habe sie schon einige Male dorthin begleitet und mittlerweile ist mir diese Stiftung selbst unheimlich wichtig. Ich werde alles dafür tun, damit der Abend ein Erfolg wird.

Es klopft an der Tür. „Tanja, bist du fertig? Wir wollen in fünf Minuten losfahren."

„Ja Mutter, ich bin gleich da." Noch einmal atme ich tief ein und nicke mir selbst im Spiegel zu. Los geht's!

Wenig später sitze ich neben ihnen auf der Rückbank der silbernen Limousine, die uns zum Veranstaltungsort bringt. Der Einfluss meiner Eltern und ihrer Geschäftsfreunde ist groß. Deshalb war es kein Problem, den heiß begehrten Ballsaal im berühmten Hotel *Vier Jahreszeiten Kempinski* für das Charity Event zu buchen.

Die Lichter der Stadt huschen nur so an mir vorbei, während ich aus dem Fenster starre. Meine Eltern unterhalten sich leise. Ich höre nicht zu. Obwohl ich das überhaupt nicht will, blitzen Erinnerungen an ein schmales Gesicht mit dunklen Haaren in meinem Kopf auf.

Lass das! Denk lieber an das Event und wie du die Leute dazu bringen kannst, möglichst viel zu spenden.

Ich streiche mir mit der Hand über das Gesicht und blinzle. Wir passieren das Maximilianeum und überqueren die beiden Isarbrücken. Im Schein der untergehenden Sonne tanzen glitzernde Funken wie Irrlichter über den Fluss.

Weiter geht es in die Maximilianstraße. Die Rushhour ist vorüber, doch trotzdem herrscht immer noch reger Verkehr. Die Limousine wird langsamer und hält vor dem Bankett Eingang des hochaufragenden Hotels.

Der Fahrer steigt aus und öffnet die Hintertür. Nacheinander reicht er uns die Hand und hilft beim Aussteigen. Dankbar lächle ich ihn an. Mit meinem langen Kleid und den hohen Schuhen ist es nicht so einfach, den Wagen einigermaßen elegant zu verlassen.

Vater nickt ihm nur knapp zu, bietet Mutter und mir je einen Arm und gemeinsam gehen wir auf den Eingang zu. Zwei Portiers verbeugen sich und halten die Türen für uns auf.

Ich pflastere mir ein professionelles Lächeln ins Gesicht und straffe die Schultern. *Showtime!* Überall stehen und laufen Menschen in eleganter Abendkleidung herum. Die meisten sind Gäste zu unserem Event und wir müssen auf dem Weg zum Ballsaal immer wieder anhalten, um jemanden zu begrüßen.

Die Herren tragen überwiegend Smoking mit Fliege und an den eleganten Roben der Damen funkeln Diamanten mit den Lüstern um die Wette. Jetzt bin ich doch froh, nicht nur das kleine Schwarze zu tragen.

Endlich erreichen wir den Eingang zum Saal. An der Tür steht die bestellte Security. Natürlich brauchen wir uns nicht auszuweisen. Jeder, der heute Abend hier arbeitet, weiß, wer wir sind.

Abrupt halte ich an. Das Gesicht kenne ich doch!

Ich ziehe meine Hand aus Vaters Armbeuge und mache einen Schritt in seine Richtung „Trevor!"

Er steht etwas verdeckt an der Seite und unterhält sich mit einem Kollegen. Auf meinen Ruf hin hebt er den Kopf und sieht zu mir. Erkennung spiegelt sich in seinem Gesicht und freudig lächelnd kommt er auf mich zu. „Tanja, wie schön, dich zu sehen." Da er zögert, umarme ich ihn spontan.

„Wie geht es dir? Was für ein Zufall, dass wir uns hier über den Weg laufen."

„What's up? Und du?" Er nimmt meine Hände, tritt einen Schritt zurück und lässt seinen Blick anerkennend an mir herunter gleiten. „Amazing! Du siehst fantastisch aus. Ganz anders als bei unserem letzten Treffen. So erwachsen und elegant."

Belustigt lache ich auf und schüttle den Kopf. „Du Schmeichler. Aber danke, ich nehme das mal als Kompliment. Ich freue mich echt, dich zu sehen. Wie kommt es, dass du heute hier bist?"

„My job! Meine Firma hat den Auftrag bekommen und ich gehöre zum Sicherheitsteam."

Ich will ihn noch so viel fragen, doch Vater unterbricht uns. Er greift nach meinem Arm. „Tanja, komm endlich!"

Ich werfe Trevor einen entschuldigenden Blick zu und lasse mich mitziehen. Hoffentlich ergibt sich später eine Gelegenheit, mit ihm zu plaudern. Ich mag ihn. Er ist ein netter Kerl. Außerdem glaube ich, dass Lara noch nicht über ihn hinweg ist. Mal schauen, ob ich da nicht was ausrichten kann.

Die Stuhlreihen im Saal wurden entfernt und durch Round Tables ersetzt. Auf den weißen Tischdecken blitzen kunstvoll geschliffene Kristallgläser und silbernes Besteck um die Wette. Alles sieht sehr schick und edel aus.

Ein Kellner eilt herbei und bietet uns einen Aperitif an. Wir stoßen kurz an und verteilen uns dann unter den Gästen. Auch wenn ich es nicht gerade liebe, so beherrsche ich, durch meine Erziehung, die Kunst von Smalltalk und bewege mich dabei sicher durch die Menge. Immer mehr Gäste treffen ein und der Saal füllt sich.

Ganz vorne hat die Eventagentur eine Tanzfläche frei gelassen. Farbenprächtige Blumenarrangements rahmen sie ein und teilen den Saal in kleinere Gruppen auf. Lachen und laute Stimmen schwirren durch die Luft, alle haben gute Laune und freuen sich auf den Abend.

Die Stimmung reißt mich mit und ich bin mir jetzt schon sicher, dass sich der Abend lohnen wird. Suchend schaue ich mich um. Wo ist die Haupttafel?

Kurz bilde ich mir ein, Hughos Gesicht in der Masse zu sehen. Doch das ist natürlich Einbildung. Wieso sollte er hier sein? Er hat mehr als deutlich gemacht, dass er nichts mehr mit mir zu tun haben will.

Ich schüttle den Kopf und schiebe alle Gedanken an ihn energisch zur Seite. Es geht hier um Wichtigeres als meine Träume!

Mit hoch erhobenem Kopf schreite ich durch die Tische nach vorn zur Haupttafel. Einige langjährige Geschäftspartner unserer Firma haben dort mit ihren Frauen bereits Platz genommen, zusammen mit Nik. Er springt auf, begrüßt mich mit einem Kuss auf beide Wangen und zieht zuvorkommend einen Stuhl heraus. Ich nicke ihm zu, setze mich und begrüße nacheinander die Gäste am Tisch. Nik setzt sich ebenfalls wieder und nimmt erneut das Gespräch mit Papas wichtigstem Geschäftsfreund auf. Unauffällig atme ich tief durch. Der erste Teil ist geschafft!

Vater hält eine kurze Begrüßungsrede und wünscht allen einen schönen Abend. Die nächsten zwei Stunden vergehen mit belanglosen Tischgesprächen, während nacheinander die verschiedenen Gänge des Menüs aufgetragen werden. Nur das

Beste vom Besten wird serviert. Innerlich verdrehe ich die Augen und wünschte, ich könnte einfach eine saftige Pizza oder einen Burger essen.

Heute Abend ist alles da, was Rang und Namen hat. Die etwas mehr als 200 Gäste sind sorgfältig ausgewählt worden. Die meisten von ihnen kommen jedes Jahr zu unserem Charity Event. Vater ist voll in seinem Element. Er unterhält den ganzen Tisch mit Anekdoten, die mit witzigen Pointen gespickt sind. Er bringt unsere Gäste zum Lachen und ich hoffe sehr, dass das anhält und sie später in Spenderlaune sind.

Tatsächlich erhalten wir großzügige Schecks und die Gesamtsumme, die meine Mutter immer wieder bekannt gibt, steigt in schwindelerregende Höhen. Ich kann kaum noch stillsitzen, so sehr freue ich mich.

Bevor die Tanzrunde eröffnet wird, gehe ich lieber noch schnell auf die Toilette. Ich entschuldige mich, stehe auf und laufe am Rand des Saales in Richtung Ausgang. Dabei halte ich Ausschau nach Trevor, doch leider ist der hochgewachsene Amerikaner nirgends zu entdecken.

Kurz vor den Türen zur Toilette stoße ich beinahe mit jemandem zusammen. Ich murmle eine Entschuldigung und will gerade ausweichen, als eine Stimme erklingt, mit der ich hier niemals gerechnet hätte.

„Hallo, Jagi!"

Ich erstarre mitten in der Bewegung. Ein Schauer läuft über meinen Rücken und ich schnappe nach Luft.

Nein! Nein! Nein! Das kann einfach nicht wahr sein!

Oder etwa doch?

Kapitel 31

Hugho

Ich habe ganz vergessen, dass sie so viel kleiner ist als ich, weil ihre pure Anwesenheit schon so eine große Wirkung auf mich hat. Es ist, als wären wir in der Zeit zurückgereist. Wann immer sie in meiner Nähe ist, ist sie alles, was ich sehen und woran ich denken kann. Jetzt, wo sie so nah vor mir steht, würde ich am liebsten mit der Hand über ihre zarte Haut streichen, ihren herrlichen Körper an mich ziehen und einfach ihre Nähe fühlen. Dem Bedürfnis, sie zu lieben und zu beschützen, kann ich in diesem Moment kaum widerstehen.

Also – gebe ich nach. Schließlich sind wir hier eh ganz allein.

Ja, ich weiß, dass das nicht der richtige Augenblick ist, doch ich kann nicht anders, beuge mir vor und streife ihre vollen Lippen sanft mit meinen. Einen süßen Moment lang erwidert sie den Druck und schmiegt sich an mich. Feurige Blitze jagen über meine Haut und alles in mir vibriert vor Glück.

Doch dann spüre ich genau den Moment, wo ihr klar wird, was sie da tut. Ihr Körper versteift sich in meinen Armen, die ich automatisch um sie geschlungen habe. Sie dreht den Kopf weg und senkt das Kinn.

„Lass mich los“, wispert sie. „Bitte, Hugho!“

Es fällt mir unheimlich schwer, doch ich tue, was sie verlangt. Das bin ich ihr schuldig. Trotzdem protestiert jede einzelne Zelle in mir, als ich sie loslasse und einen Schritt zurücktrete. In ihrem Gesicht arbeitet es.

Sie dreht den Kopf zu mir und sieht mich kurz mit all der Liebe und Sehnsucht an, die auch ich verspüre.

Doch dann schiebt sich eine Maske darüber. Der gefühlvolle Blick weicht einer Mischung aus Abwehr und Groll. „Was willst du hier, Hugho?"

„Dich sehen, mit dir sprechen. Du hast mir so sehr gefehlt."

Ihr spöttisches Lachen bohrt sich wie ein Pfeil in mein Herz. „Ach ja? Davon habe ich nichts gemerkt. Du bist doch derjenige, der plötzlich nicht mehr erreichbar war." Sie tritt ganz nah zu mir und pikst mit dem Finger in meine Brust. Ihre Augen brodeln vor unterdrückter Wut. „Du bist ein Schwindler, Hugho. Ein zugegebenermaßen attraktiver, aber absolut gewissenloser Lügner! Hast du deinen Bandmates erzählt, wie du das naive, kleine Dummchen rumgekriegt hast? Ja? Haben sie mit dir gelacht und dich gefeiert? Wie oft macht ihr das? Ist das normal, wenn man so ein Star ist?" Das Wort *Star* spuckt sie mir regelrecht entgegen.

Ich schlucke schwer und trete einen weiteren Schritt zurück. Ihre Wut, ihren Zorn, all das habe ich verdient. Doch Spott?

Das tut weh! Ich bin so schockiert, in meinem Kopf finden sich keine Worte mehr. Hilflos sehe ich zu, wie sie sich umdreht und weggeht. Nach zwei Schritten bleibt sie stehen und ein Funke Hoffnung lodert in mir auf.

„Geh. Flieg nach Hause, Hugho, und komm nie wieder her." Sie legt die Hand auf die Türklinke zum Waschraum und verschwindet darin.

Wie erstarrt stehe ich da und schaue auf die Tür. „Jagi", flüstere ich. Dann geben meine Beine nach. Ich sinke gegen die Wand und rutsche langsam daran herunter. Die Blicke der Menschen, die kurz darauf an mir vorbeigehen, sind mir völlig egal. Sollen sie mich doch sehen! Oder erkennen!

Es ist egal! Alles ist egal!

Ich lehne den Kopf nach hinten und schließe die Augen. Leer, alles in mir ist leer und kalt! So, als wären sämtliche Gefühle bei ihren letzten Worten in mir gestorben.

Wie durch Watte höre ich, wie jemand meinen Namen ruft. Ich bemerke das Aufblitzen von Licht hinter den geschlossenen Lidern, doch ich kann meine Augen nicht öffnen. Ich will die Realität nicht sehen. Vielleicht ist das alles nur ein böser Traum?

Ich bekomme kaum mit, wie Arme mich hochzerren und schütteln. Leise stöhnend öffne ich die Augen und schaue auf meine Füße hinab, die mühsam einen Schritt nach dem anderen vorwärtsgehen. Ich hebe den Kopf und sehe wie durch einen Nebel Suni und Haru, die mich untergehakt haben und in Richtung Aufzug drängen. Um uns herum stehen eine Menge Menschen. Sie tuscheln und richten ihre Handykameras auf mich. Sora schirmt uns, so gut es geht, mit seinem Körper ab.

Ich senke das Kinn auf die Brust und blende alles rundherum aus. Endlich sind wir im Aufzug und ich höre das leise Surren, als sich die Türen schließen und das Stimmgewirr verstummt.

„Bist du eigentlich völlig verrückt geworden?", herrscht mich Suni an.

Verwirrt blinzle ich ihn an. Was hat er denn? Nicht sein Leben ist gerade den Bach hinuntergegangen, sondern meins!

„Hugho!" Er kommt so nah heran, dass sich unsere Nasen beinahe berühren. „Diese Leute da draußen, hast du überhaupt eine Ahnung, was da passiert ist?"

Sein ausgestreckter Arm zeigt in Richtung Aufzugtüren, doch er selbst erhebt sich auf die Zehenspitzen und ist somit auf Augenhöhe.

„Aus! Es ist aus!“ Ich hauche die Worte mehr, als dass ich sie spreche.

Sunis Pupillen weiten sich. Er lässt sich kopfschüttelnd auf die Fersen zurücksinken und lehnt sich neben mir gegen die Aufzugswand. Im gegenüberliegenden Spiegel sehe ich, wie er mich anstarrt. Haru steht wortlos mit Sora auf meiner anderen Seite.

Ich sehe, wie Sunis Lippen sich bewegen. Seine Worte kommen erst etwas später wirklich bei mir an. „Tja, da hast du wohl recht. Wenn KM sieht, was hier los ist, dann ist es womöglich tatsächlich für uns aus.“

Schweigend fahren wir mit dem Aufzug hoch. Die Schwere von Sunis Worten liegt drückend in der Luft. Trotzdem kann ich nur an eines denken: Tanja! Jagi!

Ich hatte sie zurück und hab sie wieder verloren. Sie fehlt mir, sie fehlt mir so sehr! Wie sagte mal ein weiser Mann? Erst wenn man etwas verloren hat, wird einem klar, wie sehr man es braucht. Nie hätte ich erwartet, dass das eines Tages auf mich zutrifft.

Ich habe alles kaputtgemacht …

Kapitel 32

Tanja

Den restlichen Abend bringe ich wie in einem Traum hinter mich. Wohl eher ein Alptraum!

Ihn ausgerechnet hier und heute zu treffen – das hat mich total aus der Bahn geworfen. Und dann dieser Kuss! So voller Zärtlichkeit, voller Sehnsucht und Liebe.

Wie kann er das alles spielen? Hat er überhaupt kein Herz?

Doch da ist auch etwas tief in mir, das nicht daran glaubt. Kann man so viel Gefühl nur vortäuschen? Kann er das?

Ich falle auf mein Bett und starre an die Decke. Die Gedanken überschlagen sich in meinem Kopf.

Hätte ich mit ihm reden sollen? War ich zu feige dazu? Bin ich ein Feigling, nur weil ich nicht nochmal fühlen will, wie mein Herz in tausend Splitter zerspringt? Die Worte meiner Schwester klingen mir in den Ohren. Ich bin todmüde und doch will ich nicht schlafen. Nur allzu vertraute Bilder würden sich wieder in meinen Traum schleichen und ich weiß nicht, ob ich heute stark genug bin, um sie zu ertragen.

Es klopft und nach meinem „*Herein*“ betritt Vater das Zimmer. Er trägt noch seinen Smoking. Die Fliege hat er gelockert und sie hängt nur sporadisch um seinen Hals.

Er kommt näher und deutet auf den Bettrand. „Darf ich?“ Auf mein Nicken hin setzt er sich neben mich und dreht sich zu mir.

Sein Blick verhakt sich mit meinem und erstaunt halte ich kurz die Luft an. Sorge, Bedauern und ein Hauch Unsicherheit liegen darin.

Ich kenne Vater nur als starken, selbstbewussten und autoritären Menschen. So, wie jetzt, habe ich ihn noch nie gesehen.

Besorgt setze ich mich auf und lege eine Hand auf seine. Er dreht sie, so dass er meine mit seiner umfassen kann. „Was ist los?"

„Das … will ich dich fragen?" Aufmerksam mustert er mein Gesicht, als ob er etwas sucht.

„Ich weiß nicht, was du meinst." Unser Verhältnis ist zwar besser geworden, aber über so persönliche Belange zu sprechen ist doch etwas anderes. Ich senke den Blick und zupfe an der Bettdecke herum.

„Tanja, schau mich bitte an." Vater greift nach meiner zweiten Hand und streicht beruhigend mit dem Daumen darüber. „Mir ist klar, dass ich nicht gerade ein Aushängeschild als Vater bin. Aber ich habe dir versprochen, dass ich es besser machen will."

Er stockt kurz und ich merke, wie schwer es ihm, dem sonst so gewandten Redner fällt, die richtigen Worte zu finden.

„Ich habe dich die letzten Wochen beobachtet. Du arbeitest hart, bist immer für alle Angestellten da und engagierst dich sehr für die Firma. Und du versuchst, deinen Schwestern wieder näher zu kommen."

Ich will etwas einwerfen, doch er schüttelt abwehrend den Kopf. „Nein! Sag bitte nichts. Mir ist klar, dass wir auch daran die Schuld tragen. Wir wollten alles perfekt machen. Stattdessen haben wir Druck aufgebaut und … meine Güte! Als Eltern haben wir es wohl ziemlich versaut." Seine Schultern sinken nach unten und er wirkt auf einmal gar nicht mehr so stark und souverän. Eher wie ein Mensch, der erkennt, dass er sich auf der Suche nach dem besten Weg gewaltig verlaufen hat.

„Papa?“ Schon lange habe ich ihn nicht mehr so genannt. Augenblicklich reißt er den Kopf hoch und starrt mich an. „Menschen machen Fehler, Chefs oft noch mehr als andere, denn sie müssen für viele Menschen die richtigen Entscheidungen fällen. Ja, es war nicht immer alles so toll. Aber es hätte uns auch schlechter treffen können, oder?“ Ich will ihm unbedingt etwas von der Last abnehmen und versuche, die traurige Stimmung zu kippen.

Zum Glück versteht er. Er lässt meine Hand los und greift sich ans Herz. „Autsch! Ganz schön hart, aber ehrlich!“ Er wirft mir ein schiefes Lächeln zu. „Das warst du schon immer.“

Sein Blick wird wieder ernst. „Und jetzt, bitte, gib mir die Chance, ein Mal ein guter Vater für dich zu sein. Du wirkst traurig, isst kaum etwas und weichst uns allen aus. Sag mir, was mit dir los ist.“ Er drückt meine Hand ganz fest und lässt sie wieder los. „Bitte Tanja! Rede mit mir!“ Kamen seine ersten Worte eher traurig, so klingen sie nun regelrecht verzweifelt.

Hinter meinen Augen spüre ich ein Brennen. Verbissen kämpfe ich dagegen an. Jetzt auch noch er. Das ist alles zu viel! Ich kann nicht mehr!

Ich presse die Hand auf den Mund und lasse los. Raue Schluchzer drängen sich aus meiner Kehle. Dann bricht auch noch der letzte Schutzwall und ein Sturzbach an Tränen überflutet mein Gesicht.

Alles kommt gleichzeitig hoch. Der Verlust, die Zurückweisung, der Schmerz tief in mir und dann, das unerwartete Wiedersehen!

Längst hat Papa mich an sich gezogen und die Arme um mich geschlungen. Sacht wiegt er uns hin und her, flüstert tröstende Worte und streicht beruhigend über meinen Kopf. „Lasse es raus, meine Kleine. Ich bin da. Halt dich an mir fest."

Ich schluchze, schniefe und bekomme kaum noch Luft. In meinem Inneren wütet ein Gefühlssturm, den ich im Moment nicht mehr kontrollieren kann. Es dauert lange, bis ich mich endlich beruhige. Als die Schluchzer in einen leichten Schluckauf übergehen und der Tränenstrom versiegt, drückt mir Papa ein Taschentuch in die Hand. Dankbar nehme ich es, reibe mir damit über das Gesicht und schnäuze kräftig hinein.

Er nimmt es mir ab und wirft es achtlos auf den Nachttisch. „Besser?"

Ich nicke und rücke mich in seinen Armen zurecht. Gerade fühle ich mich wie das kleine Mädchen, das dringend den Trost seines Papas braucht. Zum Glück lässt er nicht los und bietet mir die Stütze, die ich jetzt brauche.

Er gibt mir Zeit, mich zu fangen und wartet wortlos ab. Langsam beruhigen sich auch die restlichen Ausläufer des Gefühlsturms in mir. Ich fühle mich leer, ausgebrannt und müde. Geborgen in seinen Armen beginne ich erst stockend und schließlich immer flüssiger von den letzten Wochen zu erzählen.

Ich rede und rede und rede … und er hört zu.

Völlig erschöpft liege ich am Schluss in seinen Armen. Seit meinen letzten Worten hat er nichts gesagt, doch ich merke, wie sich die Räder in seinem Kopf eifrig drehen.

Schließlich halte ich es nicht mehr aus. „Papa? Was soll ich denn nun tun?"

„Willst du meine ehrliche Meinung hören, Tanja?"

Ich nicke und sehe abwartend zu ihm auf. Er erwidert den Blick und seufzt leise.

„Also gut. Ehrlicherweise bin ich etwas überrascht. Ich dachte wirklich, Nik wäre der richtige Mann für dich. Aber da habe ich mich wohl getäuscht. Das Leben geht eben seine eigenen Wege."

„Wie meinst du das?" Ich verstehe nicht, worauf er hinauswill.

„Dein Herz hat bereits gewählt, Tanja." Er tippt mit dem Finger auf die Stelle, wo sich das verräterische Organ befindet. „Es weiß genau, was es will. Und dem jungen Mann scheint es ähnlich zu ergehen."

„Aber ER hat sich doch einfach nicht mehr gemeldet!" Der Stachel in mir sitzt noch tief.

„Tanja, du weißt bisher nicht, warum er das getan hat. Du musst ihm eine Gelegenheit geben, das zu erklären. Sonst wird dir das nie Ruhe lassen. Rede mit ihm und dann – dann höre auf dein Herz."

Unsicher rutsche ich etwas zurück und lege mich hin. „Meinst du wirklich?" Zweifel und ein Hauch von Angst schwingen in meiner Stimme mit. Ich kann es selbst hören.

„Ja, das meine ich. Du bist mutig. Stärker als du denkst. Kämpfe um das, was dir wichtig ist und triff anschließend deine Entscheidung. Geh zu ihm, klärt das und wenn ihr meine Hilfe braucht, dann melde dich. Ich werde alles tun, was in meiner Macht steht, um dir zu helfen."

Seine Worte beruhigen mich, streichen sanft die letzte Unsicherheit in mir fort. Müdigkeit bricht gnadenlos über mich herein. Meine Lider sind tonnenschwer. Ich spüre noch, wie eine weiche Decke über mich gelegt wird und gleite mit einem letzten Gedanken hinüber in den Schlaf:

Morgen! Morgen werde ich mit Hugho reden!

Kapitel 33

Hugho

Ich starre in den Spiegel vor mir und erkenne kaum den Mann, der mir daraus entgegenblickt. Ein bleiches Gesicht mit dunklen Rändern um trüb blickende Augen – was ist von meinem einstigen ICH noch übrig? Wo ist der schillernde Leader, der inmitten seiner Bandmates am K-Pop-Himmel strahlt?

Hätte mir jemand früher gesagt, wie sehr Liebe schmerzen kann, ich hätte alles dafür getan, ihr aus dem Weg zu gehen. Nein! Das stimmt nicht! Denn dann hätte ich Tanja nie kennengelernt. Der Gedanke an sie schmerzt. Ich schließe die Augen, atme tief ein und versuche, das Ziehen in meiner Brust wegzudrücken. Das gelingt leider nur bedingt.

Sunis Gesicht erscheint hinter mir im Spiegel. Auch er sieht blass und müde aus. Sorgenvoll mustert er mich und legt eine Hand auf meine Schulter. „Geh duschen, Hugho. Vielleicht hilft es dir, etwas zu entspannen. Danach reden wir."

Ich nicke, denn im Moment kostet jeder Widerstand zu viel meiner mageren Energie. Mühsam zerre ich mit schweren Gliedern meine Kleidung ab und trete unter den warmen Strahl der Dusche. Ich hebe das Gesicht, schließe die Augen und lasse das Wasser auf mich herabprasseln. Wäre es nicht super, wenn es auf dem Weg über meinen Körper all das, was mich belastet, abspülen und im Ausfluss davontragen könnte?

Es dauert lange, bis ich endlich die Kraft finde, mich einzuseifen und abzuduschen. Ich trete gerade aus der Dusche, als Suni ohne anzuklopfen hereinstürmt und die Tür laut hinter ihm ins Schloss fällt.

„Hugho …“, fängt er an, doch ich unterbreche ihn verärgert. „Was soll das? Kann ich nicht mal hier meine Ruhe haben?“

Er tritt nah an mich heran und stemmt die Hände in die Hüften. „Du Blödmann, krieg dich gefälligst ein! Hör lieber zu!“ Er weist mit der Hand in Richtung Tür. „Weißt du, wer da gerade gekommen ist?“

Verständnislos sehe ich ihn an und zucke die Schultern. „Woher soll ich das denn wissen? Ist mir auch völlig egal!“, blaffe ich zurück.

Suni kneift die Augen zu Schlitzen zusammen. Sein Blick ist wütend, von einer Spur Schmerz durchzogen. „Ich verzeihe dir deinen Ton. Dieses Mal! Weil ich weiß, dass es dir beschissen geht. Aber nochmal wirst du nicht so mit mir sprechen, ist das klar?“

Ich trete einen kleinen Schritt zurück, denn einem wütenden Suni geht man lieber aus dem Weg. Abwartend verschränke ich die Arme vor der Brust und starre ihn an. Ich werde kein Wort sagen, soll er doch anfangen.

Frustriert seufzend fährt sich Suni durch die Haare. „Du bist manchmal so …! Argh!“ Er schüttelt den Kopf und atmet tief durch. „Okay, gut. Ich wollte dir nur sagen, dass Tanja gerade gekommen ist und drüben im Wohnzimmer wartet. Ich verschwinde jetzt zu Haru und Sora. Wir müssen einen Schlachtplan entwerfen, wenn KM durch die Medien erfährt, dass wir hier sind.“

Meine Arme fallen herunter. Fassungslos schaue ich Suni an. Hat er wirklich gerade gesagt, dass Tanja, meine Jagi, hier ist? In unserer Suite?

Suni scheint meine Gedanken zu lesen. Er nickt und ein schiefes Grinsen erscheint auf seinem makellosen Gesicht. „Vermassele es nicht, mein Freund!“ Ein letzter Blick und er ist verschwunden.

Ich starre die verschlossene Tür an und in meinem Kopf kommt langsam an, was er gesagt hat. Tanja ist hier! Endlich fließt die vertraute Energie zurück in meine Glieder. Innerhalb von Sekunden habe ich mich abgetrocknet, angekleidet und vor dem Spiegel hergerichtet. So gut es geht zumindest. All die Spuren der letzten Stunden lassen sich nicht so einfach entfernen.

Vor der Tür bleibe ich kurz stehen und schließe die Augen. Mein Atem ist hektisch und mein Puls rast. Ich muss mich beruhigen. Wie ich es gelernt habe, atme ich mehrmals tief ein und aus. Heftig Ausatmen hilft mir, den Stress in mir abzubauen. Der Druck wird weniger und mein Herz schlägt wieder im normalen Rhythmus. Egal, was jetzt kommt, Hugho. Du wirst lernen, damit zu leben.

Mit einem letzten, tiefen Atemzug drücke ich die Klinke herunter und betrete das Wohnzimmer. Suchend schaue ich zur Sitzgruppe, doch dort ist niemand. Eine Bewegung rechts von mir lenkt meinen Blick zur Fensterfront. Da! Da steht sie und schaut gedankenverloren in den Himmel.

Sie hat mich noch nicht bemerkt. Das gibt mir Gelegenheit, sie kurz zu mustern. Diese Frau hier, mit zusammengebunden Haaren, gekleidet in lässiger Jeans und Shirt, ähnelt so viel mehr meiner Jagi als die elegante, eiskalte Erscheinung von gestern Abend.

„Tanja?“ Auch wenn ich sie in Gedanken immer noch Liebling nenne, so weiß ich nach dem Gespräch gestern nicht, ob sie es tatsächlich noch ist. Schließlich hat sie mir deutlich gesagt, dass ich verschwinden soll.

Langsam dreht sie sich zu mir. Ihre grauen Augen sind gerötet und ihr Gesicht ist blass. „Hugho." Leise kommt mein Name über ihre Lippen. Ihre ganze Haltung drückt aus, wie unwohl sie sich fühlt. Sie tritt von einem Fuß auf den anderen, hebt eine Hand und zupft an ihrer Nasenspitze.

Automatisch muss ich lächeln. Das ist so eine bezaubernde Eigenart von ihr. Ich gebe mir einen Ruck, gehe zur Sitzecke und deute auf die Sitzgruppe. „Möchtest du dich setzen?"

Sie verzieht das Gesicht, nickt und nimmt auf der Couch Platz. Ich ziehe einen der Sessel etwas näher und setze mich ihr gegenüber. Sie beobachtet mich und eine sanfte Röte überzieht ihre Wangen. Sie ist so hübsch. Nicht schön im klassischen Sinn, sondern ganz besonders in ihrer eigenen Art. Ich kann nun auch wieder den sanften, liebevollen Menschen in ihr erkennen, den ich für immer verloren glaubte.

Doch wer ist sie wirklich? Die Person von gestern Abend oder die, die mit mir so bewegende Stunden verbracht hat? Ich muss es endlich wissen, damit ich entscheiden kann, wie es weitergeht. Schließlich habe ich nicht nur meine eigene Karriere, sondern auch die der Band und die Verantwortung, die ich für meine Familie trage, aufs Spiel gesetzt.

„Ehrlich gesagt, habe ich nicht damit gerechnet, dich nochmal zu sehen. Aber ich freue mich sehr, dass du da bist. Ich möchte dir gern so vieles sagen. Erklären, was passiert ist. Jedoch …" Ich kann nicht weiterreden und fühle mich hilflos dem Funken Hoffnung in mir ausgesetzt. Noch einmal das Messer in die Brust zu bekommen, könnte ich nicht mehr ertragen. Ich beuge mich vor, lege die Ellbogen auf den Knien ab und stelle die Frage, auf die das hier hinausläuft.

„Warum bist du hier?"

Kapitel 34

Tanja

Er ist mutiger als ich. Dabei habe ich mir fest vorgenommen, stark zu sein. Ihn zu sehen, zu hören, bringt all die verdrängten Gefühle in mir hoch und überwältigt mich.

„Hugho, ich …!“ Mist! Das ist so schwer! Ich presse die Lippen aufeinander und kämpfe gegen das erneute Brennen hinter meinen Lidern an. Nicht schon wieder, ich bin doch sonst nicht so eine Heulsuse!

Innerlich gebe ich mir einen Ruck. „Ich möchte dich um Verzeihung bitten.“ Da, jetzt ist es raus.

Obwohl er nicht direkt neben mir sitzt, kann ich sehen, wie sich seine Pupillen erstaunt weiten. Skeptisch mustert er mein Gesicht. „Wofür? Auch wenn ich es nicht verstanden habe, du hast deine Meinung sehr deutlich vertreten.“ Er presst die Zähne zusammen und sichtbar zucken die Muskeln an seinem Kiefer.

Es tut mir weh, wie hart seine Worte klingen. Doch er sagt nur die Wahrheit.

„Ich wollte dich nie verletzten.“ Kaum ist mir das rausgerutscht, würde ich es am liebsten zurücknehmen.

Schlechte Wortwahl, Tanja! Das kannst du besser!

„Es fällt mir schwer, das zu glauben.“ Er lehnt sich zurück und sämtliche Gefühle verschwinden aus seiner Mimik. Weg ist der Mann, der mir so viel von sich geschenkt hat. Ich sehe nur noch die Maske, die er der Öffentlichkeit von sich zeigt. Mist! Nervös wippe ich mit dem Bein.

„Das kann ich verstehen. Ehrlich! Aber bitte, gib mir die Chance, es zu erklären.“ Das Zucken wird stärker, schwappt auf meinen ganzen Körper über und es fällt mir unheimlich schwer, ruhig und gefasst zu wirken.

„So, wie du mir eine Chance gegeben hast?“ Seine bitteren Worte verfehlen ihre Wirkung nicht. Ich schnappe leise nach Luft, denn neben der Bitterkeit kann ich deutlich den tiefen Schmerz darin hören. Bevor ich etwas erwidern kann, hebt er die Hand. „Entschuldige, das war nicht okay. Du bist hier, bei mir. Also sollten wir die Vorwürfe lassen und lieber miteinander reden.“ Er fährt sich durch die Haare, bis sie völlig chaotisch in alle Richtungen abstehen. „Auch wenn es nicht leicht ist“, schiebt er leise nach.

Ich rechne ihm das hoch an. Keine Ahnung, wie ich an seiner Stelle reagieren würde. „Danke! Das bedeutet mir viel!“

Ich stehe auf und wandere im Raum herum. So kann ich meine innere Unruhe besser händeln. „Ich habe dir von meiner Vergangenheit und von meiner Familie erzählt. Du weißt inzwischen, dass ich immer kämpfen musste. Um jede kleine Freiheit, um jedes bisschen Unabhängigkeit.“ Er will etwas einwerfen, doch ich schüttle abwehrend den Kopf. „Das soll keine Ausrede sein. Ich hatte schließlich alles, was nötig war zum Leben – zumindest das, was man mit Geld kaufen konnte. Und heute? Ich lebe größtenteils vom Vermögen meiner Eltern, habe studiert, was sie mir vorgaben und arbeite in ihrer Firma, oft bis spät in die Nacht. Mein ganzes Leben habe ich danach ausgerichtet, anerkannt zu werden. Gewollt zu werden. Geliebt zu werden.“ Am Ende bricht meine Stimme fast weg. Zu sehr bin ich mir der Wichtigkeit des Augenblickes bewusst.

„Und dann kamst du! Völlig unerwartet bist du in mein Leben getreten und hast mich ernst genommen. Du hast mir zugehört, meine Träume verstanden, mir Mut gemacht. Und schließlich auch die wunderschönsten Erinnerungen in meinem Leben geschaffen, voller Zärtlichkeit und Leidenschaft – denn du hast mich gesehen. Du hast mir das erste Mal das Gefühl gegeben, mich so zu lieben, wie ich bin! Das hat mir Flügel verliehen und gleichzeitig … Angst gemacht. Angst davor, deinen Erwartungen irgendwann nicht mehr gerecht zu werden."

Er springt auf, kommt mit großen Schritten zu mir und packt mich an den Schultern. „Niemals, Jagi. Das würde niemals passieren." Seine dunklen Augen blicken eindringlich zu mir herunter. Es ist, als will er sie in meine Seele stempeln.

„Aber, Hugho, schau dich doch an! Du bist ein Star. Überall auf der Welt laufen dir die Frauen hinterher. Und ja, ich weiß, dass du das nicht ausnutzt. Trotzdem war dieser Gedanke immer in meinem Hinterkopf. Als du dich dann nicht mehr gemeldet hast, als all meine Nachrichten ins Leere liefen, da …" Ich sehe zu ihm auf und kann den Schmerz in mir kaum noch zurückhalten. „… da dachte ich, du hättest mich fallen lassen. Dass ich dir nicht so wichtig war, wie du mir."

„Ach Jagi!" Er nimmt meinen zitternden Körper fest in die Arme und drückt mich an sich. Sein Mund ist ganz nah an meinem Ohr. „Du hast es einfach nicht verstanden! Du hast mich, mit allem, was ich bin. Du hast mein Herz in deiner Hand und es liegt an dir, ob du es hegen und pflegen willst, oder ob du es zerquetschst und wegwirfst."

Ich schüttle den Kopf, soweit das an seine Brust gelehnt möglich ist. „Nein Hugho, du hast meines. Du hast meinen Körper, meine Seele und mein Herz. Aber ich war so dumm und habe alles kaputt gemacht."

Ich kann dem Druck hinter meinen Lidern nicht länger Stand halten. Eine Träne nach der anderen löst sich und fliest langsam über mein Gesicht. Es fühlt sich an, als würde mit jeder einzelnen auch die Mauer aus Schmerz und Zweifel in mir weggespült werden.

Und dann tut er etwas, das mein Herz endgültig überzeugt.

Er fängt die Tränen auf meinem Kinn ab und wischt sie zärtlich fort. Dabei sieht er mich an, als ob er jeden Zentimeter meines Gesichts liebkosen will. Fast so, als ob er sich jede Linie, jedes Detail einprägt, um irgendwann später ein Bild davon zu malen.

Sacht legt er seine Hände an meine Wangen und blickt mich fragend an, als ob er um Erlaubnis bitten will. Ich nicke zustimmend, denn er kann und darf alles von mir haben.

Er kommt noch näher, bis sich unsere Nasenspitzen beinahe berühren. Unser Atem vereint sich und dann, endlich, streichen seine Lippen sanft über die meinen. Dieser Kuss ist anders. Nicht feurig und leidenschaftlich, dafür unendlich zärtlich und liebevoll. Wie ein Versprechen!

Er löst sich und legt seine Stirn wieder an meine. Seine Augen spiegeln all die Gefühle offen wider, die er bestimmt auch in meinen lesen kann. Stumm stehen wir eine Weile so da, versinken ineinander und lauschen unseren gemeinsamen Atemzügen.

Uns ist bewusst, dass wir noch viel reden, vieles klären müssen. Doch keiner von uns will diesen Moment loslassen. Diesen besonderen Augenblick, der sich intimer anfühlte, als jeder Kuss es hätte sein können.

Sacht streicht er über meinen Kopf und seufzt leise. „Wir gehören zusammen, Jagi. Der eine kann nicht ohne den anderen. Aber ich will dich nicht belügen. Es wird kein leichter Weg für uns. Ich kann nicht das tun, was ich will, ohne andere im Stich zu lassen."

„Was meinst du damit?"

Er löst sich von mir, greift nach meinen Schultern und schiebt mich zum Sofa. Dort lässt er sich hineinfallen und zieht mich mit. Er dreht sich zu mir und nimmt meine Hände in seine.

„Ich denke, ich muss dir noch einiges über mich, meine Familie und über den Vertrag mit KM erklären."

Beklommen nicke ich. Das hört sich nicht gut an. Aber ich werde bleiben, ihm zuhören und gemeinsam werden wir eine Lösung finden.

Doch all meine Hoffnungen zerplatzen wie eine Seifenblase und wir landen hart in der Realität, als die Tür aufgerissen wird und Suni, gefolgt von Haru und einem weiteren Mann, ins Zimmer stürmt.

„Hugho! Sie wissen es! Kwon hat gerade angerufen und uns befohlen, dass wir sofort nach Seoul fliegen und uns dort umgehend bei KM melden sollen."

Panisch gleitet sein Blick zwischen uns hin und her. „Shibal (Fuck)! Er klang stinksauer!"

Kapitel 35

Hugho

Ich sitze auf dem Sofa und habe meinen Arm um Tanjas Schultern gelegt, die sich fest ankuschelt. Ich würde mich so gern auf sie und ihre Nähe konzentrieren.

Doch das ist unmöglich.

Seitdem Suni hier hereingeplatzt ist, läuft er ständig auf und ab. Sein Mund und seine Hände stehen keinen Augenblick still. Es ist, als würde er all den Stress in Bewegung kompensieren. „Was machen wir denn nun?", fragt er frustriert zum gefühlt tausendsten Mal.

Das bringt bei mir das Fass zum Überlaufen. „Jetzt krieg dich endlich wieder ein!", schnauze ich ihn an. „Mit Jammern kommen wir auch nicht weiter."

Völlig geschockt steht er da und starrt mich mit aufgerissenen Augen an. Seine Wangen werden rot und er schluckt schwer. Schluckt nochmal und dann läuft ihm eine einsame Träne übers Gesicht. Innerhalb von Sekunden bin ich bei ihm und schlinge meine Arme um ihn. „Es tut mir leid, Suni. Es tut mir so leid! Bitte hör auf zu weinen. Ich wollte dich nicht verletzen. Niemals wollte ich das. Du bist immer für mich da und ich … ich bin so ein mieser Freund."

Meine Nase ist in seinen Haaren vergraben und ich drücke ihn fest an mich. Das schlechte Gewissen bäumt sich wie ein

Drache in mir auf und droht, mich innerlich zu verbrennen. Wie konnte ich nur so unfair sein? Das alles ist meine Schuld!

Er schnieft an meiner Brust und ich spüre, wie er am ganzen Körper zittert. Die Schuldgefühle drohen, mich endgültig zu verschlingen.

Gerade noch rechtzeitig legt sich eine schwere Hand auf meine Schulter. „Setzt euch. Alle beide." Haru drängt uns vehement zu den zwei Sesseln im Raum. Seine Mimik ist deutlich. Widerstand ist zwecklos.

Ich gehorche ihm und lasse mich in den Sessel fallen, hinter dem Tanja steht. Kaum sitze ich, legt sie ihre Hand tröstend auf meine Schulter. „Er ist dein Freund, Hugho, nicht dein Feind", flüstert sie mir ins Ohr. Das weiß ich! Umso mehr schäme ich mich für meinen Ausbruch.

Haru stellt sich zwischen Suni und mich. Sora steht immer noch neben der Tür und wippt unruhig auf den Ballen. Er kennt uns noch nicht so gut und ihm ist deutlich anzusehen, dass er die Situation nicht einschätzen kann.

Haru übernimmt das Kommando. „Du", er zeigt auf Suni, „bleibst sitzen, lehnst dich zurück und meditierst für mindestens fünf Minuten. So, wie es dir beigebracht wurde." Harus Ton ist hart, doch scheinbar genau das, was mein Freund jetzt braucht. Ein Hauch von Erleichterung gleitet über sein Gesicht. Dann schließt er die Augen, entspannt sich sichtlich und versinkt in einer Atemübung. Ich kann regelrecht sehen, wie sich seine Atmung verlangsamt. Sein Brustkorb hebt und senkt sich viel langsamer als noch vor wenigen Augenblicken. Auch das Zittern ist verschwunden.

Mein Beschützer dreht sich um und setzt sich mir gegenüber auf die Tischkante. Unter seinem strengen Blick werde ich immer kleiner. Ich weiß, ich habe Mist gebaut.

„Ich sehe, du hast verstanden. Für einen Moment hattest du wohl vergessen, dass wir alle deinetwegen hier sind." Sein Blick schweift kurz zu Tanja und er verzieht die Lippen zu einem angedeuteten Lächeln. „Entschuldige, euretwegen." Er räuspert sich. „Sie haben uns erwischt. Okay. Das wird sicher nicht angenehm, aber das war uns allen bewusst. Es wäre am klügsten, Kwons Befehl zu folgen und umgehend nach Seoul zurückzufliegen."

„Aber", ich drehe den Kopf und schaue zu Tanja auf, „ich will sie nicht schon wieder verlieren! Das kann ich einfach nicht!"

Sie kommt um den Sessel herum, setzt sich auf meinen Schoß und legt ihre zarten Hände um mein Gesicht. „Das musst du auch nicht." Zärtlich lächelnd streicht sie mir über die Wangen. „Ich komme mit dir. Wir werden gemeinsam fliegen."

„Was?" Völlig überrumpelt schaue ich sie an. „Warum … wie willst du das machen? Du lebst hier, du arbeitest hier. Deine Familie ist hier."

Sie nickt. „Stimmt, aber ich habe lange genug nach den Regeln der anderen gespielt. Jetzt werde ich endlich das tun, was ich will. Und das ist, mir dir zusammen zu sein."

Sprachlos sitze ich da. Mir fehlen die Worte. So energisch habe ich sie noch nie erlebt. Bisher war sie sanft und nachgiebig. Jetzt zeigt sie auf einmal ihre Krallen. Ich muss zugeben, irgendwie gefällt mir das.

Ich mustere sie genau, suche in ihrer Miene nach einer Bestätigung. Tatsächlich blitzt Entschlossenheit in den grauen Augen auf und ein kampfbereites Lächeln breitet sich auf ihrem Gesicht aus. Automatisch heben sich auch meine Mundwinkel.

„Im Ernst?" Ich muss einfach nochmal fragen.

Sie beugt sich vor und drückt ihre Lippen sacht auf meine. Sofort tanzen erneut Blitze über meine Haut. Viel zu schnell löst sie sich wieder von mir. „Ja, im Ernst."

Ich blicke an ihr vorbei zu Haru, der uns mit einem seltsamen Ausdruck auf dem sonst so emotionslosen Gesicht beobachtet. „Buche die Flüge!"

Er steht auf, packt Suni am Arm und zieht sowohl diesen als auch Sora mit sich aus dem Zimmer. Kaum hat sich die Tür hinter ihnen geschlossen, wende ich mich wieder Tanja zu. „Du hast keine Ahnung, wie viel mir das bedeutet. Außer Suni und Haru hat noch nie jemand so sehr zu mir gehalten, wie du."

Schlagartig verschwindet das Lächeln aus ihrem Gesicht. „Und was ist mit deiner Familie?"

Ich atme tief durch und reibe meinen Nacken. „Ich glaube, ich muss dir einiges erklären. Meine Eltern sind arm, richtig arm. Sie haben es kaum geschafft, genug Essen für meinen Bruder und mich zu beschaffen. Ich war knapp zehn Jahre alt, als mich ein Lehrer, ohne dass ich davon wusste, bei einem Casting angemeldet hat. Er hatte mir und den anderen in den Pausen öfter beim Tanzen zugeschaut. Weißt du, ich konnte schon damals am besten jeglichen Stress mit Tanzen und Singen abbauen."

Tanja rutscht so lange auf meinem Schoß herum, bis sie seitlich sitzt und ihren Kopf an meiner Schulter anlehnen kann. Unsere Finger sind miteinander verflochten und es fühlt sich einfach so richtig an.

„Erzähl weiter", bittet sie leise.

„Anscheinend war ich ziemlich gut. Jedenfalls gab es danach noch weitere Auswahlverfahren und irgendwie hatte ich Glück und wurde nicht aussortiert. Die Ausbildung war schwer, härter als alles, was du dir vorstellen kannst. Es gab keine Freizeit, es gab nur Training. Wir wurden in Gesang, Schauspiel, Tanzen und Sprachen unterrichtet. Ich lernte, so mit anderen zusammen zu arbeiten, dass wir auf der Bühne die perfekte Performance abliefern."

„Das hört sich sehr stressig an", Tanjas Stimme klingt mitfühlend.

„Ja, irgendwie schon. Aber das habe ich gar nicht so bemerkt. Ich war viel zu glücklich, diese Chance überhaupt zu bekommen. Ich hatte endlich ein weiches Bett, genug zu essen und immer Freunde rundherum. Für mich war das wie ein Traum. Ist es eigentlich heute noch." Ich lächle automatisch bei der Erinnerung daran.

„Wir wurden zur richtigen Körperhaltung erzogen, lernten unsere Gesten und Mimik effektvoll einzusetzen. Fast jeder von uns hat auch die eine oder andere kleine Operation durchgestanden, um so perfekt wie möglich in das Schema zu passen, das eine der Entertainment-Labels sich vorstellte. Bei mir wurde die Nase verkleinert. Während der Ausbildung wird man mit Punkten bewertet. Nur wer an der Spitze der Tabelle steht, hat wirklich eine Chance. Du kannst dir nicht vorstellen, wie glücklich ich war, als ich zusammen mit ein paar anderen Jungs ausgewählt wurde. Wir dachten, wir hätten das große Los gezogen. Ich dachte, ich würde berühmt werden, in Geld schwimmen und könnte meiner Familie ein sorgenfreies Leben ermöglichen."

„Und? Ist das so?"

Ich drehe leicht den Kopf, um Tanja ins Gesicht zu sehen. Ihre Augen sind gebannt auf meine Lippen geheftet. Sie hört mir tatsächlich ganz genau zu. Ein warmes Gefühl breitet sich in meinem Brustkorb aus. Diese Frau, sie ist wirklich etwas Besonderes.

Sie merkt, dass ich sie anstarre. „Bitte, antworte!"

„Es ging alles rasend schnell. Wir bekamen alle einen Vertrag."

„Das ist doch prima!", ruft sie. Doch dann sieht sie mein Gesicht und runzelt die Stirn. „Oder etwa nicht?"

Ich zucke mit der Schulter. „Wie man es nimmt. Diese Verträge sind sogenannte *Fortnite*-Verträge. Das bedeutet, das Label hat kompletten Einfluss auf unser Leben – auch auf das Privatleben!"

„Wie meinst du das?"

„Wir bekommen anfangs fast kein Geld. Sie lassen uns die Ausbildung praktisch abbezahlen und behalten so lange unseren Verdienst ein, bis die Kosten gedeckt sind. Sie übernehmen dafür sämtliche anderen Ausgaben. Wir werden als Band zusammen in einem Moor, ihr sagt WG dazu, untergebracht, damit wir lernen, miteinander auszukommen. Da hat man keine einzige freie Minute für sich."

„Soll das heißen, du hast wirklich noch nie Zeit für eine Beziehung gehabt?"

Ihre Frage ist so naiv, dass ich mir ein leises Lachen nicht verkneifen kann. Zum Glück nimmt sie es mir nicht übel. „Nein, Jagi! Hatte und habe ich nicht. In unserem Vertrag gibt es eine *No-Date-Regel*. Sie besagt, dass wir keine Freundin oder Freund haben dürfen, damit wir die Fans nicht verlieren. Die Band wird quasi zu unserer Familie. Egal, ob wir uns anfangs sympathisch waren oder nicht, man arrangiert sich, wächst zusammen. Da ist in den Augen vom Management kein Platz für andere Menschen."

„Puh!" Tanja richtet sich auf und bläst die Backen auf. „Ich dachte, das wäre längst überholt! Das ist … das ist … da fehlen mir echt die Worte!"

„Es ist die übliche Vorgehensweise, wenn du in K-Pop erfolgreich sein willst. Meistens verschreibst du dein Leben komplett dem Label oder wie bei uns, an KM."

„Das ist unzulässig! Sowas nennt man einen Knebelvertrag!" Aufgebracht stemmt sie die Hände in die Hüften.

„Mag sein, dass man das hier in Europa so sieht. In Korea ist das, wie gesagt, relativ normal. Wir hatten noch Glück. KM besteht nicht mehr auf die extrem lange Laufzeit. Wir sind nur bis zu unserem 28. Geburtstag verpflichtet."

„Und was passiert danach?"

„Entweder gehen wir dann zum Militär, was als große Ehre angesehen wird, oder es ergibt sich ein anderer Weg. Derzeit wird darüber verhandelt, dass Mitglieder von international erfolgreichen Bands davon befreit werden, da der wirtschaftliche und politische Wert der Band als sehr hoch für unser Land angesehen wird."

Tanja sinkt in sich zusammen. Sie zupft an ihrer Nasenspitze und grübelt. „Wie groß sind deine Chancen, befreit zu werden, Hugho?" Ihre Stimme klingt gepresst.

„Bis vor kurzem sehr gut. Wie es jetzt ist - keine Ahnung!"

Sie sinkt zurück an meine Schulter und einige Minuten lang bleibt es still zwischen uns. Dann richtet sie sich auf und schaut mir entschlossen ins Gesicht. „Ich verstehe, warum du dich für deine Familie und die Band verantwortlich fühlst. Ehrlich! Und wir finden eine Lösung. Lass uns nach Korea fliegen."

„Und was ist mit deinem Job? Mit deiner Familie?"

„Ähm", einen Moment lang sieht sie unbehaglich drein. Doch dann erhellt sich ihr Gesicht. „Nik! Ich werde Nik sagen, dass er für ein paar Tage meine Vertretung übernehmen soll. Das hat er schon einmal gemacht, also dürfte das kein Problem sein. Papa schreibe ich eine Mail, dass ich die Dinge kläre, so wie er es vorgeschlagen hat."

„Und du denkst, das klappt?"

Sie steht auf, zieht mich hoch und hält meine Hände fest. „Ja, ich bin mir ganz sicher!"

Kapitel 36

Tanja

Wir stehen nah beieinander. Unsere Hände sind miteinander verflochten und ich fühle mich endlich angekommen. Jetzt bin ich schon so weit vorgeprescht, da kann ich gleich aufs Ganze gehen, oder?!

„Darf ich heute Nacht bei dir bleiben?", wagemutig stelle ich die Frage.

Er schaut mir tief in die Augen. Verlangen lodert darin auf und ein Hauch von Sehnsucht. „Oh ja, sehr gerne!", brummt er und drückt mich eng an sich. „Wenn du das wirklich willst?"

Ich nicke und lecke mir über die trockenen Lippen.

Hughos brennender Blick bleibt daran haften, während er mich loslässt und sein Shirt auszieht. „Darauf habe ich schon so lange gewartet."

Ich stöhne beim Anblick der feinen Muskelstränge, die sich an seinem trainierten Körper entlangschlängeln, leise auf und mache einen Schritt auf ihn zu.

Er zieht mich an sich und wispert heiser an meinem Ohr: „Nichts, und ich meine wirklich nichts, wird den Rest dieser Nacht mit dir stören."

Seine Direktheit überrascht mich und fordert mich regelrecht heraus. In der Öffentlichkeit achtet er meistens auf die Regeln und bemüht sich, auf Distanz zu bleiben.

Die knisternden Funken in mir flackern auf zu einer lodernden Flamme, die in Sekundenschnelle zu einem glühend heißen, vernichtenden Feuer heranwächst, das meinen Verstand völlig lahmlegt. Wie in Trance lege ich die Hände auf seine nackten Schultern und gleite sanft mit den Handflächen über die warme Haut seiner Brust. All die Erhebungen und Linien faszinieren mich und ich würde am liebsten jede einzelne davon mit meinen Lippen nachfahren.

Sein Atem geht schneller und streift über mein Gesicht. Alles in mir vibriert vor Aufregung. Ich will ihn! Jetzt!

Die ungehemmte Leidenschaft in seinen Augen schickt mir einen wohligen Schauer über den Rücken. Wortlos reicht er mir seine Hand und zieht mich hinter sich her ins Schlafzimmer. Ohne loszulassen, schlägt er die Decke zurück und beginnt, mich auszuziehen. Still und stumm stehe ich da und lasse ihn machen. Jede Berührung seiner Finger entzündet weitere, züngelnde Flammen auf meiner Haut. Ich will ihn antreiben, habe das Gefühl innerlich komplett zu verbrennen. Und doch halte ich mich zurück, denn ich sehe ihm an, wie sehr er das genießt.

Schließlich stehen wir beide da, völlig ohne Kleidung. Mit den Augen taste ich seinen Körper ab, heiße jede bekannte Stelle willkommen und liebkosend folgen meine Hände ihrem Weg.

Er tritt ans Bett, schlüpft unter die Decke und hebt sie für mich an. Umgehend folge ich der Einladung, gleite neben ihn und vergrabe meine Nase in seiner Halsbeuge. Tief sauge ich seinen vertrauten Duft ein.

„Schnüffelst du etwa an mir?“ Er kichert leise.

„Natürlich!“ Ich hebe den Kopf und grinse ihn verschmitzt an. „Du riechst so gut, so nach Hugho. Am liebsten würde ich in dich hineinkriechen und nie mehr herauskommen.“ Schlagartig wird mir die Bedeutung der Worte klar, dir mir da so unkontrolliert aus dem Mund gepurzelt sind. Verlegen senke ich den Kopf und beiße auf meine Unterlippe. Verflixt, war ich zu forsch? Kann auch er sich eine Zukunft ohne mich nicht vorstellen? Oder geht es nur mir so?

Wortlos zieht Hugho mich zu sich hoch und presst unsere Körper aneinander, als hätte er Angst, dass ich jeden Moment wieder verschwinden würde. Es geht ihm wohl doch ähnlich wie mir.

„Ich bin da. Ich gehe nicht fort“, wispere ich ihm zu und sofort entspannen sich seine Muskeln unter mir.

„Ich liebe dich“, flüstert er gegen meinen Scheitel. „Ich liebe dich so verdammt wahnsinnig, dass ich überhaupt nicht weiß, wohin mit meinen Gefühlen. Ich weiß, es ging alles ziemlich schnell, aber ich muss dir das einfach sagen.“

Er liebt mich! Ich kann es kaum glauben. In mir baut sich eine Flutwelle auf, überschwemmt und umhüllt mich mit wohliger Wärme. Sie spült alle Sorgen und Ängste einfach davon und ich gebe mein Herz, meine Seele und meinen Körper dem Mann hin, den das Schicksal mir geschickt hat. Wir kommen die ganze Nacht kaum zum Schlafen. Wir können die Finger nicht voneinander lassen und müssen uns immer wieder versichern, dass wir zusammen sind. Das schrille Läuten eines Handys weckt mich aus einem wundervollen Traum. Ich räkle mich und will weiterschlafen. Es ist so schön warm und kuschlig hier. Außerdem riecht es so vertraut.

Riecht vertraut?

Schlagartig wache ich ganz auf und mir fällt wieder ein, wo ich bin. Ich liege mit Hugho in seinem Bett. Er hat sich von hinten an mich geschmiegt. Seinen Arm und ein Bein hat er um mich geschlungen, als wollte er mich auch im Schlaf unbedingt festhalten. Ich bin regelrecht an ihn gefesselt. Obwohl ich es wirklich versuche, schaffe ich es nicht, ans Handy zu gelangen, ohne ihn zu wecken.

„Was ist los?", murmelt er. Als ich mich in seinem Arm umdrehe, schaut er mich mit verschlafenen Augen liebevoll an. „Wohin willst du?"

„Ich gehe nur ans Handy."

„Oh", er blinzelt verblüfft. „Ist das meins?"

„Nein, das klingt nach meinem."

„Okay. Ich dachte schon, es ist das neue Handy, das Suni mir heimlich zugesteckt hat." Er seufzt, lässt mich los und setzt sich auf. „Wird wohl Zeit, aufzustehen. Ich muss unbedingt Haru anrufen und hören, für wann er einen Flug buchen konnte." Er gähnt und streckt sich, wobei seine Muskeln faszinierend unter der Haut spielen. Nur mühsam reiße ich mich von diesem Bild los, als es erneut klingelt.

Ich angle auf dem Boden nach meiner Jeans, unter der das Handy herauslugt. Ein Blick auf das Display zeigt mir Laras Namen an. Ich drücke auf den grünen Button und lehne mich entspannt zurück in die Kissen.

„Hi, Lara."

„Hallo Süße. Sag mal, wo bist du denn? Tim und ich stehen vor deiner Tür. Hast du unsere Verabredung zum Frühstück vergessen?"

Obwohl ich gerade noch durch Hugho, der nur mit Briefs bekleidet durchs Zimmer läuft, abgelenkt war, holt mich ihre Frage sofort in die Realität zurück. „Was? Oh Mist! Das … ich habe … Mensch Lara, ich habe das total vergessen. Es tut mir leid." Mein schlechtes Gewissen drückt gerade jedes Glücksgefühl in die Ecke. „Es … ist so viel passiert in den letzten Stunden."

„Bist du verletzt? Brauchst du Hilfe? Wo bist du?" Lara feuert ihre Fragen so schnell ab, dass ich ihr kaum folgen kann.

„Nein, nein, alles gut“, beruhige ich sie. „Mir geht es gut. Genau genommen sogar supergut.“

Einen Moment bleibt es still am anderen Ende. Dann ertönen plötzlich Laras und Tims Stimme gleichzeitig. Sie hat auf Lautsprecher geschaltet. „Supergut? Was? Wieso? Sowas hast du noch nie gesagt!“, schallt es durcheinander.

„Stopp ihr zwei“, unterbreche ich sie kichernd. „Eins nach dem anderen, ja?“

„Okay, erzähl!“, kommt es zweistimmig zurück.

In den nächsten Minuten berichte ich ihnen in einer gekürzten Version alles, was in den letzten Stunden passiert ist. Ich kann selbst kaum glauben, wieviel sich innerhalb so kurzer Zeit verändert hat. Zum Guten hin!

„Und du fliegst jetzt tatsächlich nach Seoul?“ Tim klingt bei weitem nicht so aufgeregt, wie Lara. „Das finde ich echt krass! Superkrass!“

Ich muss lachen, das ist so typisch er. Lara mischt sich ein. „Aber Süße, was ist mit deinem Job und deiner Familie?“ Sie klingt eher besorgt.

Kann ich gut nachvollziehen, denn das ist auch das, was mir noch ein bisschen schwer im Magen liegt.

„Ich werde Papa eine Nachricht schreiben. Das ist einfacher, als am Telefon alles zu erklären. Und obwohl er gestern so verständnisvoll war, glaube ich nicht, dass er begeistert ist von meiner Idee mit Hugho nach Seoul zu fliegen.“

„Das glaube ich auch nicht“, kommt es trocken von Tim. Er hat meinen Papa schon ein paar Mal in Aktion erlebt und weiß daher, wovon ich spreche.

„Ich bin da eher positiv gestimmt. Schließlich hat er dich zu Hugho geschickt.“ Lara ist einfach insgesamt eine Optimistin. „Und dein Job?“

„Ich rufe Nik an. Er hat mich schließlich schon öfter vertreten."

„Hmm ..."

Die Zweifel meiner Freunde stimmen mich nachdenklich. „Denkt ihr nicht?"

„Keine Ahnung. Der Typ ist mir nicht ganz geheuer", kommt es ausgerechnet von Lara. „Ist aber jetzt nicht so wichtig! Ruf ihn an und dann flieg mit deinem Hugho mit. Pass auf dich auf! Wenn du Hilfe brauchst, egal wobei – ruf an!"

„Und gib Bescheid, wann du zurückkommst", ruft Tim noch hinterher, bevor die Verbindung weg ist. Das werde ich ganz sicher machen. Schließlich weiß ich, dass die beiden sich sonst ständig um mich sorgen.

Ich versuche, Nik zu erreichen. Doch es meldet sich nur seine Mailbox. Komisch! Aber gut, dann spreche ich eben da drauf. Das ist gleich erledigt und auch die Nachricht an Papa versende ich noch schnell.

Gerade bin ich mit allem fertig, da kommt Hugho zurück ins Schlafzimmer gestürzt und zieht hastig Kleidung aus seinem Koffer, der geöffnet auf einem Stuhl liegt. „Tanja! Wir müssen sofort los. Laut Haru geht unser Flieger schon in zwei Stunden und wir müssen noch zum Flughafen."

Hastig stehe ich auf und schlüpfe in die Kleidung vom Vortag. Naserümpfend schnüffle ich an mir selbst. „Ich muss aber noch nach Hause und frische Sachen holen."

„Dafür reicht die Zeit nicht! Ruf doch eine deiner Schwestern an. Du hast gesagt, dass sie heute zuhause sind. Sie soll für dich einen kleinen Koffer packen und zum Flughafen bringen."

„Okay, wenn du meinst! Dann probiere ich es mal bei Samantha."

Erneut nehme ich das Handy und suche nach ihrem Kontakt, während Hugho durch das Zimmer fegt und all seine Sachen zusammensucht. Im Nebenraum höre ich es poltern. Scheinbar ist Suni zurück und packt ebenfalls.

Zum Glück meldet sich Samantha nach zwei Mal klingeln. „Tanja? Alles okay?“

„Ja, alles so weit in Ordnung. Du, Samantha, ich brauche deine Hilfe.“ In wenigen Sätzen erzähle ich ihr, was los ist und zu meiner Überraschung erklärt sie sich ohne Widerworte sofort bereit, einen Trolli für mich zum Flughafen zu bringen. Aufatmend stecke ich das Handy ein. Egal, wie wir gerade zueinanderstehen, wenn es darauf ankommt, können wir uns trotzdem aufeinander verlassen.

Eine Stunde später halten wir vor dem Schalter in der Abflughalle an. Die Männer haben sich Caps aufgezogen, um nicht gleich erkannt zu werden. Haru klärt gerade mit dem Angestellten alle Details und lässt unsere Pässe einlesen. Zum Glück habe ich meinen immer dabei.

„Tanja!“ Ein lauter Ruf hallt durch die Luft. Ich drehe mich um und kann gerade noch die Arme ausbreiten, als sich auch schon meine beiden Schwestern auf mich werfen. Ich taumle unter dem Ansturm zurück. Zum Glück steht Hugho hinter mir und schützt uns vor einem Sturz.

„Hey, ihr seid ja beide da. Wow, damit habe ich nicht gerechnet.“ Ich lasse sie los und trete einen Schritt zurück.

Ann-Christin mustert mich und verzieht die Stirn vorwurfsvoll. „Hast du echt gedacht, wir lassen dich so einfach gehen, ohne abzusichern, dass auch alles mit rechten Dingen zugeht? Du kannst am Handy viel erzählen, große Schwester.“

In dem Moment stellt sich Hugho neben mich und legt mir den Arm um die Schultern. Sofort lehne ich mich an und schlinge meine Arme um seine Taille. Samanthas und Christins Augen huschen zwischen unseren Gesichtern hin und her. Schließlich fängt meine jüngste Schwester an zu lächeln. „Okay, die Tatsachen sprechen für sich. Ich verstehe schon." Sie dreht sich zu Samantha und flüstert laut: „Igitt! Die sind ja total verknallt!"

Ich pruste los und alle anderen mit. Samantha drückt mir den Trolli in die Hand. „Ich habe dir praktische Sachen eingepackt, nicht die blöden Geschäftsanzüge. Außerdem noch Schuhe zum Wechseln, deinen Kulturbeutel und den Reader."

Sie kramt in ihrer Tasche. „Ach ja, Geld habe ich dir auch noch mitgebracht. Sicher ist sicher."

Ich kann kaum glauben, wie umsichtig sie sind, und freue mich riesig über ihre Unterstützung.

Vielleicht wird doch wieder alles gut zwischen uns. Ich jedenfalls, wäre überglücklich.

Per Lautsprecher kommt die Durchsage, dass wir uns in die Wartehalle begeben sollen. Natürlich können meine Schwestern dort nicht mit hinein. Spontan trete ich vor und umarme beide nochmal. Auch sie schlingen ihre Arme um mich. „Danke! Ich habe euch lieb!", flüstere ich leise.

„Ich dich auch", kommt es von Christin nach kurzem Zögern zurück und Samantha setzt hinterher: „Schön zu sehen, dass du doch kein Feigling bist. Endlich erkenne ich meine Schwester wieder."

Ich hole tief Luft, denn ich ahne, wie sie das meint. Tatsächlich habe ich mich in all den Jahren so sehr verbogen, um es jedem recht zu machen, dass ich mich beinahe selbst verloren hätte. Gerade noch rechtzeitig ist Hugho aufgetaucht und hat mich gerettet.

Nach einer letzten Umarmung löse ich mich und winke ihnen nochmal zu, während wir durch die Schleuse gehen. Ich fühle mich leicht, schwebe wie auf Wolken. Endlich kommt alles wieder in Ordnung. Meine Familie findet zusammen, meine

Schwestern und ich verstehen uns fast wie früher - bestimmt bekommen wir auch Hughos Problem mit KM in den Griff.

Noch habe ich keine Ahnung, was uns in Seoul erwartet.

Kapitel 37

Hugho

In meinem Nacken kribbelt es. Kann es sein, dass uns jemand beobachtet? Vorsichtig blicke ich mich in der Wartehalle um. Okay, da in der Ecke stehen einige Teenager, schauen auf ein Handy und tuscheln aufgeregt miteinander.

Als einer von ihnen den Blick hebt, verstärkt sich das unheilvolle Kribbeln und breitet sich auf meinem ganzen Körper aus. Ich schaue schnell weg und hoffe, dass uns die Caps und Hoodies unkenntlich genug machen, um nicht auch hier erkannt zu werden. Trotzdem bleibt das ungute Gefühl.

Ich trete nah an Harus Seite und remple ihn möglichst unauffällig mit dem Ellbogen an. Sofort ruckt sein Kopf zu mir herum und fragend zieht er die Augenbrauen hoch. „Was ist?"

„Ich weiß nicht, aber schau dir mal die Gruppe dort drüben an. Die sind so aufgeregt und gucken ständig auf das Handy. Ich befürchte, dass unsere Tarnung gleich auffliegt."

Haru mustert die Teenager kurz und wirft Sora, der uns beobachtet, einen vielsagenden Blick zu. Sunis Beschützer nickt, wendet sich um und geht an den Infostand. Leise und eindringlich spricht er mit der Angestellten.

Ich umschlinge Tanjas Taille und drehe mich mit dem Rücken zu der auffälligen Gruppe. Suni hat mitbekommen, dass irgendetwas vor sich geht und kommt näher. „Was ist los?", raunt er.

Tanja dreht sich und streckt die Hand aus, um ihn noch näher zu ziehen. Gleichzeitig beugt Suni den Kopf zu uns. Ich sehe das Unglück kommen und kann es doch nicht aufhalten.

Tanja trifft mit ihrem Arm Sunis Cap, es fliegt runter und nur Sekunden später haben ihn die Teenager erkannt. Spitze Schreie und laute Stimmen lenken die allgemeine Aufmerksamkeit erst auf die Gruppe und dann auf uns.

Aufgeregt rennen die Teenager auf uns zu.

Nicht gut, gar nicht gut!

Haru packt mich mit der einen, Suni mit der anderen Hand und schiebt uns hastig vor sich her in Richtung Schalter. Fest umschlinge ich Tanjas Arm und ziehe sie mit. Auf keinen Fall werde ich loslassen, komme was da wolle.

Durch den Lärm wird auch die Security aufgeschreckt. Mit Riesenschritten eilen sie heran. Die Angestellte redet aufgeregt in ein Mikro an ihrem Revers und deutet in unsere Richtung. Vorhin schüttelte sie noch ungläubig den Kopf, doch nun hat sie scheinbar den Ernst der Lage erkannt.

Jemand packt meinen Hoodie am Rücken und hält mich daran fest. Erschrocken schaue ich über die Schulter, direkt in das begeisterte Gesicht eines jungen Mannes. Neben ihm krallt eine Teenagerin ihre Finger in Tanjas Jacke und versucht, sie zurückzureißen.

Zu langsam - Jen-jang (Verdammt)!

Glücklicherweise erreichen uns endlich die Securityleute. Sie umringen uns und drängen die aufgeregte Menschenmasse zurück. Noch nie war ich so froh über ihr Eingreifen wie jetzt. Innerhalb kürzester Zeit haben sie unsere Gruppe abgeschirmt.

Ein Mann winkt uns zu, ihm zu folgen. Im Schutz des Sicherheitsteams werden wir über die *Jet Bridge* direkt ins Flugzeug geleitet.

„Welcome on board“, begrüßt uns eine adrette Stewardess mit professionellem Lächeln. „I would like to welcome you on behalf of Korean Air. Due to your popularity, we have given your tickets an upgrade. Please follow me to first class. There you can take your seat and enjoy the flight without being bothered.“ Sie geht voraus und wir folgen ihr.

Suni schaut über die Schulter zu mir zurück und zwinkert vielsagend. Automatisch verdrehe ich die Augen. Vorhin hat er noch gequengelt, weil unsere Tickets *nur* für die Business Class ausgestellt waren. Und nun hat sich sein Wunsch, First Class zu reisen, schneller erfüllt, als erwartet.

Ich bin nicht einfältig. Mir ist sehr wohl klar, dass das Upgrade der Tickets weniger mit unserer Popularität, sondern eher mit der Sorge um Tumult in der *Economy Class* während des Fluges zu tun hat. Aber das ist mir egal. Hauptsache wir haben unsere Ruhe! So sehr ich die Fans schätze und liebe, manchmal können sie einem auch die Luft zum Atmen nehmen.

Tanja hat bisher keinen einzigen Laut von sich gegeben. Sie läuft zwischen Suni und mir. Mein Blick haftet auf ihren gestrafften Schultern und der hoch aufgerichteten Gestalt, der man deutlich ihr Unbehagen anmerkt. Es tut mir so leid für sie. Mir war klar, dass sie erst in den Rummel um uns hineinwachsen muss. Schließlich hatte sie bisher ein ziemlich geregeltes Leben. So abrupt hineingeworfen zu werden, das hätte ich ihr gerne erspart.

Mühsam unterdrücke ich ein Seufzen. Was würde ich jetzt darum geben, allein mit ihr zu sein. Irgendwo, Hauptsache nur wir beide. Doch das muss warten.

Endlich erreichen wir den vorderen Teil des Flugzeuges. Die bequem aussehenden Sessel sind weit genug voneinander entfernt, so dass man sich ohne Probleme ganz ausstrecken kann.

Die Stewardess bleibt stehen und weist auf drei Doppelsitze. „Here you go, these are your seats."

Ich schiebe Tanja in die mittlere Reihe auf den Fensterplatz, packe ihre Tasche und überreiche sie zusammen mit meiner der freundlichen Stewardess. Aufatmend lasse ich mich neben Tanja fallen. „Geschafft!" Automatisch ziehe ich den Gurt über den Bauch und klicke den Verschluss ein.

Suni drückt sich in die Reihe vor uns. Als Sora bei ihm Platz nehmen will, hält er ihn auf. „Meomchuda (Stopp)! Ich möchte alleine sein." Sora runzelt unwillig die Stirn und versucht, sich trotzdem auf den äußeren Sitz zu schieben. Doch Suni ist schneller. Er setzt sich auf genau diesen Sitz, stellt seine Tasche auf den Fensterplatz und sieht mit demonstrativ verschränkten Armen provozierend zu seinem Beschützer hoch.

Schnaubend tritt Sora einen Schritt zurück und geht zur hinteren Reihe, um sich zu Haru zu setzen. Ich weiß, dass der auch nicht glücklich darüber ist, dass er nicht neben mir sitzt. Aber heute sind die Umstände eben anders. Außerdem, was soll uns hier in der First Class schon passieren?

Ich drehe den Kopf, um Tanja deshalb eine scherzhafte Bemerkung zuzuflüstern und stocke abrupt. Ihr Gesicht ist blass, ihre Lippen sind zusammengepresst und ihr ganzer Körper zittert. „Jagi, was ist los?" Ich drehe mich komplett zur Seite, beuge mich vor und lege die Hand unter ihr Kinn. Besorgt mustere ich ihr Gesicht. „Bitte, sag mir, was passiert ist." Ich habe keine Ahnung, warum sie so aufgeregt ist. Aber egal was es ist, ich werde es aus der Welt schaffen.

Das dachte ich zumindest, bis ihre geflüsterten Worte bei mir ankommen. „Diese Menschen! Hugho, das war so … beängstigend. Sie waren überall und haben uns einfach angefasst. Ich hatte solche Angst!"

Verdammt! Mir war nicht bewusst, wie sehr sie das belastet. Da ich sie bereits auf der Spendengala souverän zwischen all den reichen Leuten gesehen habe, war mir nicht klar, dass sie das so traumatisieren könnte. Ich bin wohl mittlerweile doch schon ganz schön abgebrüht.

„Ach Tanja, komm her." Ich lege den Arm um sie und ziehe ihr Gesicht an meine Brust. Tief seufzend vergräbt sie die Nase in meinem Hoodie. Beruhigend streiche ich über ihre Haare und murmle besänftigende Worte. „Es tut mir leid, Jagi. So hätte es nicht laufen sollen. Aber glaube mir, ich würde niemals zugelassen, dass dir etwas passiert. Auch Haru und Sora haben auf dich geachtet und werden immer auch dich beschützen. Du brauchst keine Angst zu haben."

Langsam wird das Zittern weniger und ihr Atem beruhigt sich. Nur ihr Gesicht ist noch unnatürlich bleich. Das Signal *Fasten your seatbelt* blinkt auf. Tanja setzt sich zurück auf ihren Platz und ich helfe ihr, den Gurt zu schließen. „Geht es wieder?"

Sie schenkt mir ein verzerrtes Lächeln und nickt. Ich greife nach ihrer Hand und halte sie fest, bis wir in der Luft sind. Die Anzeige erlischt und erleichtert drücke ich die Schnalle des Sicherheitsgurtes auf. Tanja befreit sich ebenfalls und atmet tief durch. „Okay, das haben wir schon mal geschafft. Danke, dass du dich so lieb um mich gekümmert hast."

Ein kleines Lächeln umspielt ihre einladenden Lippen. Ich kann nicht widerstehen, beuge mich zu ihr und lasse sanft meinen Mund über ihren gleiten. Hm, lecker! Sie schmeckt nach Kaffee, einer Spur Minze und einfach nach Tanja. Ich glaube, ich bin irgendwie süchtig nach diesem Geschmack.

Ein Räuspern ertönt hinter mir. Bedächtig beende ich den Kuss, setze mich zurück und schaue zur Stewardess hoch, die neben mir steht. An ihrem Gesicht ist keine Regung abzulesen, doch die Augen funkeln verräterisch. Wir haben wohl gerade eine kleine Sondereinlage geboten. „Was darf ich ihnen bringen?"

„Möchtest du ein Frühstück?", frage ich Tanja.

„Oh ja, gerne."

„Dann für uns beide bitte Frühstück mit Kaffee."

„Kommt sofort." Freundlich lächelt uns die Stewardess zu, bevor sie sich nach vorne wendet und Suni ebenfalls nach seinen Wünschen fragt. Wenig später bekommen wir Tabletts mit appetitlich angerichtetem Frühstück, einem Glas Orangensaft und einer Tasse Kaffee gereicht. Auch vor und hinter uns lassen es sich die anderen drei schmecken.

Während wir essen, erzähle ich Tanja ein bisschen über Seoul. Sie war noch nie dort und freut sich darauf, die Stadt zu erkunden. Leider muss ich sie da etwas bremsen, denn ich glaube nicht, dass wir gleich, wie einfache Touristen, losziehen können.

Ihr ist nicht wirklich klar, dass KM auf sofortiges Erscheinen besteht und mir höchstwahrscheinlich Konsequenzen drohen. Die Band hat zwar im Moment eine kurze Pause, allerdings müssen wir normalerweise auch während dieser Zeit immer auf Abruf bleiben und sollen Seoul nicht ohne Erlaubnis verlassen. Tja, wir haben es trotzdem getan und müssen nun abwarten, was passiert.

Als das Frühstück abgeräumt ist, dreht Suni seinen Sessel um und beugt sich zu Tanja. „Jetzt haben wir endlich mal Zeit, uns kennen zu lernen. Schließlich will ich doch wissen, wie Hugho es geschafft hat, eine so bezaubernde Frau zu erobern."

Tanja lacht leise und wirft mir einen Seitenblick zu. „Nun ja, man kann sich darüber streiten, ob er mich oder ich ihn erobert habe, nicht wahr?"

Ich gehe auf ihren spielerischen Ton ein, greife mir theatralisch ans Herz und seufze laut. „Super! Jetzt stehe ich da, als wäre ich ein kleiner Junge, den einen tolle Frau an die Hand nehmen muss, um ihm die Welt zu zeigen."

Die beiden sehen sich an und prusten gleichzeitig los. Perplex schaue ich von einem zum anderen, verschränke die Arme und lehne mich zurück. „Wie schön, dass ich zu eurer Erheiterung beitragen darf."

„Ach Hugho." Tanja stupst mich spielerisch mit der Schulter an. „Du weißt doch genau, dass du der Eroberer bist und ich das unschuldige Opfer."

Jetzt muss ich laut lachen.

„Okay, du bist also das *unschuldige* Opfer. Darauf gehe ich vor Suni lieber nicht näher ein." Provozierend zwinkere ich ihr zu. Prompt läuft sie rot an. Bezaubernd!

Mein bester Freund räuspert sich laut, zieht die Beine hoch und macht es sich bequem. „Du, sag mal, was ich dich unbedingt fragen wollte: Hast du noch mehr Lieder komponiert?"

Erschrocken reißt sie die Augen auf. „Hugho!" Ein strafender Blick trifft mich. „Du solltest doch niemandem davon erzählen!"

Entschuldigend zucke ich die Schultern. „Daran waren die Umstände schuld. Sorry!"

„Und ich bin froh, dass er mir davon erzählt hat. Ich bin so begeistert von dem Song." Innerhalb von Sekunden sind mein bester Freund und meine Freundin tief in ein Gespräch über Musik, Melodien, Noten und Texte vertieft.

Vielleicht sollte ich mich abgeschoben fühlen. Tue ich aber nicht. Viel zu glücklich bin ich darüber, dass die beiden sich so gut verstehen!

Die Zeit vergeht rasend schnell und wir landen in Seoul Incheon. Auf Anraten der Stewardess warten wir kurz und steigen erst ganz zum Schluss aus. Sora geht vor, gefolgt von Suni und Tanja, die immer noch eifrig diskutieren. Haru läuft neben mir. Schmunzelnd zeigt er auf das Paar vor uns. „Die beiden mögen sich."

„Oh ja, und ich bin sehr dankbar dafür!" Er brummt, was bei ihm so viel heißt, dass er mit mir einer Meinung ist.

Wir steigen in einen Minishuttle, der extra für uns bereitsteht. Während wir zum Terminal fahren, klebt Tanja regelrecht am Fenster und betrachtet das riesige Arsenal. „Und das alles hier ist tatsächlich auf einem künstlich angelegten Land erbaut worden?"

„Ja, ist es." Suni übernimmt liebend gern die Rolle des Reiseführers.

Ich begnüge mich damit, die beiden amüsiert zu beobachten. Tanjas Gesicht spiegelt jede ihrer Emotionen wider. Fasziniert schweifen ihre Augen zwischen Suni und dem Außenanblick hin und her. Als wir uns dem futuristisch anmutenden Terminal nähern, verstummt sie und schaut mit offenem Mund zu dem gewölbten Dach auf.

Sie ist immer noch still, als wir aussteigen und durch einen separaten Eingang hineingeführt werden. Ihr hat es wohl die Sprache verschlagen. Die Band ist jetzt schon so oft von hier abgeflogen, dass uns all der Prunk nicht mehr beeindruckt. Kurz werden wir vom Zoll überprüft und dann geht es weiter. Kaum treten wir aus dem abgesperrten Areal, erwarten uns schon mehrere Männer in dunklen Anzügen.

„Annyeonghaseyo", begrüßt uns ein kleiner, etwas dicklicher Koreaner und verbeugt sich leicht. Er reicht uns nicht die Hand, was mich stutzig werden lässt. Doch ich komme nicht dazu, nachzufragen.

Nach einer auffordernden Geste des Mannes kommen die vier anderen auf uns zu und umrahmen Suni und mich. „Pallou (Folgt uns)!"

Jeglicher Protest wird unterdrückt, indem die beiden neben mir diskret und doch mit hartem Griff meine Arme umfassen und mich in Richtung Ausgang drängen. Hilflos lasse ich mich mitzerren und sehe aus den Augenwinkeln, dass Suni genauso rüde behandelt wird. Verzweifelt drehe ich den Kopf auf der Suche nach Tanja!

Sie steht immer noch dort, wo wir auf das Begrüßungs-komitee getroffen sind. Haru und Sora sind bei ihr, halten sie davon ab, mir zu folgen und reden auf sie ein. Doch Tanja hört ihnen gar nicht zu. Ihre Augen sind panisch weit aufgerissen. Sie wehrt sich, will hinter mir herlaufen.

Ich versuche, mich dem harten Griff zu entwinden. Keine Chance. „Hey, lasst mich sofort los." Doch das interessiert niemanden.

Nachdrücklich schieben sie mich weiter. Ich verrenke mir fast das Genick bei dem Versuch, Tanja nicht aus den Augen zu verlieren. Tränen laufen ihr übers Gesicht und sie sieht völlig verzweifelt aus.

Mein Herz bricht in diesem Moment. Daran bin ich schuld. Ich ganz allein. Niemals hätte ich sie in diesen Schlamassel mit reinziehen dürfen.

Sie hat etwas Besseres verdient!

Kapitel 38

Tanja

Fassungslos sehe ich zu, wie Hugho abgeführt wird. Anders kann man das nicht nennen, auch wenn er keine Handschellen trägt. Er sträubt sich gegen den Griff, versucht sich loszureißen. Doch er hat keine Chance!

Der Trupp durchquert die riesige Halle, fährt eine Rolltreppe hinunter und dann sind sie verschwunden.

„Hugho", flüstere ich heiser. Ich will zu ihm!

Mein Herz schlägt langsamer, setzt aus. Es ruft nach seinem – und bleibt trotzdem allein zurück.

„Komm", höre ich eine Stimme, bin jedoch nicht in der Lage zu antworten.

Der schmerzhafte Druck in mir lässt nach. Dafür schleicht sich graue, bodenlose Hoffnungslosigkeit an, wächst in unermessliche Höhe und ich versinke in einer Flut aus Frust, Verzweiflung und Taubheit.

Alles gleitet an mir vorbei. Ich bekomme weder mit, wie Haru und Sora mich aus dem Flughafen lotsen, noch sehe ich etwas von der Umgebung, während wir in die Stadt fahren und ich aus dem Fenster starre. Die Welt rundherum verschwindet und in meinem Kopf kreist ununterbrochen nur ein Gedanke: Warum?

Irgendwann betreten wir eine Suite und Haru bringt mich in ein Schlafzimmer. „Ruh dich aus. Wir passen inzwischen auf."

Seine bedächtige Art besänftigt mein aufgewühltes Inneres. Hugho vertraut ihm. Also sollte ich das auch tun. Völlig erschöpft schließe ich die Augen und schlafe ein. Wirre Träume von abgemagerten Körpern, eingesperrt in dunklen Zellen, wirbeln durch meinen Kopf.

Als ich wach werde und mich umsehe, bin ich erleichtert, das gemütliche Zimmer zu sehen, welches durch das warme Licht einer Tischlampe erhellt wird. Ich bin nicht in einer Zelle. Ich bin hier.

Schlagartig fällt mir ein, dass Hugho und Suni verschwunden sind. Nein, nicht verschwunden, eher verhaftet? Ich gehe nicht davon aus, dass die Albträume der Wirklichkeit entsprechen. Trotzdem umspült sofort heftige Sorge mein Herz und meinen Verstand.

Wo sind sie? Was ist mit ihnen passiert?

Aus dem Nebenraum höre ich Stimmen. Ob Haru und Sora inzwischen etwas erfahren haben? Ruckartig setze ich mich auf. Keine gute Idee. Mein Kreislauf spielt verrückt und mir ist schwindlig. Ich setze mich an den Bettrand und konzentriere mich auf meine Atmung. Ein und Aus. Ein und Aus.

Langsam wird es besser. Das Zimmer vor mir wird wieder scharf und mein Kopf klarer. Schemenhaft erinnere ich mich, dass Haru und Sora uns in dieses Hotel gebracht haben. Also sind das sicherlich ihre Stimmen, die im Nebenraum zu hören sind.

Ich muss zu ihnen. Ich muss herausfinden, was mit Hugho passiert ist. Und natürlich auch mit Suni. Mühsam raffe ich mich auf und gehe mit leicht torkelnden Schritten zur Tür. So ganz fit bin ich wohl doch noch nicht. Bevor ich nach der Klinke greifen kann, öffnet sich die Tür und Haru kommt herein.

Als er mich sieht, überzieht ein Lächeln sein sonst so ernstes Gesicht. „Tanja! Du bist wach. Geht es dir etwas besser?“

„Noch ein bisschen benebelt, aber ja, Danke – es geht mir besser. Habt ihr was von Hugho und Suni gehört?“ Höflichkeit hin oder her, ich muss jetzt einfach wissen, was Sache ist!

Er schüttelt den Kopf. Das Lächeln ist aus seinem Gesicht vollkommen verschwunden und hat Sorge, Zweifel und Schuld Platz gemacht. Irritiert blinzle ich. Alles andere ist verständlich, aber warum Schuld?

Behutsam lege ich eine Hand auf seine Schulter. „Haru?“

Er schüttelt den Kopf. „Mir hätte klar sein müssen, was passiert. Ich hätte es verhindern müssen.“

„Was? Blödsinn! Was hättest du gegen all diese Leute machen sollen? Selbst wenn du Sora mitrechnest, waren die deutlich mehr!“

„Trotzdem, es ist meine Aufgabe, Hugho zu beschützen. Ich hätte vorausschauender planen müssen. Dann wäre es gar nicht so weit gekommen!“

Bestürzt lasse ich ihn los, trete einen Schritt zurück und verschränke die Arme vor der Brust. „Nein!“, sage ich überzeugt. „Das hättest du nicht verhindern können. Beide wussten, dass sie Ärger bekommen würden und trotzdem sind sie nach München gekommen. Ihr hättet sie nicht begleiten müssen, habt es aber getan. Aus Verantwortungsgefühl! Loyalität! Weder du noch Sora seid Hellseher.“

Haru reibt sich mit einer Hand den Nacken. „Trotzdem habe ich das Gefühl, versagt zu haben.“

„Dann lass uns das ändern!“ Ich bin selbst über meine Worte erstaunt.

„Wie meinst du das?“ Haru mustert mich skeptisch.

„Wir gehen jetzt da raus zu Sora und werden gemeinsam einen Plan schmieden.“ Ich umrunde ihn, drücke die Klinke herunter und öffne die Tür. „Und wir werden einen Weg finden, das verspreche ich dir. So wahr ich Tanja Sörensen heiße! In meiner Familie gibt man nicht so schnell auf." Während der letzten Worte betrete ich das Wohnzimmer und bleibt abrupt stehen.

Lautes Klatschen empfängt mich und dann sind sie da, umringen und umarmen mich: Mein Papa, meine Freunde! Fassungslos schaue ich zwischen all den Gesichtern umher und kann einfach nicht glauben, dass sie tatsächlich alle hier sind.

Papa löst sich als Erster aus unserem Pulk. „Das ist mein Mädel. Nicht aufgeben, sondern kämpfen um das, was einem wichtig ist. Nichts anderes habe ich von dir erwartet!"

Zufrieden grinsend setzt er sich in einen Sessel und lehnt sich entspannt zurück. Er wartet, bis wir uns alle begrüßt und Platz genommen haben. „So Tanja und nun erklär uns doch bitte mal genau, was das Problem ist."

Hilfesuchend schaue ich zwischen meinem Papa, Lara, Tim und den beiden Beschützern hin und her. Ich bin ein wenig überrumpelt und kann meine Gedanken nicht schnell genug sortieren. „Du hast doch nicht etwa gedacht, wir lassen dich im Stich, oder?" Tim hat rechts von mir Platz genommen und grinst verschwörerisch. Lara sitzt auf der anderen Seite. Sie hat ihre Hand auf meinem Bein abgelegt. Ihre Ruhe strahlt auf mich aus und lässt mir Raum zum Atmen. Schon verrückt, wie viel es in einer angespannten Situation ausmacht, wenn man Menschen bei sich hat, die einen unterstützen.

„Jetzt sagt mir doch erstmal, warum ihr plötzlich alle hier seid?" So gerne ich jetzt einen Plan schmieden würde, das möchte ich unbedingt vorher noch wissen.

Papa tauscht einen kurzen Blick mit Hughos Beschützer. „Das hast du Haru zu verdanken. Er hat mich über die Situation hier informiert. Ich habe sofort einen Flug gebucht und deine Schwestern wollten unbedingt mitkommen. Doch ich brauche sie in der Firma. Sie kennen mittlerweile einige der Abläufe und ich kann nicht alles in Niks Hände legen."

Mir klappt vor Staunen der Kiefer nach unten. „Du hast was?"

„Ja, du hörst schon richtig. Deine Schwestern sind sehr wohl in der Lage, einige Teilbereiche für kurze Zeit zu übernehmen."

Fassungslos schnaufe ich aus. „Das wusste ich nicht."

„Solltest du auch nicht. Ich hatte wirklich geplant, dass du meine Nachfolgerin wirst, wenn ich mich mal aus der Firma zurückziehe. Allerdings habe ich dabei vergessen, wie wichtig es ist, dass du auch deine eigenen Träume leben und verwirklichen sollst. Schon länger ist mir klar, dass du mit der Firma allein nicht glücklich wirst. Deshalb habe ich angefangen, deine Schwestern in gewisse Teile einzuarbeiten."

„Aha ... und Nik?"

„Der ist ein prima Kerl und macht seine Sache gut. Aber er überschätzt sich ab und zu. Ich denke nicht, dass er allein die Verantwortung für *Sör-Impression* tragen kann. Zumindest jetzt noch nicht."

Ich kann es einfach nicht glauben. All das hat er hinter meinem Rücken ausgeheckt? Er kennt mich doch besser, als ich dachte.

„Okay und wie kommen jetzt Lara und Tim ins Spiel?"

Papa schmunzelt. „Daran sind deine Mutter und deine Schwestern schuld. Sie bestanden darauf, dass ich nicht allein fliege. Es war Samanthas Idee, Lara und Tim zu fragen. Und nun sind wir alle hier. Also, willst du noch länger darüber reden oder wollen wir jetzt endlich davon sprechen, was hier in Seoul los ist und wie wir dagegen vorgehen können?"

Sora, der sich bisher sehr ruhig im Hintergrund gehalten hat, tritt näher und zieht einen Stuhl heran. „Ich werde es erklären. Vielleicht wäre es nicht schlecht, wenn Haru über den Service etwas zum Frühstück für alle bestellt. Mit hungrigem Magen kann man schlecht Entscheidungen treffen."

„Das ist ein Mann nach meinem Geschmack", tönt Papas Stimme dröhnend durch den Raum und er bringt uns alle damit zum Lachen.

Während Haru unsere Bestellungen aufnimmt, beginnt Sora zu erklären. Es dauert einige Zeit, bis er alles erzählt und das Grundproblem umrissen hat. Währenddessen wird unser Frühstück gebracht und ich bin selbst erstaunt, wie schnell mein Teller komplett leer ist. Etwas entspannter lehne ich mich mit einer Tasse Kaffee in der Hand zurück. Auch Papa ist mit dem Essen fertig. Er legt sein Besteck sorgfältig ab, betupft mit der Serviette bedächtig seine Mundwinkel und wirft diese auf den Teller. „Also, ich fasse nochmal zusammen. Hugho und Suni haben ihren Vertrag mit KM mehrmals gebrochen. Deshalb ist ihr Management natürlich verärgert und hat sie sozusagen *einkassiert*. Das kann ich ja irgendwie als Geschäftsmann auch verstehen."

„Papa!" Empört setze ich mich auf und stelle die Tasse lautstark auf dem Tisch ab.

Doch er dreht nur ganz entspannt den Kopf in meine Richtung und zieht die Augenbrauen hoch.

„Was denn? Vertragsbruch ist und bleibt es nun mal. Egal, ob die Bedingung dahinter annehmbar sind oder nicht. Die Frage ist doch jetzt: Wie soll es weitergehen?" Er legt den Kopf leicht schief und mustert mich eindringlich. „Also Tanja, sag uns, möchtest du mit Hugho eine gemeinsame Zukunft?"

Ich hole tief Luft, denn fast kommt es mir vor, als ob sich eben die Weichen für mein künftiges Leben stellen. „Ja!"

„Siehst du deine berufliche Zukunft bei *Sör-Impression*?"

Ich zucke zusammen, denn das ist eine Frage, vor der ich mich gefürchtet habe. Trotzdem liegt die Antwort klar auf der

Hand. „Ich möchte dich nicht enttäuschen und könnte mir schon vorstellen, teilweise für deine Firma zu arbeiten. Aber mein Traum, mein großer Wunsch ist es, Musik zu machen.“

„Du willst Sängerin werden?“ Papas Blick ist skeptisch.

Ich kann es verstehen, denn mir ist bewusst, dass ich nicht besonders gut singen kann. Trotzdem ärgert mich seine Frage ein kleines Bisschen. „Natürlich nicht! Ich will Texte schreiben, vielleicht auch komponieren. Mir ist klar, dass das nicht einfach wird. Aber ich will es zumindest versuchen!“, antworte ich trotzig.

„Und du glaubst, du packst das?“

Jetzt hat er mich mit seinen Fragen richtig wütend gemacht. Ich springe hoch und baue mich vor ihm auf. „Ja, das werde ich. Schließlich hast du mir beigebracht, dass alles möglich ist. Man muss daran glauben, dafür kämpfen und die richtigen Leute zur Seite haben, dann klappt das.“

„Und?“

„Und was?“

„Hast du die richtigen Leute zur Seite?“

Kurz verschlägt es mir die Sprache.

„Schau Tanja“, er beugt sich vor und greift nach meiner Hand. Nur widerwillig lasse ich das zu. Viel zu wütend bin ich gerade auf ihn. „Ich frage das nicht, um dich zu ärgern.“

Ich kneife die Augen zusammen und schaue ihn skeptisch an.

Papa lacht leise. „Du glaubst mir nicht? Aber es stimmt. Ich will nur herausbekommen, wie wichtig dir das alles ist. Ob es nur ein Traum von vielen ist oder tatsächlich DEIN großer Traum.“

Ich zögere keine Sekunde. „Es ist mein großer Traum – schon ziemlich lange.“

„Gut, willst du diesen Weg allein gehen oder mit Hugho?“

„Ich schaffe es allein, aber es wäre schön, wenn Hugho mich moralisch unterstützt. Genauso wie ihr hier.“

Papa nickt anerkennend. Scheinbar habe ich ihm die Antwort gegeben, die er erwartet hat.

„Das heißt, du willst, das Hugho ein fester Bestandteil deines Lebens ist?“

„Mehr als alles andere auf der Welt!“

Papa zieht mich an der Hand auf seinen Schoß. Er lächelt zufrieden. „Dann finden wir einen Weg. Das verspreche ich dir.“

Aufatmend lehne ich mich an ihn. Wenn er das sagt, dann glaube ich daran.

Alle anderen im Raum haben unseren Wortwechsel wie bei einem Tennismatch verfolgt und kein Wort dazu gesagt. Doch Haru und Sora ist deutlich anzumerken, dass sie endlich etwas unternehmen wollen.

„Haben Sie schon eine Idee?“ Haru ist der erste, der das Schweigen unterbricht. „Ich will nicht unhöflich sein, aber je länger wir hier reden, umso mehr Zeit hat das Management, sich eine Strafe zu überlegen und durchzuführen.“ Sora nickt zustimmend und erhebt sich aus seinem Sessel. „Ich will auch endlich etwas tun.“

„Nur Geduld meine Herren. Ich hätte es in der Geschäftswelt nicht so weit nach oben geschafft, wenn ich unüberlegt losgestürmt wäre. Ich habe bereits einen Plan. Allerdings brauche ich Hilfe für die Durchführung.“ Papa schmunzelt, als abrupt alle Köpfe zu ihm herumfahren.

„Du hast einen Plan?“ Überwältigt schlage ich die Hand vor den Mund und starre ihn an.

„Ja, habe ich. Aber es kostet Mut von dir. Hast du den?“

Vehement nicke ich. „Oh ja, ich werde um ihn kämpfen. Mit allem, was ich habe!“

Kapitel 39

Hugho

Eine Woche! Sieben Tage! 168 Stunden sind vergangen, seitdem ich Tanja das letzte Mal gesehen habe.

Jede Stunde, jede Minute sind meine Gedanken bei ihr. Selbst nachts träume ich von ihr. Doch ich kann nicht raus!

Vor der Tür stehen Wachleute, die uns nicht rauslassen – außer zum Training oder zu Auftritten und unsere Handys haben sie uns schon am Flughafen abgenommen.

Nachdem Suni und ich bei KM abgeliefert wurden, mussten wir lange Zeit in einem Besprechungsraum warten. Uns war klar, dass man uns so mürbe machen wollte. Doch wir waren uns einig, dass ihnen das nicht gelingen würde.

Trotzdem rumorte es ordentlich in meinem Bauch, als sich endlich die Türen öffneten und ein ganzer Schwarm an Anzugträgern den Raum betrat. Mir blieb kurz die Luft weg, als ich den Mann erkannte, der sich an den Kopf des Tisches stellte. Yun-seo Kim! Der Vorstand von KM!

Bisher kannte ich ihn nur von Fotos und Bildern, die im KM-Gebäude hingen.

Ihm, einem der mächtigsten Männer in Südkorea nun gegenüberzustehen, war … einschüchternd. Ein Seitenblick zu Suni zeigte mir, dass auch ihn das nicht unberührt ließ. Er war blass, noch mehr als sonst.

„Annyeonghaseyo." Eine leichte Verbeugung und alle nahmen am Konferenztisch Platz. Auch Suni und ich. Kein Händeschütteln, keine einzige Hand wurde uns gereicht – nicht gut!

„Ein äußerst unerfreulicher Anlass hat uns heute zu diesem Treffen gezwungen. Ich hatte erwartet, dass meine Manager ihre Bands im Griff haben. Doch bei *Izet* scheint das leider nicht der Fall zu sein. Zwei Mitglieder dieser Gruppe kennen entweder die Details ihres Vertrages nicht oder haben sie absichtlich ignoriert. Ich hoffe für die beiden, dass nicht Letzteres der Fall ist."

Sein Ton war eisig, die Worte trafen wie spitze Nadeln. Ich fühlte mich wieder wie ein kleiner Junge, der etwas angestellt hatte. Natürlich war uns bewusst, dass wir gegen den Vertrag verstießen. Uns blieb nur keine andere Wahl!

Nacheinander wurden wir um Stellungnahme gebeten.

Während ich sprach, spürte ich deutlich meine Hände zittern. Alles, wofür ich mich geschunden und auf so vieles verzichtet hatte, stand auf dem Spiel. Meine gesamte Zukunft – unsere Zukunft, denn ich hatte Suni mit an den Rand des Abgrunds gerissen.

Ich war ein beschissener Freund.

Sie gaben uns die Möglichkeit zur Verteidigung, unterließen jedoch jeglichen Kommentar dazu. Wir wurden aus dem Raum geschickt und in ein Büro gebracht. Wieder mussten wir warten. Das ging an die Substanz und beinahe wären Suni und ich aneinandergeraten, als ich mich zum wiederholten Mal bei ihm entschuldigen wollte. Dies wurde nur durch Öffnen der Tür verhindert. Herein kam eine vertraute Gestalt – Kwon. Er sah miserabel aus. Sein Gesicht war grau und die Falten darin tief eingegraben.

Ohne ein Wort ging er um den Schreibtisch herum und nahm Platz. „Anj-a (Setzen)!"

Gehorsam rutschten wir auf die Stühle vor dem Tisch. Sie waren hart und unbequem. Ich konnte jeden einzelnen Strang der geflochtenen Lehne an meinem Rücken spüren. Automatisch setzte ich mich aufrechter hin, hob das Kinn und sah unserem Band-Manager direkt in die Augen. Er erwiderte den Blick und für einen kurzen Moment überflog ein Lächeln sein Gesicht. „Stolz wie immer, Hugho."

Ich zuckte zusammen. Das konnte er positiv oder negativ meinen. Unsicher schweifte mein Blick zu Suni, doch der schaute starr zu Kwon. „Also gut, ich will euch nicht länger quälen. Die Vorstandschaft hat beschlossen, dass ihr die nächsten zwei Wochen mit *Izet* die Konzerte hier in der Stadt und in Busan, Daegu, Daejeon und Gwangju absolviert. Erstklassige Performance wird erwartet und keinerlei Ablenkung ist erwünscht! In der Zwischenzeit wird beim Nachwuchs geschaut, ob da eventuell Ersatz für euch vorhanden ist."

Er sprach weiter, doch die Worte kamen nicht mehr bei mir an.

Ersatz. Ersatz! ERSATZ!!!

Natürlich war mir klar, dass es eine heftige Strafe geben würde, aber das!

Das bedeutet das Ende – für Suni und für mich!

Ich war so geschockt, dass ich einfach sitzen blieb, selbst als Kwon das Büro wieder verlassen hatte.

Erst als Suni meinen Arm berührte, erwachte ich aus der Trance. „Hm?"

Er war nicht mehr blass, sondern grün im Gesicht. In den häufig beschriebenen, ausdrucksstarken Augen schwammen Tränen und ich, ich war verantwortlich dafür. „Es tut mir so leid, Suni."

Er schluchzte auf und schlug sich die Hand vor den Mund. Sein ganzer Körper zitterte vor Anstrengung, nicht völlig zusammenzubrechen.

Schließlich nahm er die Hand weg. „Hör endlich auf, Hugho! ", fuhr er mich mit dünner Stimme an. „Es war mein Vorschlag, eine katastrophale Idee! Ich bin, … ich kann … ." Er holte tief Luft und stieß sie wieder aus. „Ich kann einfach nicht glauben, dass sie uns ersetzen wollen. Hugho! Das ist unser Leben! Das ist das Einzige, was ich je in meinem Leben wirklich wollte!"

Ich nickte, denn es gab keine Worte für die Gefühle, die in mir tobten. Angst steigerte sich zu Panik bei dem Gedanken daran, dass ich dann auch meine Familie nicht mehr unterstützen kann. Wir saßen einfach da und starrten uns in die Augen.

Ein tiefer Atemzug hob Sunis Brust. „Okay! Wir beruhigen uns jetzt beide. Hugho, wir werden tun, was sie verlangen. Vielleicht, vielleicht können wir sie so überzeugen, dass wir nicht einfach ersetzbar sind. Und wenn nicht?" Ein weiterer tiefer Atemzug folgte. „Dann werde ich ein paar Kontakte nutzen. So leicht werden die uns nicht los!"

Ich nickte erneut und ließ ihn in dem Glauben. Selbst zweifelte ich sehr daran, dass wir die Strafe ändern könnten.

Und nun?

Eine Woche! Sieben Tage! 168 Stunden später!

Nun sitzen wir wieder einmal in der Umkleide einer Konzerthalle in Busan. Natürlich haben sie mir die Leader-Position genommen. Yanhu hat sie erhalten, obwohl er sich dagegen gewehrt hatte. Jetzt sitzt er im Stuhl neben mir und schminkt sich. Ich halte einen Kajalstift in der Hand und schaue in den Spiegel, um ihn sorgfältig aufzutragen. Doch ich verharre in der Bewegung, als er mich leise anspricht.

„Ich finde das nicht gut, Hugho. Es ist nicht richtig, dass sie euch wegen so etwas nicht mehr in der Band haben wollen. Ich habe versucht, mit Kwon zu sprechen. Aber er geht jeglichem Gespräch aus dem Weg."

Verwundert drehe ich den Kopf zu ihm. „Wieso machst du das? Du wolltest doch immer Leader sein?"

„Ja, aber doch nicht so! Ich wollte es mir verdienen und nicht als Notlösung bekommen." Er schnaubt verächtlich. „Das Management – die liegen so falsch! K-Pop steht für die Vermittlung von Träumen und Hoffnung. Wie sollen wir das glaubhaft rüberbringen, wenn wir selbst nichts davon haben dürfen?" Er schüttelt den Kopf und legt eine Hand auf meine Schulter. „Gib nicht auf, Hugho. Hörst du? Lass dir das nicht von denen kaputtmachen. Wir stehen hinter dir und Suni, alle!"

Ich schlucke schwer. Ausgerechnet von ihm solche Worte zu hören, geht mir unter die Haut. „Danke!", krächze ich und räuspere mich. „Das bedeutet mir viel!"

Yanhu nickt und wendet sich wieder dem Spiegel zu. Hinter mir klatscht Gyeong in die Hände und verkündet, dass wir nur noch ein paar Minuten haben. Hastig schminke ich mich fertig und schlüpfe in das bereitliegende Outfit. Wir sammeln uns seitlich an der Bühne. Da wir zuerst weiße Anzüge mit viel Strass tragen, strahlen wir fast heller als das Licht der unzähligen Scheinwerfer, das durch den Saal huscht.

Wir konzentrieren uns, suchen wie immer nach unserer Kraftquelle. Normalerweise ist das meine Familie, aber heute schiebt sich erneut ständig das Bild von Tanjas Gesicht davor. Es quält mich und doch lasse ich es zu. Auch wenn es kein WIR mehr gibt, so bleibt mir zumindest das. Ihr Bild kann mir niemand nehmen. Wir stellen uns zu einem Kreis auf, legen die Arme umeinander und beugen die Köpfe in die Mitte. „Hamkke! Uliui eum-ag-e saengmyeong-eul bul-eoneohda!" (Zusammen! Wir erwecken unsere Musik zum Leben). Ich taste nach Sunis Hand, finde und ergreife sie. Er hält meine fest. Er weiß, was ich ihm damit sagen will.

Dann geht es los! Ein Höllenlärm bricht über uns herein, als wir auf der abgedunkelten Bühne Aufstellung nehmen und auf unseren Einsatz warten. Für dich, Tanja. Nur für dich!

Dieser letzte Gedanke huscht durch meinen Kopf, bevor die Musik alles von mir einnimmt und ich mir die Seele aus dem Leib tanze. Vielleicht finde ich einen Weg zu ihr, zu der Frau, die mein Herz in den Händen hält, wenn ich mich nur genug anstrenge.

Knapp drei Stunden später haben wir es geschafft. Der Schweiß läuft mir in Strömen über den Rücken und die anderen sehen genauso erschöpft und fertig aus. Nach zwei Zugaben gehen wir endgültig von der Bühne und ergreifen hastig die Wasser-Flaschen, die uns gereicht werden. Meine Kehle ist völlig ausgetrocknet und trotzdem zögere ich, die angebotene Flasche anzunehmen. Es ist nicht Haru, der sie mir wie sonst reicht. Er und Sora sind vorerst als unsere Beschützer gesperrt worden. Ich kann es immer noch nicht fassen, dass auch sie bestraft wurden, obwohl sie nichts anderes getan haben, als sich uns gegenüber loyal zu verhalten.

Schließlich überwiegt doch der Durst und ich trinke die Flasche in großen Schlucken leer. Wir stehen immer noch seitlich der Bühne. Keiner bewegt sich in Richtung Umkleide.

Das ist merkwürdig.

Ich blicke mich verwirrt um, doch erhalte nur Schulterzucken als Antwort.

Kwon kommt auf uns zu. Er wirft mir einen eigenartigen Blick zu, bevor er sich an das ganze Team wendet. „Kleine Planänderung! Es gibt noch eine Einlage."

Als sich protestierende Stimmen erheben, winkt er ab. „Keine Panik. Nicht von euch! KM hat kurzfristig das Management für eine aufstrebende junge Künstlerin übernommen. Sie macht heute den Abschluss des Konzertes!"

Nanu? So etwas hat es noch nie gegeben. Neugierig drehe ich mich zur Hauptbühne, doch vor mir stehen so viele Leute, dass ich mich auf die Zehenspitzen stellen muss, um etwas zu sehen.

Eine Gestalt betritt die Bühne. Sie hält eine Gitarre in der Hand. Irgendetwas an ihren Bewegungen kommt mir bekannt vor, doch ich kann es nicht zuordnen.

Dann fängt ein Scheinwerferlicht ihr Gesicht ein. Ich blinzle mehrmals und kann nicht glauben, was ich da sehe.

Kann das wahr sein?

Kapitel 40

Tanja

Mein Puls rast, mein Herz springt schier aus meiner Brust und ich atme hektisch. Du lieber Himmel! Wie schaffen die das nur immer?

Ja, gut, sie sind Profis. Aber trotzdem! Es ist etwas ganz anderes, unter den Zuschauern zu sitzen, als selbst auf dieser riesigen Bühne zu stehen.

Ich muss jedes Quäntchen Mut zusammenkratzen, um nicht mit meine Gitarre von der Bühne zu stürmen. Nur der Gedanke an das, was ich mir davon erhoffe, hält mich zurück. Ein Bühnenmitarbeiter stellt einen Mikrofonständer vor mir auf. Im Gegensatz zu der Band brauche ich ihn, denn ich werde zuerst ein paar Sätze sagen und anschließend Gitarre spielen. Deshalb bekomme ich zwei Mikros.

Ich habe ihn noch nicht gesehen, weiß aber, dass er da ist. Hugho! Der Mann, von dem ich mir erhoffe, dass wir heute Abend den Weg zueinanderfinden.

Ein Lichtkegel fällt auf mich herab und hüllt mich ein. Jetzt geht es los! Sei mutig, Tanja!

Ich trete an den Ständer und räuspere mich. Erschrocken zucke ich zusammen, als der Klang tausendfach verstärkt durch den Raum hallt. Ups! Trotzdem hat es eine Wirkung. Die Zuschauer werden still und beobachten mich erwartungsvoll.

Meine Güte! Was habe ich mir nur dabei gedacht? Ich habe schon Lampenfieber, wenn ich zuhause übe und nun? Ich stehe auf einer der größten Bühnen der Welt und habe vor, mein Herz hinauszuwerfen und hoffe, dass es der Richtige auffängt.

Mein Blick schweift kurz zur Seite, wo meine ganze Familie, meine Freunde und Haru mit Sora stehen. Wie mein Papa das geschafft hat, weiß ich nicht. Aber sie sind alle da!

„Annyeonghaseyo", begrüße ich das Publikum. Lange habe ich geübt, um das richtig auszusprechen. Ich wechsle ins Englische. Nach jedem Satz mache ich eine kleine Pause, damit ein Dolmetscher meine Worte übersetzen kann.

„Ich habe heute Abend die große Ehre, nach der besten K-Pop-Band, die es derzeit gibt, aufzutreten. Vermutlich fragen Sie sich, wer ich bin und wie es dazu kommt." Ich schlucke gegen meine Nervosität an. Himmel, ist das schwer!

„Ich habe vor einiger Zeit einen jungen Mann kennengelernt. Einen fantastischen Sänger, Tänzer und wundervollen Mann, den ihr alle heute Abend hier bewundern durftet. Er gehört zu *Izet*!"

Ein Raunen geht durch den Saal. Doch ich lasse mich nicht davon ablenken. Ich bin auf einer Mission und werde sie erfüllen.

„Wir haben uns durch Zufall kennen gelernt und ebenfalls durch Zufall unsere gemeinsame Liebe zur Musik entdeckt. Dabei ist ein Song entstanden, der heute hier präsentiert werden soll." Noch einmal hole ich tief Luft und dann wage ich es. „Hugho? Würdest du bitte zu mir auf die Bühne kommen?"

Ich blicke auf die Seite, wo die versammelte Band steht und hoffe, ihn gleich zu sehen. Kurz überfällt mich Panik, als sich nichts rührt. Doch dann kommt Bewegung in die Gruppe und jemand tritt vor. Ein Mann, der sofort mein Herz in Aufruhr bringt und mit dem ich mir so sehr eine Zukunft wünsche: Hugho!

Langsam, fast zögernd, kommt er auf mich zu. In seinem Gesicht spiegelt sich Unglaube, Hoffnung, Überraschung und Freude wider. Und noch etwas ist deutlich zu sehen: Liebe.

Sie zeigt sich in seinen Augen, in dem zärtlichen Lächeln, das er mir schenkt und in der Art, wie er den Kopf zu mir neigt, um mich zu begrüßen. Die erhoffte Umarmung bleibt aus. Aber ich weiß ja, dass das hier in der Öffentlichkeit nicht angebracht ist.

„Was machst du hier?“, flüstert er mir leise zu, während er professionell in das tobende Publikum winkt.

„Für uns kämpfen!“, wispere ich zurück.

Überrascht reißt er die Augen auf. „Wie meinst du das?“

„Nun, mein Vater hat seine Kontakte spielen lassen und die Botschaften von deinem und meinem Heimatland haben beschlossen, uns eine Chance zu geben. Wenn wir erfolgreich sind, produktiv zusammenarbeiten, dann gelten wir als zukünftiges Vorzeigepaar für die deutsch-koreanische Freundschaft.“

Überrascht keucht er auf. „Was?“

„Die Frage lautet: Willst du das? Möchtest du hier und heute unseren Song präsentieren und das Publikum entscheiden lassen, ob wir als *Aushängeschild* taugen?“

Einen Moment steht er wie erstarrt da. Dann verzieht sich sein Mund zu einem Lächeln, das immer breiter wird, bis es sein ganzes Gesicht zum Leuchten bringt.

Verstohlen greift er nach meiner Hand und drückt sie sanft. „Ja! Das will ich, mit dir!“

Glück sprudelt in mir hoch. Vor lauter Freude wippe ich auf und ab. Ein kleines Quieken entkommt mir. Am liebsten wäre ich ihm um den Hals gefallen und hätte ihn geküsst. Als den meinen gekennzeichnet. Ich sehe Hugho an, dass es ihm genauso geht. Doch wir sind nicht allein und haben noch eine Aufgabe zu erledigen.

„Später“, flüstert er mir zu und tritt ganz nah heran. „Nichts, und ich meine absolut nichts, wird den Rest meiner Nacht mit dir stören.“ Er unterstreicht seine Aussage mit einem verruchten Lächeln, das die Funken in meinem Bauch zu einer heißen Flamme auflodern lässt.

„Ich nehme dich beim Wort! Doch jetzt, weißt du den Text noch?“

Ich bin selbst über meinen Mut und mein selbstbewusstes Auftreten erstaunt. Da sieht man mal, wozu Liebe einen aufblühen lässt.

„Natürlich! Wie könnte ich den jemals vergessen?“ Er greift an sein In-Ear-Monitoring und stellt es ein. Ich habe darauf verzichtet, denn wer das nicht gewöhnt ist, hat damit meistens Probleme. Ich habe lediglich In-Ears zum Dämpfen des Lautstärkepegels rund um mich erhalten.

Kurz erklärt Hugho dem Publikum, dass der Song auf Englisch ist und übersetzt den Grundtext in Koreanisch. Ich finde das echt prima, denn sie singen ja mehrheitlich in ihrer Heimatsprache und es wird vermutlich nicht jeder hier in der Halle den englischen Text verstehen.

Rufe und Klatschen klingen durch die In-Ears gedämpft zu mir durch. Ich sehe, wie die Strahler sich vom Publikum abwenden und die Bühne in eine wunderschöne Kombination aus Blau- und Rosatönen tauchen. Ich bin wahnsinnig nervös und unheimlich froh, mit Hugho einen Profi zur Seite zu haben.

Noch einmal tief Luft holen und es geht los:

Give me a reason
to believe
Say what's important
so that I'll stay

I have a dream
no one knows about it
If I can trust
then I'll tell it to you,

Ich schaue die ganze Zeit Hugho an. Das ist einfacher, als auf dieses riesige, dunkle Loch, dass das Publikum gerade bildet. Hinter ihm sehe ich plötzlich Suni auftauchen. Er stellt sich neben Hugho und nickt ihm zu. Gemeinsam fangen sie an, während des Gesangs zu performen. Das sieht so krass aus und ich höre, wie im Hintergrund das Publikum begeistert aufschreit.

My heart stops beating
What's the reason?
I keep falling down
please help me up.

Und dann sind sie auf einmal alle auf der Bühne. Beinahe bleibt mein Herz stehen vor Begeisterung, als sie wie eine Einheit über die Bühne wirbeln und die Emotionen mit ihren Körpern und Bewegungen regelrecht ins Publikum schleudern. Sie reißen alle mit, auch mich. Inzwischen hat jemand ein Playback der Melodie eingespielt, das ein Freund von Haru in den letzten Tagen für uns aufgenommen hat. Zum Glück, denn das Spielen fällt mir immer schwerer. Ich bin so fasziniert von den herumwirbelnden Tänzern.

My soul is breaking
Thousand splinters all around
Stand by my side
and catch them

Ich vergesse weiterzuspielen, als Hugho und Suni ein Liebespaar performen. Suni reißt sich die Strassteilchen von seinem Hemd ab und wirft sie als Zeichen der tausend Splitter mit einer dramatischen Geste weit von sich, bevor seine Bandmates danach hechten und versuchen, die Teilchen im Flug aufzufangen.

Um mich herum glitzert und schillert es in zarten, pastelligen Tönen. Ich versinke in diesem Sturm aus Noten, Bewegungen, Wörtern, Tanz und Licht.

Jetzt, genau jetzt verstehe ich, was Menschen so an einem Bühnenauftritt fasziniert.

Give me a reason
to believe
Tell me what's important
so that I'll stay
stay
here with you.

Die letzten zwei Zeilen singen alle auf der Bühne mit. Woher auch immer sie die Worte kennen, sie tragen sie mit einer Innigkeit vor, die mir eine Gänsehaut über den Rücken jagt.

Dann verklingt der letzte Ton.

Die Band hat sich um Hugho und mich positioniert und verharrt in einer Pose, die ein Herz darstellt, das uns beide umfasst.

Das ist ein Statement!

Izet steht hinter Hugho und mir!

Ich zucke zusammen, als Hugho die In-Ears aus meinen Ohren entfernt und eine ohrenbetäubende Geräuschkulisse an mein Trommelfell dringt. Er zieht mich fest an sich und schaut mir tief in die Augen.

Seine Bandmates sind so rücksichtsvoll und schirmen uns mit ihren Körpern vor den fremden Blicken ab.

„Wir haben es geschafft!“, flüstere ich ungläubig.

„Du, Tanja. Du hast es geschafft. Das ist dein Song und du hast ihre Herzen damit erobert. Meines hast du ja schon fest in deinen Händen und ich hoffe, dass das unser ganzes Leben lang für immer so bleibt.“

Ich nicke unter Tränen und bin so glücklich, dass ich keine Worte finde. Ich habe alles gewagt, mich mit meiner Familie und meinen Freunden sogar an die Botschaften gewandt und darf nun den Preis dafür einheimsen.

Denn eines weiß ich sicher: Nach diesem Erfolg heute Abend hat niemand einen Grund, uns zu trennen. Damit steht einer gemeinsamen Zukunft nichts mehr im Wege.

Suni hat es einmal richtig gesagt: Die Noten, meine Melodie, mein Werk – das sind für uns Noten des Schicksals!

***** Ende *****

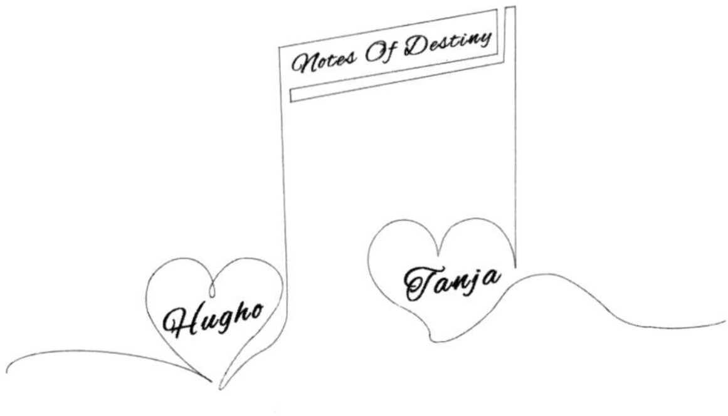

Danksagung

Wie immer möchte ich mich an dieser Stelle bei allen bedanken, ohne die diese Geschichte so nicht entstanden wäre, die mich beim Schreiben unterstützt und mir mit ihrer Meinung tatkräftig zur Seite gestanden haben.

Ein dickes Danke an Sabrina, die mir die Welt des K-Pop nähergebracht hat und mich stets mit unendlich viel Geduld durch all meine verrückten Ideen und Projekte begleitet. Ohne dich wäre ich bisher an jedem Klappentext gescheitert.

Danke an meine langjährige Korrekturleserin Mina, die gnadenlos all meine Fehler findet und mich immer wieder motiviert, wenn ich mal ein Tief habe.

Danke an mein kleines Testleserteam, das Logikfehler aufstöbert und sich mit Ideen und Ratschlägen kreativ einbringt. Annika, Nicole und Nina – ihr seid super!

Danke an Caro, die eine prima Idee für das Cover hatte und auch an Sandra von Bookademy, die mich dieses Mal beim Release und der endgültigen Coverversion tatkräftig unterstützt hat.

Und nicht zuletzt geht ein herzliches Dankeschön an euch, liebe Leser und Leserinnen. Ein Dank an alle, die dieses Buch ehrlich gekauft oder geliehen haben und hoffentlich Spaß beim Lesen hatten.

Liebe Grüße,

Mica

Jumeokbap - Rezept

Koreanische Reisbällchen mit gesprenkeltem Lachs

Zutaten für etwa 8 Reisbällchen

- 300 g Reis (Rundkorn)
- Salz, Pfeffer
- 150 g Lachsfilet
- 1/2 Karotte
- 3 Noriblätter
- 1/2 EL Sojasauce
- 1/2 TL Sesamöl
- Sesamkörner (geröstet)

Zubereitung

1. Den Reis kochen und das Lachsfilet mit etwas Salz und Pfeffer würzen. Eine Pfanne erhitzen und das Lachsfilet auf mittelhoher Hitze und pro Seite so lange braten, bis es gebräunt ist. Anschließend mit einer Gabel zerrupfen und auskühlen lassen
2. Die Karotte schälen und fein raspeln. In der gleichen Pfanne, wo der Lachs zubereitet wurde, die Karotte anschließend kurz anbraten. Die Nori-Blätter mit einer Schere in kleine Streifen schneiden. Den gekochten Reis, Lachs, Nori-Streifen, Karottenraspel, Sojasauce und Sesamöl miteinander gut vermischen. Die Reismischung sollte warm, aber nicht mehr heiß sein!

3. Einen Plastikhandschuh mit etwas Sesamöl anfetten, damit der Reis nicht klebt (Nicht sehr umweltfreundlich, aber hilfreich!). Ca. 2 EL der Mischung nehmen und zu einem Ball formen. So auch mit dem Rest verfahren. Die fertigen Reisbällchen mit gerösteten Sesamkörnern garnieren.

Guten Appetit!

Weitere Bücher von Mica Fox

Schickeria

(New Adult Romance / Liebesroman)

Zauberhafter Sekretär

Charmanter Hitzkopf

Veritas

(New Adult Romance)

Veritas – Du bist nicht allein

Born again

(Gender)

Born again - Jo

Jeder Band ist in sich abgeschlossen und kann unabhängig voneinander gelesen werden.

Zeitfracht Medien GmbH
Ferdinand-Jühlke-Straße 7,
99095 - DE, Erfurt
produktsicherheit@zeitfracht.de

FSC
www.fsc.org
MIX
Papier | Fördert
gute Waldnutzung
FSC® C083411